# POR ESSA EU NÃO ESPERAVA

# POR ESSA EU NÃO ESPERAVA

# JESSE Q. SUTANTO

Tradução de Ana Beatriz Omuro

Copyright © 2022 by PT Buku Emas Sejahtera
Publicado originalmente por Delacorte Press, um selo de Random House Children's Books, uma divisão de Penguin Random House LLC, Nova York.

Direitos de tradução acordados com Jill Grinberg Literary Management LLC e Sandra Bruna Agencia Literaria, SL.

Todos os direitos reservados.

TÍTULO ORIGINAL
Well, That Was Unexpected

REVISÃO
Midori Hatai
Theo Araújo

DIAGRAMAÇÃO
Ilustrarte Design e Produção Editorial

ARTE DE CAPA
Isadora Zeferino

IMAGENS DE MIOLO
Isadora Zeferino (flores na dedicatória, aberturas de parte, cabeço e colofão) e Freepik (flores nas aberturas de capítulo)

CIP-BRASIL. CATALOGAÇÃO NA PUBLICAÇÃO
SINDICATO NACIONAL DOS EDITORES DE LIVROS, RJ

S966p

    Sutanto, Jesse Q.
        Por essa eu não esperava / Jesse Q. Sutanto ; tradução Ana Beatriz Omuro. - 1. ed. - Rio de Janeiro : Intrínseca, 2022.
    336 p. ; 21 cm.

    Tradução de: Well, that was unexpected
    ISBN 978-65-5560-403-0

    1. Romance indonésio. I. Omuro, Ana Beatriz. II. Título.

| | CDD: 828.995983 |  |
|---|---|---|
| 22-80449 | CDU: 82-31(594) | |

Meri Gleice Rodrigues de Souza - Bibliotecária - CRB-7/6439

[2022]
*Todos os direitos desta edição reservados à*
EDITORA INTRÍNSECA LTDA.
Rua Marquês de São Vicente, 99, 6º andar
22451-041 – Gávea
Rio de Janeiro – RJ
Tel./Fax: (21) 3206-7400
www.intrinseca.com.br

Para a Indonésia, *tanah airku*,
e indonésios em todo o mundo.

# 1

## Sharlot

ENCARO O ESPELHO E TENTO MAIS UMA VEZ:
— Bradley, eu estou pronta. Quero fazer isso. Quero, hã, quero tran...
— SHAR, QUER SUCO? — grita mamãe alto o suficiente para ressoar do outro lado da cidade. A voz dela é como uma descarga elétrica nos meus nervos (muito) atacados.
— Não, mãe — respondo.
Balanço a cabeça de leve e continuo:
— Bradley, chegou a hora. — Ok, isso está meio esquisito. — Bradley, eu...
— ESTÁ BEM, VOU FAZER SUCO!
Pelo amor de Deus.
— Eu falei que não quero! — insisto, mas mamãe não escuta com o barulho alto do liquidificador.
Aff. Suspiro mais uma vez. Ok, vamos lá.
— Bradley...
— VENHA TOMAR SEU SUCO.
Bato as mãos na cômoda com força e desço as escadas em passos firmes.
— Falei que não queria — reclamo, irritada.
Mamãe franze as sobrancelhas e coloca um copo de suco de laranja com cenoura na minha frente. A cor é vibrante.

— Mas eu já fiz. Não desperdice comida. Existem crianças passando fome no mundo, sabia?
— Por que perguntou, então?
Eu não devia ficar brava, não é uma boa ideia, mas... Sério. Ela sempre faz isso, e não estou a fim de tomar suco.
— Shi Jun, você é muito mal-agradecida.
O nome chinês me tira do sério. Qualquer um acharia que escolher um nome que parece a junção de "Sharpay" e "malote" é a pior coisa que uma mãe poderia fazer. Mas não, sempre dá para piorar. Sempre.
Não me entenda mal, mas nomear a única filha de "Sharlot" é imperdoável para mim. Toda vez que toco nesse assunto, Ma faz um gesto de reprovação e diz: "Queria que fosse 'Charlotte', mas vai saber por que esses nomes em inglês não são escritos da maneira como se fala? Na Indonésia não é assim. Lá os nomes são escritos exatamente como são pronunciados. Kartika. Hartati. Não precisa escrever Car-*tee*-car. É Kar-*ti*-ka! Fácil! Diferente desses nomes malucos em inglês."
"Por que me deu um nome em inglês se nem sabe escrevê-lo?", é o que geralmente grito (quando chegamos a essa parte da conversa, na maioria das vezes estamos gritando).
"Porque quero o melhor para minha filha!", é o que ela grita em resposta. "Tudo o que eu faço é para te dar uma vida melhor!"
Agora aqui está mamãe, usando meu nome chinês mesmo sabendo que eu o odeio. E por um bom motivo, não porque tenho vergonha da minha ancestralidade nem nada do tipo.
— Não me chame pelo nome chinês! — resmungo, irritada.
— É um bom nome — retruca ela. — Quer dizer "exército estudioso"! Nome bonito, forte... Todas as outras garotas têm nomes com significados ridículos como "flor linda" ou "céu lindo". Quis que minha filha tivesse o melhor nome.
— Você errou os ideogramas chineses, por isso meu nome significa "bactéria correta". — Pois é, "Sharlot" não é a pior

coisa que poderia acontecer. — Como consegue ser ruim em todas as línguas?

Para ser justa com a mamãe, mandarim é um inferno de difícil — existem múltiplos ideogramas com a mesma leitura. "Jun", por exemplo, pode significar "exército" ou "monarquia". Também pode ser "esperto". Mas, dentre tantas possibilidades, Ma sem querer escolheu o que significa "bactéria". Quais são as chances?

— Mandarim é muito difícil. Acha que ganhei tudo de bandeja como você, que tem professor particular? Não! Preciso aprender sozinha. Faço tudo sozinha...

— Se matriculou na escola sozinha — murmuro enquanto ela continua falando.

— Me matriculei na escola sozinha.

Conheço esse discurso de cor, então ignoro o sermão sobre como ela me criou totalmente sozinha, sem ajuda de ninguém! E será que eu tinha ideia de como era difícil? *MUITO DIFÍCIL, SHARLOT. Muito, muito difícil. Tão difícil que quase morro, olha minhas rugas! Não tenho nem quarenta anos. Asiáticos não deveriam ter rugas pelo menos até os sessenta! Viu só? VIU SÓ?*

Eu costumo deixá-la desabafar, extravasar um pouco. Mas hoje não. Simplesmente não consigo lidar com tudo isso agora, então lanço mão da única arma que eu sei que vai funcionar.

— Preciso ir. Vou estudar na biblioteca antes da aula.

Funciona. Mamãe se cala no mesmo instante e se apressa para terminar a marmita que insiste em fazer para mim.

Um sentimento familiar de culpa me invade quando observo mamãe fechar o pote. Estamos brigando cada vez mais nos últimos tempos. Tudo pode se transformar em gatilho: eu passar muito tempo jogando no computador, escolher disciplinas de arte em vez de aulas avançadas, chegar tarde em casa e, lógico, dizer a ela que, quando eu me inscrever para o vestibular no fim do ano, vou escolher Artes em vez de um curso que uma mãe asiática aprovaria, como Direito, Medicina ou Administração.

E é por isso que sou tão grata a Bradley. O doce e inocente Bradley Morgan, tão gato que fico sem fôlego toda vez que o vejo.

Meu celular vibra.

**Bradley (07:15): Cheguei!**

Pego minha mochila e balbucio:
— Michie chegou.

Mamãe empurra a marmita na minha direção. Estou prestes a sair correndo, mas a culpa volta a me corroer. Rangendo os dentes, pego o copo de suco e viro tudo em um gole só. Mamãe sorri.

— Boa garota.

— NUNCA MAIS faça suco para mim. — Não sei por que ainda me dou ao trabalho de pedir; sei que vai entrar por um ouvido e sair pelo outro.

Calço os sapatos e me apresso. É um dia típico do sul da Califórnia — céu azul, calor infernal e clima propício para um dia de praia mesmo que tecnicamente ainda não seja verão.

Bradley estaciona na esquina para que Ma, ao espiar pela janela, não me veja entrando no conversível dele em vez de no robusto Volvo de Michie. Toda manhã, meu coração acelera quando vejo o carro prateado. E, quando Bradley coloca a cabeça para fora da janela e me dá aquele sorriso atrevido e brincalhão, meu corpo inteiro relaxa.

— Oi, amor — cumprimenta ele. — Você está linda.

*Não, você é que está lindo*, penso em dizer, mas me contenho. Preciso parecer menos ansiosa, mesmo que eu esteja morrendo de vontade de agarrá-lo.

— Queria te buscar em casa em vez de fazer você andar até aqui — diz Bradley como sempre, o que me faz derreter um pouquinho mais; gosto de saber que ele quer fazer as coisas direito, se certificar de que estou sendo tratada como uma preciosidade.

— Eu sei, amor. Mas você sabe como minha mãe é.

Trinco a mandíbula ao imaginar mamãe vendo Bradley na porta de casa. É um jeito certeiro de espantar um garoto. Outro pensamento melhora meu humor e anuncio:

— Minha mãe vai trabalhar até tarde hoje.

— Ah, é?

Bradley dirige pela via principal com cautela, olhando para os dois lados e com as mãos firmes no volante. Ele é assim: tudo como manda o figurino. Se não fosse tão perfeito quanto um deus grego, provavelmente sofreria na escola. Mas por ser do jeito que é, Bradley é o astro do time de basquete — todo mundo está na palma de suas mãos grandes e fortes. E até elas são atraentes. Não consigo parar de espiá-las enquanto ele dirige, admirando como fazem o volante parecer pequeno.

Ok, estou excitada. E eu já mencionei que Bradley é muito bonito, certo? Estamos ficando há mais de um mês e, como eu contei a Michie, estou pronta. Eu e ele já conversamos sobre isso — ei, eu sou uma garota responsável, e ele é um cara decente — e decidimos que rolaria antes do fim do semestre e do terceiro ano, o que é em — socorro! — três dias. Apenas três dias para o início das férias de verão, quando Bradley vai viajar para a Costa Leste por duas semanas para visitar o pai. Pai. Queria poder passar duas semanas com o meu. Uma pena que eu não saiba nada sobre ele, tirando o fato de que é branco. Enfim, de volta ao assunto mais urgente: Bradley não é virgem, então me sinto meio insegura por ser minha primeira vez. Mas só preciso relaxar, porque Bradley provavelmente é o melhor cara com quem eu poderia ter minha primeira vez.

— Aham — respondo. — A firma de contabilidade da minha mãe conseguiu um grande acordo com uma empresa de arquitetura, New Country ou alguma coisa assim. Ela até comentou ontem à noite que vou precisar me acostumar a não tê-la tanto por perto, como se fosse uma coisa ruim. — Solto um ruído de deboche.

— Ah, ei, é a New Land Architecture? — pergunta Bradley, a voz toda alegre e animada.

Fecho a cara. Não foi assim que imaginei o desenrolar dessa conversa.

— É, acho que sim. Mas então...

— Nossa, que demais! Essa é a empresa que fez o novo teatro da cidade! Eu te mostrei no Instagram, lembra?

Além de excelente atleta, Bradley por acaso também é um entusiasta de arquitetura, e foi mais ou menos por isso que nos conhecemos. Somos um desses clássicos casais fofos de comédia romântica que pega o mesmo livro na biblioteca. Ainda não criei coragem suficiente para contar a ele que na verdade estava procurando *Arte moderna* e não *Arquitetura moderna*. Ele foi tão legal dizendo que eu podia pegar primeiro, mas só se lhe contasse o que achei do livro. Então fiz um esforço para ler um pouco do *Arquitetura moderna* só para termos um assunto para conversar, e cerca de uns trinta minutos depois já estávamos nos pegando.

— Lembro, aham, legal, legal. Enfim, a casa vai estar vazia, sem ninguém, só eu e você... — Deixo a frase no ar, sugestivamente.

— E...? — Bradley checa o espelho retrovisor e me olha de relance com um sorriso alegre.

Eu me seguro para não suspirar. Ele é tão gato que quase ofusca minha visão, mas às vezes Bradley é meio devagar. Odeio ser tão maldosa, mesmo que só na minha cabeça. Isso é totalmente algo que mamãe faria: avaliar alguém de acordo com seus padrões elevados e malucos e julgá-lo por não atingir suas expectativas. Além do mais, acho um pouco injusto da minha parte considerá-lo burro se ele é brilhante quando o assunto é arquitetura.

— Hã, eu estava pensando que a gente poderia... você sabe. — Arqueio as sobrancelhas e logo depois me arrependo, me perguntando se o gesto pareceu assustador. Mas não importa, ele não tirou os olhos da estrada. Ah, se mamãe soubesse quão cuidadoso Bradley é no volante...

— Ah, você está a fim de jogar algumas partidas? A gente poderia chamar Michie e Joel.

Que droga! Como eu posso explicar que não estou falando de jogo?

— Não, Bradley, eu não quero jogar *Fortnite* — resmungo. — Eu quero transar!

O carro faz um desvio na pista. Buzinas soam estridentes, e seguro com força enquanto o veículo desliza e para no acostamento.

Bradley se vira para me encarar com os olhos arregalados.

— Puta merda. Sério?

Meu estômago revira e, de repente, minhas bochechas estão queimando.

— Bem... A não ser que você não queira. Aí não tem problema...

Eu só ia querer morrer, mas beleza, tranquilo.

— Não, lógico que eu quero, poxa! É só que... Uau. — A boca dele se abre em um círculo perfeito. — Tá, beleza. Ótimo! Com certeza!

Ele sorri, inclinando-se para me dar um beijo na bochecha. Bradley checa o trânsito e volta para a pista.

Ok, legal. Preciso me conter para não sorrir feito uma lunática. Daqui a apenas algumas horas, euzinha, Sharlot Citra, vou deixar de ser uma menina para me tornar uma *~~mulher~~*. Ou algo assim, só que menos nojento.

\* \* \*

À TARDE, ESTOU EM FRENTE AO ESPELHO ENSAIANdo poses para receber Bradley. Cabelo desarrumado de um jeito sexy, *check*. Hálito refrescante de menta, *check*. Dente sem espinafre, *check*. Respiro fundo e fico surpresa ao perceber que estou tremendo. Dane-se, eu vou fazer isso. E Bradley é o garoto perfeito para minha primeira vez. Só que meu estômago está embrulhado e tem suor no meu buço, o que com certeza não é nada sexy. Por favor, querido corpinho, pare de suar! Para garantir, pego o desodorante e o passo agressivamente nas axilas e embaixo dos seios.

Alguém bate à porta e me faz pular de susto. Coloco o desodorante na cômoda com certa relutância. De alguma forma, segurar o frasco me deu força, como se fosse uma espada mágica. Um sentimento bem normal ao segurar um desodorante.

Então é isso. Trêmula, desço as escadas e abro a porta.

Bradley está lindo como sempre, mesmo com os cabelos molhados — ele deve ter tomado banho no vestiário da escola. Eca, o vestiário. Afasto a imagem dos chuveiros mofados.

— Oi, linda. — Ele abre aquele sorrisinho incrível e conquistador, inclinando a cabeça para me beijar.

Na maioria das vezes, os beijos de Bradley me fazem esquecer de tudo, mas, dessa vez, me pego tensionando e com vontade de afastá-lo. Não, Sharlot! Por quê? Fecho os olhos com força e o beijo de volta, voraz.

— Uau — murmura Bradley, recuando um pouco e sorrindo confuso. — Você está bem?

— Aham. Vem, vamos lá. — Conduzo Bradley pelas escadas até o meu quarto.

Fecho a porta com um chute e praticamente o ataco. De repente, nossas mãos estão por todo o corpo um do outro, e os dedos dele deixam rastros de fogo na minha cintura.

Arranco a blusa e vejo Bradley perder o fôlego por um segundo. Obrigada, Victoria's Secret. Esse sutiã de renda lilás me custou uma mesada inteira, mas valeu cada centavo pelo olhar atônito de Bradley.

Quando enfim volta a respirar, ele parece um curador de arte reverenciando uma obra-prima de valor inestimável. Bradley engole em seco, o que faz seu pomo de adão subir e descer, então me beija de novo, dessa vez com delicadeza.

— Caramba, você é perfeita.

De novo, embora eu queira muito sentir o corpo quente dele contra o meu, uma pequena — talvez não tão pequena assim — parte de mim congela. Ele percebe a ligeira hesitação em meu rosto e murcha.

— Amor, se você não está pronta, não tem pro...

— Não, eu estou pronta. — Ele não parece acreditar, então começo a tagarelar: — Vai rolar, Bradley. Seu pênis dentro da minha vagina. Bom, na verdade, seu pênis dentro da camisinha dentro da minha...

— Tá, já entendi! — Ele ri. — Bom, se você tem certeza, então...

— Tenho certeza.

Provavelmente todo mundo sente um nervosismo de última hora. Provavelmente não, com certeza. Espanto minhas dúvidas e agarro a camiseta dele com mais força do que eu pretendia. Bradley cambaleia um pouco; por que isso não é tão sedutor e natural como nos filmes? Por fim, ele tira a camiseta, e seu abdômen me faz salivar, o que é tão nojento e assustador quanto parece.

— Posso... — A voz dele some quando baixa os olhos para meu sutiã.

— Pode, aham. Pode, sim.

Mordo os lábios e sinto as belas mãos dele nas minhas costas abrindo o sutiã. Ou tentando, pelo menos. Será que devo ajudá-lo? Isso vai acabar com o clima? Eu deveria ajudar... Não, não, acho que ele conseguiu... É, não foi dessa vez. Devagar, levo as mãos às costas e, depois de alguns segundos excruciantes, sinto meu sutiã se soltar. É isso. Vai acontecer. Até que enfim. Mas, em vez de alívio, um pânico escaldante me atinge. Antes que meu sutiã caia no chão, pego-o de volta e o abraço contra o peito. Meu rosto está queimando. Não sei o que está acontecendo, tudo parece certo e errado ao mesmo tempo. Meus olhos se enchem de água.

— Vixe, amor. — Bradley me abraça e me puxa para perto. — Ei, está tudo bem. Não precisamos continuar.

— Me desculpa, me desculpa mesmo.

— Para com isso, não tem problema — murmura ele, beijando o topo da minha cabeça.

Eu me entrego ao abraço e fecho os olhos. Embora eu esteja envergonhada e decepcionada comigo mesma, também me sinto aliviada. Muito aliviada.

— Bradley, eu...

Um grito sobrenatural interrompe o momento. Levanto a cabeça depressa, batendo-a no queixo de Bradley.

— Ai! — resmunga ele.

Mas não consigo prestar atenção nele, porque na porta do quarto está minha mãe, com a expressão mais furiosa e apavorante que já vi. Ela olha para mim como se estivesse vendo uma pessoa completamente diferente, como se eu fosse uma estranha que invadiu a casa dela.

— O QUE ESTÁ ACONTECENDO?

# 2
## George

ÀS VEZES GOSTO DE DEVANEAR SOBRE COMO SEria minha vida se mamãe não tivesse falecido. Não tenho lembranças dela; tinha apenas quatro anos quando ela morreu no parto de Eleanor. Gosto de pensar que a vida seria muito diferente com ela por perto. Talvez um pouco menos caótica. Acho que mamãe era uma fonte de calma. A família dela com certeza é bem mais quieta do que a de papai. Acho que puxei a ela, esse é o problema. Ninguém na família do papai parece saber o significado de *silêncio* ou *paz*, incluindo Eleanor.

Em geral, tiro proveito disso. Eles são tão barulhentos que é fácil ouvi-los se aproximando e me esgueirar para meus esconderijos de costume. Nossa casa em Jakarta, na Indonésia, é gigantesca e oferece um número absurdo de lugares para se esconder: a sala de estudos que papai não usa, a biblioteca que Nainai não usa e a sala de jogos que eu e Eleanor estamos velhos demais para usar. Mas hoje acho que me distraí. Não ouvi os passos a tempo.

Em minha defesa, sou um adolescente saudável e estou fazendo o que adolescentes saudáveis fazem em seu tempo livre. Eu até terminei a tarefa de casa antes de começar a fazer essa coisa de gente saudável.

Ouço alguém bater à porta e dou um pulo, o coração quase saindo pela boca. *Meudeusmeudeusmeudeus...* Só dá tempo de minimizar a tela do pornô antes de o papai invadir o quarto. Ele acha que adianta bater à porta meio segundo antes de entrar. Aposto que está arrependido, agora que estamos nos encarando em completo e total horror enquanto estou lutando para vestir a calça jeans de volta.

Felizmente ele desvia o olhar, as bochechas muito vermelhas, e balbucia:

— O quê...? Perdão, George...

Infelizmente, a atenção de papai se volta para o computador. Não sei bem por que ele parece ainda mais apavorado — eu havia minimizado o vídeo, que era bem leve para um pornô —, mas estou ocupado demais lutando com a calça para pensar nisso. Juro que meus dedos viraram salsicha e esqueceram como os botões funcionam.

Então — *ah, não!* — ouço mais passos barulhentos acompanhados de um cantarolar animado.

— Oi, papai. — Eleanor aparece na porta ao lado dele. — O que você está fazen... ECA!

— Eleanor, não é o que parece... — Bem, é, sim. É exatamente o que parece, na verdade.

Finalmente, *finalmente*, consigo abotoar a calça; ergo a cabeça e encontro meu pai e minha irmã olhando do computador para mim com uma expressão de horror indescritível. Droga, será que eu não fechei o vídeo? Sério, juro que é coisa leve, é um... Ah.

Quando fechei a janela com pressa, a tela mostrou outra aba aberta, um jogo que eu estava jogando antes de o chamado da natureza lembrar que sou um adolescente cheio de tesão. *Fields of Dreams* não faz bem meu tipo. É um jogo de fazenda com personagens adoráveis e cores primárias vibrantes. Em geral gosto de jogos de tiro em primeira pessoa, mas eu tinha acabado uma partida puxada de *Warfront Heroes* com a galera e precisava de uma pausa. Enfim, não sei por que papai e Eleanor estão encarando *Fields of Dreams* como se o gnomo fofo e o texugo ainda mais fofo tivessem acabado de decapitar um ao outro.

— Hã, desculpa. — É muito difícil falar agora, como se minhas palavras estivessem se arrastando por uma poça de mel.

Eu deveria dizer algo a mais, me explicar, mas não sei bem se existe alguma explicação. Quer dizer, vou repetir: tenho dezessete anos, sou saudável e não estava fazendo nada esquisito ou errado, né?

Com um esforço óbvio, papai e Eleanor tiram os olhos do computador e voltam a me encarar.

— George Clooney — sussurra papai. Ele sempre usa meu nome do meio quando está bravo comigo, o que só comprova que ele e mamãe escolheram esse nome terrível apenas para me punir. — Você estava se masturbando com... hum... com...

— Com um elfo e um texugo dançando? — completa Eleanor, solícita. Ela parece ter se recuperado do choque, e o sorrisinho pretensioso estampa seu rosto.

— Como assim... NÃO! — Olho de novo para a tela e agora vejo que o pequeno gnomo barbado de fato está dançando com um grande texugo. — Isso é só... Não, gente. O gnomo está dançando porque, hã, o texugo deu um presente especial pra ele, olha...

Em desespero, clico para abrir meu inventário e percebo, tarde demais, que o presente do texugo para o gnomo foi...

— Uma suculenta berinjela extragrande — lê Eleanor com uma voz muitíssimo assertiva e, lógico, alta.

— Os animais te dão uma parte da colheita se você cumprir missões. Não faça parecer uma coisa estranha! — Percebo que minha voz está ficando estridente, mas não consigo evitar. — Pai, juro que estava assistindo à pornografia normal. Tipo, era um pornô leve, superchato e respeitoso! Olha, vou mostrar meu histórico!

Mas papai e o restante da família não têm fama de serem calmos. Eles fazem mais o tipo barraqueiro. É nessas situações que eu gostaria que mamãe ainda estivesse aqui para acalmá-lo. Fico sem jeito e observo papai sair com tudo, me deixando sozinho com Eleanor e seu sorrisinho.

— Ai, caramba — resmungo, cobrindo o rosto com as mãos. — Juro que não era... Não foi isso.

Eleanor solta um suspiro dramático. Ela com certeza recebeu o gene da família Tanuwijaya. Tem todo um talento teatral, é a rainha do drama.

— Dã, eu já sabia.

Levanto a cabeça.

— Sabia?

Ela revira os olhos e se senta na beirada da cama.

— Ah, George Clooney. Eu tenho treze anos, não sou idiota. Já vi as coisas a que você assiste. É como você mesmo disse, superchato.

— Como... o quê? Calma. O quê? — Estou tão chocado com a revelação que não a lembro de me chamar de *gege*, "irmão mais velho" em mandarim.

— A senha do seu computador é o nome da mamãe — revela ela, com outro revirar de olhos agressivo. — Levei mais ou menos dois minutos para descobrir.

— Então você andou fuçando meu quarto?

Nossa, nem sei como me sinto. Violado, no mínimo.

— Só quando estou entediada. Mas é tudo culpa sua.

— O quê? Como assim?

— Bem, era para você me ajudar a convencer o papai a me dar um celular, lembra? Pensa só em quanto um celular me manteria ocupada. Não vou precisar bisbilhotar o quarto de todo mundo como passatempo. — Ela ergue as sobrancelhas como se estivesse dizendo algo muito óbvio. O que, de certa forma, ela está fazendo mesmo.

Aperto a ponte do nariz. Há tanta informação para processar, além do fato de que papai ainda está pela casa, provavelmente se lamentando. Por sorte, Nainai — a vovó — tem deficiência auditiva. Ele teria que resmungar superalto para ela ouvir, e vovó ainda assim não entenderia.

Tá. Preciso focar. Uma coisa de cada vez. Mudar a senha do computador. É isso. Faço questão de ignorar Eleanor e começo a digitar. Nova senha. Humm. O aniversário da mamãe.

— Aposto que você está mudando a sua senha para o aniversário da mamãe — murmura Eleanor, debochada.

Levanto a cabeça e tento não parecer tão surpreso.

— Tão previsível — acusa ela.

Aff. Não consigo lidar com isso agora. Olho em volta e digito a primeira coisa em que consigo pensar: *mousepad*. Certo. Vou mudar a senha depois, quando conseguir apagar esse incêndio. Endireito a postura e aponto um dedo para Eleanor, autoritário.

— Nunca mais mexa nas minhas coisas, ouviu, Eleanor?

— Não está se esquecendo de nada?

Ranjo os dentes e respondo:

— Eleanor... Roosevelt.

É, meus pais têm uma coisa com nomes. É um costume sino-indonésio. As pessoas destroem nomes ocidentais por completo ou misturam dois nomes perfeitamente inocentes (no mesmo naipe de "Renesmee", de *Crepúsculo*) ou usam o nome de celebridades brancas. Eu, um garoto perfeitamente normal, tenho vergonha do meu nome completo: George Clooney Tanuwijaya. Eleanor, por outro lado, adora ser chamada de Eleanor Roosevelt e ficou o ano passado inteiro pedindo que todo mundo a chamasse pelo nome composto.

Volto a falar, no tom mais baixo e ameaçador possível:

— NUNCA MAIS mexa nas minhas coisas.

Eleanor abre a boca, ofendida, e está prestes a dar uma resposta sarcástica quando ouvimos vozes no andar de baixo.

Meu coração, ainda se recuperando do choque, de repente dispara como um cavalo a galope. Mesmo no andar de cima e a pelo menos uns três cômodos de distância, não tenho como confundir aquela voz.

Eleanor e eu nos entreolhamos e dizemos juntos:

— *Oitava Tia*.

Corro para fora do quarto, Eleanor logo atrás de mim.

Apesar de ser a mais nova dos oito irmãos de papai, a Oitava Tia é a matriarca do clã Tanuwijaya, e não só porque ela é dona da maior parte da empresa da família, mas porque é charmosa, sagaz e a única dos irmãos capaz de manter a calma em qualquer situação para encontrar a melhor saída. Estremeço ao pensar qual seria a solução que ela proporia se papai contasse que me pegou gozando com um texugo. E papai com certeza vai contar, porque a Oitava Tia fareja o cheiro de problema, como um perfume muito forte, e começa a fuçar. E quando a Oitava Tia encasqueta, ela investiga com a astúcia e a eloquência de um agente da CIA. Não há nenhuma chance de papai — o irmão mais velho, honesto e desajeitado da família — esconder isso dela. Não há segredos em nosso clã, ainda mais com a Oitava Tia. Nem mesmo questões que as pessoas de fora da família consideram íntimas. Ela sabe de tudo, até a data em que as minhas primas menstruaram pela primeira vez. Nada escapa da Oitava Tia. Nadinha.

Minha nossa, corram mais rápido, pés! Por que a casa é tão grande? Uma família de quatro pessoas realmente precisa de tanto espaço?

Quando consigo chegar ao fim da grande escada caracol e passar do hall de entrada, da sala de estar formal, da sala de jantar formal, da sala de jantar casual e da sala de estar menos formal, que é usada para receber os parentes mais próximos, já estou sem fôlego. Esbarro o ombro em uma das enormes portas duplas e vejo a Oitava Tia e o papai levantarem a cabeça, boquiabertos. Irah, a governanta, está tirando o último prato de crudités da bandeja de prata. Ainda bem — se Irah continua aqui, significa que papai ainda não contou nada. Eles não diriam algo que pudesse ferir a reputação da família com alguém por perto.

Mas meu alívio dura pouco. Observo a Oitava Tia sibilar em mandarim:

— Aham, sim, entendo. Uma questão muito delicada.

Mandarim. Nãããoo! Às vezes odeio o fato de que a maioria dos sino-indonésios fale três idiomas: indonésio, mandarim e inglês. Isso significa que papai e a Oitava Tia podem ter conversado sem que Irah entendesse uma palavra sequer. Então a Oitava Tia vira a cabeça e me encara como quem diz: "Como é que tantas gerações de casamentos muito bem planejados resultaram em você? Como a genética falhou tanto?" Na maioria das vezes, ela me olha assim, mas também com um ar de "Pequeno George Clooney, que fofo! Ele não é grande coisa, mas é o único homem dessa geração do clã Tanuwijaya, então devemos celebrá-lo, apertar suas bochechas e fazê-lo se alimentar de maneira saudável". Mas agora esse ar carinhoso se foi. Papai com certeza abriu o bico. Caramba, ele deve ter contado todos os detalhes.

Deve ser estranho contar que flagrou seu filho se masturbando, mas minha família tem zero limite. Uma vez ouvi a Quarta Tia cochichando com a Terceira Tia se Kimberli, minha prima na época recém-casada, já estava grávida, e, quando a Terceira Tia disse que não, a Quarta Tia ligou para Kimberli no viva-voz e aconselhou o marido dela sobre as melhores posições para aumentar a chance de concepção. Não consegui encarar a Quarta Tia pelo resto do dia.

— *Aduh*, George. Sente-se aqui e explique-se — ordena a Oitava Tia, franzindo as sobrancelhas e dando tapinhas no lugar ao seu lado. De todos os irmãos de papai, ela é a única que fala inglês sem dificuldade, embora salpique as frases com umas pitadas de indonésio.

Como um filhotinho apavorado, eu me aproximo devagar. Eleanor chega pulando, esbanjando alegria.

— Ah, minha pobre querida Eleanor Roosevelt. — A Oitava Tia é também uma das poucas pessoas que acatou o pedido de Eleanor para chamá-la pelo nome composto. — Venha cá.

Eleanor obedece com uma afeição descarada e praticamente se joga no colo da tia, por muito pouco quase entortando o penteado enorme da mulher. A Oitava Tia faz um cabeleireiro profissional ir à casa dela a cada dois dias para lavar e fazer um penteado em seu cabelo. Eleanor diz que ela dorme sentada para não bagunçá-lo, e eu sinceramente não sei se ela está zoando. A aparência da Oitava Tia é tão exagerada quanto o cabelo — hoje ela está toda vestida de Dior: a longa saia de tule, o grosso cinto de couro e o blazer possuem a logo "CD", e não tenho dúvidas de que até a maquiagem impecável é Dior. É com essa atenção aos detalhes que a Oitava Tia se dedica a cada aspecto de sua vida, o que é parte da razão de ela ser uma matriarca tão bem-sucedida.

Eu me ajeito na ponta do sofá, cauteloso, o mais longe possível das duas.

— Coitadinha da minha bebê — diz a Oitava Tia, acariciando o cabelo de Eleanor.

— Ah, tia, foi tão bizarro — choraminga Eleanor.

É sério isso?

Preciso resistir ao ímpeto de fuzilar Eleanor com os olhos. Posso jurar que minha cabeça se transformou em uma bola de fogo.

— Eu posso explicar...

— Não precisa — rebate a Oitava Tia, gesticulando para me interromper. — Eu entendo. É o que acontece sem uma figura materna. Falhei com você, George. — Ela parece tão decepcionada que me contorço, desconfortável, sem saber o que fazer. — Ouvi falar sobre essa tendência, sabe... — declara ela, como se fosse uma fofoca.

— Que tendência?

Minha nossa, aposto que ela acha que masturbação é uma modinha. A Oitava Tia se encolhe e abaixa o tom de voz.

— Essa tendência de... ah... de se tocar com a ajuda de animais de desenho animado.

Papai estremece, horrorizado, deixando escapar um suspiro baixo.

— Não é nada disso! — Minha voz sai tão aguda e rápida que só cachorros conseguiriam ouvi-la. Pigarreio. — Oitava Tia, sério, eu não estava...

Ela ergue a mão para me interromper outra vez:

— Está tudo bem, George. Entendo que você saiu dos trilhos. Seu pai e eu vamos pensar numa solução. Enquanto isso, concordamos que você deve ficar sem celular e sem computador.

Minha boca se abre em completo terror.

— Não, por favor...

Em uma fração de segundos, a expressão da Oitava Tia passa de tristeza para a ira de uma deusa.

— George Clooney, você vai ser o garoto-propaganda do nosso novo produto.

O novo produto a que ela está se referindo é o OneLiner, um aplicativo voltado para garotos adolescentes que será lançado daqui a cerca de um mês. É um dos nossos aplicativos com o objetivo de "fazer o bem para a humanidade" — temos vários deles à disposição, e eles sempre fazem maravilhas para a imagem da empresa. O OneLiner foi idealizado como uma maneira divertida de ensinar aos garotos comportamentos adequados e respeito pelas garotas. Como diz a Oitava Tia, é triste ter que ensinar isso, mas, já que é necessário, não faz mal transformar a situação em uma propaganda positiva para a empresa. Para ser sincero, tenho até orgulho do aplicativo. A ideia foi minha, e não pensei que fossem levá-la adiante. Quando a família foi informada de que estava na hora de lançar um novo aplicativo de "fazer o bem", receberam uma tonelada de ideias de todas as minhas primas, porque tradicionalmente usamos uma delas para divulgá-los. Com personalidade e bravura moldadas nas fornalhas de escolas particulares internacionais, minhas primas são ótimas modelos. Eu ficaria feliz em deixar qualquer uma delas ser a garota-propaganda do OneLiner, mas, infelizmente, como o aplicativo é voltado para garotos e o clã foi amaldiçoado com o fato de eu ser o único homem da geração, me tornei o rosto que ninguém queria ter no aplicativo.

— Olha, entendo que adolescentes fazem... bem, coisas de adolescentes — continua a Oitava Tia com uma careta. — Mas vivemos em um país conservador. Eu sei que é, hum... saudável, mas o representante do OneLiner não pode ser flagrado fazendo coisas desse tipo.

— Não era nada pervertido, eu juro! — grito, a voz falhando um pouco.

Ela mantém a mão erguida.

— Não importa, George. Por mais inocente que seja, tudo pode ser tirado de contexto. Lembre-se do que aconteceu com Millisent.

Dois meses atrás, na saída de um karaokê, prima Millisent (considerando todas as grafias esquisitas que um nome pode ter, o dela não é tão ruim, acho) passou os braços pela cintura das duas melhores amigas e beijou a bochecha delas. Um fotógrafo registrou o momento. Um gesto inocente, mas, como suas peças de grife mostravam mais pele do que as pessoas daqui estão acostumadas, os sites de fofoca distorceram tudo e a acusaram de ter feito um ménage à trois selvagem no karaokê. O estabelecimento foi vandalizado por grupos extremistas, e Millisent e as amigas tiveram que se mandar às pressas para Singapura para fugir do escândalo. As ações da empresa da família caíram por dois dias até o circo midiático se voltar para outra situação.

— Precisamos tomar muito, muito cuidado. Não podemos correr riscos. — Ela respira fundo. — Sem eletrônicos até que o OneLiner seja lançado oficialmente, *titik*.

Ponto-final. A Oitava Tia está acostumada a ter a última palavra.

— Isso também vale para você, Eleanor — resmunga papai em indonésio.

Eleanor levanta a cabeça tão rápido que bate no queixo da Oitava Tia.

— Ai! — gritam as duas.

Mordo o lábio para prender o riso. Sei que é mesquinho, mas fala sério!

— Como assim, papai? — pergunta Eleanor, massageando a cabeça.

— Sem celular para você.

Eleanor está ultrajada.

— Por que não? A gente ia hoje comprar um iPhone!

— Não me sinto seguro para lhe dar um celular. Olha o que aconteceu com o seu irmão.

— Isso é com o *gege*! Eu sou diferente, pai, o senhor sabe disso. Por favorzinho.

Desta vez, papai está impassível ao charme de Eleanor.

— Não. Tem muita gente estranha por aí. Vamos esperar mais um ano, aí podemos voltar a pensar no assunto.

A expressão no rosto de minha irritante irmãzinha quase faz valer a pena todo o constrangimento causado pelo infeliz incidente. Quase.

# 3
## Sharlot

A LUA ESTÁ COM UM BRILHO TÃO NÍTIDO QUE quase enxergo todas as crateras em sua superfície. Abaixo dela vejo uma camada de nuvens que reflete o luar como um oceano prateado. O avião sobrevoa o céu noturno, e eu o imagino atravessando o mar de nuvens e rasgando o algodão macio à medida que se afasta do único lugar que chamei de lar. É uma vista de tirar o fôlego, mas não estou no clima. Em vez disso, fecho a janela com força e me viro para encarar mamãe, que está lendo uma revista da companhia aérea.

— Isso é sequestro — argumento pela milionésima vez.

Mamãe solta um riso pelo nariz.

— Ah, Sharlot, você tão engraçada.

Em geral não me incomodo quando mamãe faz desvios da norma culta do inglês — são tão leves e raros que não atrapalham o entendimento. Mas agora estou irritada com qualquer coisa que ela faça, então disparo:

— "Sharlot, você *é* tão engraçada." Não "você tão engraçada".

Ela cerra os lábios, e sinto um aperto de culpa no peito. Foi golpe baixo. Mamãe imigrou da Indonésia para os Estados Unidos quando tinha dezessete anos e aprendeu a falar inglês sozinha, gravando e reassistindo a episódios de *Ally McBeal: Minha vida de solteira* e *Arquivo X*. O inglês dela é impressionante. Duvido que eu conseguiria fazer o mesmo se fosse jogada em um país estrangeiro ainda adolescente. E é exatamente o que ela está fazendo comigo, a propósito. Está arruinando minha vida por completo e merece todas as baixarias do meu repertório.

Ainda assim, ranjo os dentes e balbucio:

— Desculpa.

Mamãe fica em silêncio, mas seu peito murcha de leve quando ela solta o ar que estava prendendo.

— Ma, fala sério, você não vê que é lou... que está exagerando? Quer dizer, e o seu emprego? Você não comentou que tinha acabado de fechar negócio com aquele ótimo cliente?

— Eu conversei com o pessoal. Posso fazer a maior parte do trabalho de forma remota, e o que for presencial vai ser resolvido pelo Gregory.

— Minha nossa, o Gregory? Você fala mal desse cara há anos! Ele vive de olho no seu cargo.

— Aham, pra você ver quanto estou me sacrificando para o seu bem, Sharlot — sibila ela.

— Mas você não precisa fazer isso! Juro, não ia acontecer nada com o Bradley. Eu estava só...

Lágrimas brotam em meus olhos quando lembro a catástrofe da minha quase primeira vez. Foi horrível, e ser flagrada por mamãe só piorou as coisas. A humilhação foi tanta que me antecipei e terminei com Bradley. Ele ficou confuso, mas quem pode culpá-lo? Ele perguntou o que tinha feito de errado, o que tornou tudo ainda pior, porque é óbvio que ele não fez nada de errado. Foi tudo culpa minha. Porém, quando eu pronunciei aquelas palavras — *não é você, sou eu* —, pareceu só um clichê idiota.

Agora, três dias depois do acontecimento mais humilhante da minha vida, mamãe perdeu as estribeiras de vez e está me arrastando para o raio da Indonésia. Argumentei que eu deveria ter tomado a vacina contra malária antes de viajar, mas a espertinha retrucou que estou em dia com todas as vacinas. Aff, lógico! Desde criança, mamãe faz questão de que nós duas tomemos todas as vacinas necessárias para viajar à Indonésia. Malária, hepatites A e B, febre tifoide e raiva. Sempre pensei que fosse paranoia dela, mas agora estou me questionando se Ma já tinha a intenção de fazer essa viagem esse tempo todo.

Afinal de contas, o que tem de especial na *Indonésia*? Não é como Singapura, terra do filme *Podres de Ricos*, repleta de brilho e glamour. Quer dizer, sem querer ofender a cultura da mamãe, mas, quando penso na Indonésia, penso em... tipo... isso vai soar totalmente horrível, mas, hã, naquelas cabanas que aparecem no canal *National Geographic*. Eu sei que provavelmente não é assim. Torço para que não seja. Sei lá. Tudo que eu encontrei na internet de última hora me pareceu ruim. Tem várias matérias sobre a Indonésia na BBC, a maioria sobre como a capital, Jakarta, está afundando. Também há fotos de pessoas em condições muito tristes e enchente atrás de enchente. Que lugar miserável. Sei que minha opinião é bem ignorante, mas a verdade é essa: em todos os meus dezessete anos de vida, minha mãe nunca me levou para Jakarta. Agora, está me obrigando a ir como forma de punição. Até minha própria mãe, nascida e criada em Jakarta, vê o lugar como um purgatório.

— Não vamos mais discutir, tá bem, Sharlot? — conclui mamãe, por fim. — Vamos passar verão em Jakarta, está decidido.

— Que inferno do cacete.

O olhar de mamãe me atinge como um raio laser.

— É exatamente por isso que vamos para lá — retruca ela. — Você está muito americanizada. Muito atrevida! Seu linguajar, seu corpo...

A forma como ela fala sobre meu corpo o faz parecer quase vergonhoso, como se eu não devesse ter um.

— Olha só, começou a caretice.

— Não é... — Mamãe se controla e respira fundo. Então abaixa um pouco o tom de voz. — Não estou falando que você não deve transar, Sharlot. Você pode transar. Mas não ainda. Não agora. Você muito nova! Só dezessete anos!

Estou imaginando coisa ou a voz dela estremeceu só um pouquinho? Quando mamãe volta a falar, sua voz está firme outra vez:

— Minha função como sua mãe é te manter segura, mostrar como... como *jadi orang*.

*Jadi orang*. Duas palavras que me perseguem desde que me entendo por gente. Acho que a ideia é algo tipo "vencer na vida", mas a tradução literal é "tornar-se uma pessoa", o que me faz odiar essa expressão. Como se crianças não fossem pessoas. Como se precisássemos comer o pão que o diabo amassou e satisfazer os caprichos dos mais velhos como pré-requisitos para nos tornarmos seres humanos legítimos.

— Sei que você odeia ser lembrada disso, mas eu já sou uma pessoa dotada dos próprios direitos — digo.

Mamãe bufa, impaciente.

— *Aduh*, Sharlot, por que você tão difícil? Lógico que você uma pessoa. Estou dizendo que... — Ela gesticula, frustrada, tentando procurar as palavras certas, e sinto certo prazer em ver sua dificuldade. — Estou dizendo que você precisa aprender a ser adulta. *Sudah*. Fim da discussão.

Mamãe cobre os olhos com a máscara de dormir e se recosta na poltrona, fingindo que está tirando uma soneca. Ela está tão entregue à atuação que não se mexe nem quando uma comissária de bordo começa a servir petiscos e bebidas. A mulher coloca um copo de água com gelo na mesinha de mamãe e eu bufo, observando o gelo derreter, cada minuto um lembrete de que estou sendo levada para muito, muito longe do único lar que já tive.

**OK, NO FIM DAS CONTAS, JAKARTA TEM UM AERO**porto bem legal e moderno. Quem diria? Na verdade, é tão moderno e brilhante que meio que faz o aeroporto de Los Angeles parecer um chiqueiro. Quer dizer, pior do que já é.

Óbvio que não posso deixar mamãe reparar que estou impressionada com esse aeroporto idiota, então tomo cuidado para manter a postura de tédio, desinteresse e irritação. Durante todo o trajeto das longas filas na alfândega até a esteira para pegar as malas, mamãe e eu não trocamos uma palavra. Tratamento silencioso é o que há. O único problema é que não sei quem de nós duas está ignorando a outra, e não é como se eu pudesse perguntar. A postura passivo-agressiva de mamãe é lendária. Se eu quebrasse o silêncio e questionasse se ela está me ignorando, Ma me olharia de um jeito surpreso e inocente e diria: "Do que você está falando? Pensei que a gente estivesse meditando." Então, de alguma forma, a rancorosa seria eu. É sempre assim.

Por fim, as malas chegam, e mamãe e eu vamos até a porta do desembarque, onde há uma multidão esperando outras pessoas. Embora ainda estejamos dentro do aeroporto, os portões abertos permitem que o ar úmido e quente tome conta do ambiente; de uma hora para outra, estou suando em bicas dentro do cardigã leve. Tiro o agasalho, mas estou ciente de como minha regata parece indecente perto das roupas dos outros, e de como minha pele clara praticamente brilha em contraste com a pele da maioria das pessoas ao meu redor. Mais uma vez, surge a sensação esmagadora de que estou muito, muito longe de casa. Eu me cubro com um braço e puxo a mala em silêncio, mantendo a cabeça baixa e seguindo mamãe.

Quando estamos perto da saída do aeroporto, mamãe se vira e diz:

— Olha, Shar, as pessoas aqui podem não aceitar muito bem sua... — Ela hesita e, por um momento, sinto a armadura dela se rachar. Minha mãe parece pequena, jovem e insegura. Quase consigo vê-la se perguntando se me trazer para cá foi a coisa certa. — Só não... só... ai, esquece.

— Pei! Qing Pei! — Alguém chama o nome chinês de mamãe.

Um homem alto e magro sai do mar de gente. Estou morrendo de curiosidade para saber o que mamãe estava prestes a dizer, mas, quando a encaro, sua armadura está impecável mais uma vez. Volto a olhar para o homem. Eu o reconheço vagamente como um dos muitos irmãos de mamãe. Apesar das circunstâncias, sinto meu coração acelerar. Essa é a primeira vez que vejo um parente em carne e osso. Não sei o que aconteceu dezessete anos atrás, mas a família de mamãe nunca nos visitou, embora não por falta de vontade. Já os ouvi pelo telefone perguntando quando poderiam fazer uma visita, e Ma sempre respondeu: "Ah, agora não, ando tão ocupada com o trabalho, sabe, *muito* ocupada. Venham quando as coisas se acalmarem, viu?" Só que as coisas nunca se acalmam, não quando se trata de mamãe.

— Qing Li!

Ma corre na direção dele e os dois se cumprimentam com um meio abraço muito constrangedor, como fazem os asiáticos, e depois ficam lá sorrindo um para o outro por alguns segundos.

— *Aiya*, não precisava ter vindo! Eu podia ter chamado um táxi.

Tio Qing Li franze o cenho e, fácil assim, mamãe começa a falar em indonésio sobre... alguma coisa. Por que ela está falando tão rápido? Será que sempre falou indonésio tão devagar para me ajudar? Fico parada, me sentindo muito perdida e sozinha, com uma súbita vontade chorar.

Então tio Qing Li me olha e abre um sorriso. Retribuo o gesto. Meu corpo inteiro parece um coração enorme e pulsante. Este homem é da minha família! Ele diz algo em indonésio e, quando o encaro sem entender nada, mamãe lhe pede que fale mais devagar porque meu indonésio é péssimo.

— Ah, tá! Seja... bem-vinda... ao... lar... Sharlot!

Preciso literalmente morder a língua para não responder "Aqui não é meu lar, cara". Em vez disso, respondo:

— Valeu, tio.

Ele gargalha como se eu tivesse dito algo hilário.

— *Waduh*, você é muito *bule*, *ya*? — *Uau, você é muito branca, hein?*

Minhas bochechas devem estar vermelhas feito tomate. Eu não devia ficar surpresa; sei que os tios asiáticos não têm filtro e quase nunca querem ofender quando dizem esse tipo de coisa. Também sei que, sendo filha de mãe asiática e pai caucasiano, sempre estarei deslocada. Acho que eu só não esperava que falassem isso bem na minha cara.

Mamãe gesticula com indiferença, depois me diz para chamá-lo de Li Jiujiu, que pelo jeito significa "tio Li por parte de mãe" em mandarim. Feitas as apresentações, Li Jiujiu pega as malas sem perguntar nada e as puxa para fora, onde uma enorme minivan está à nossa espera. Um motorista salta do carro quando nos vê e pega as bagagens.

— Obrigado, Roni — diz Li Jiujiu.

— Ah, sim, obrigada — repito.

O funcionário responde com um pequeno grunhido, como se fosse o Geralt de Rívia de *The Witcher*, e coloca as malas no bagageiro como se elas não pesassem nada.

Entramos no veículo e eu suspiro, curtindo o vento gelado do ar-condicionado em meu corpo derretido. Essa é a minivan mais chique em que já estive. Os bancos são de um couro luxuoso, o interior é muitíssimo espaçoso e, quando o motorista liga o carro, o sistema diz alguma coisa em japonês. Mamãe e Li Jiujiu começam a falar bem rápido em indonésio, então eu os ignoro e fico contemplando a vista da janela à medida que saímos do aeroporto.

Jakarta. A cidade natal de mamãe. Quando criança, eu era obcecada em saber mais sobre esse lugar. Fazia milhões de perguntas a Ma sobre o país, a família e o passado. Mas, na época, ela só me contava detalhes irrelevantes como "é um país tropical" ou "é muito quente". Cada resposta vazia era um balde de água fria e, conforme eu crescia, a mágoa foi se transformando em ressentimento. Decidi dar o troco me tornando o extremo oposto. Fazê-la provar do próprio remédio. Toda vez que mencionava a Indonésia, eu interrompia a conversa. Uma atitude rancorosa, eu sei, mas depois de ter minha curiosidade desencorajada, precisei me acostumar a não falar sobre a Indonésia. Além disso, ela não tem o direito de decidir quando retomar o assunto, não depois de todo esse tempo.

A região ao redor do aeroporto era como eu esperava: verde e rural, sem muito o que ver. Verifico a hora no celular. Três da tarde, horário local. Sinto a cabeça pesada e grogue. Depois de vinte e quatro horas de voo, me sinto completamente acabada, mas estou muito agitada para tirar um cochilo. Em vez disso, volto a olhar pela janela. O céu é azul-acinzentado e um pouco escurecido, mas não por estar nublado — é a camada de poluição. Que ótimo. Pego meu tablet para desenhar, sabendo que esse ato vai matar dois coelhos com uma cajadada só: vai acalmar meus nervos (viva!) e irritar mamãe (viva duas vezes!).

Li Jiujiu dá uma olhada e ri com admiração.

— Uau, então temos uma pequena artista aqui? Igualzinha a você, Qing Pei!

*O quê?* Viro a cabeça com tudo para mamãe. Ela repreende Li Jiujiu:

— Era só um passatempo. Inútil, inclusive.

Pressiono a caneta com tanta força contra o tablet que o traço acaba saindo bem mais grosso do que eu queria e preciso desfazê-lo. Um passatempo inútil. É assim que ela vê minha profissão dos sonhos. Ranjo os dentes até a mandíbula doer e me forço a respirar bem fundo. Só preciso focar no desenho. Em poucos minutos esboço traços limpos e me perco nas linhas de meu rascunho.

Depois de uns vinte minutos, Li Jiujiu me cutuca e anuncia:
— Aí está a cidade.

Ali está a cidade, sem sombra de dúvida. Arregalo os olhos. Mas o que...?

Pensava que Los Angeles era uma cidade grande, mas lá tudo é muito espaçado e a maioria dos prédios é baixa — não há muitos arranha-céus fora do centro da cidade. Jakarta é o completo oposto. Estamos rodeados por arranha-céus, e entre eles há casas e lojas, todas grudadas umas às outras em um infindável horizonte metropolitano. É incrível, intimidante e, minha nossa, como eu pude estar tão enganada esse tempo todo? Meu estômago embrulha quando lembro as coisas horríveis que falei para mamãe. Como quando ela mencionava que Jakarta era uma cidade enorme e moderna e eu revirava os olhos ou bufava, dizendo "Sei, mãe" de um jeito horrível e condescendente. Todas as pequenas discussões em que eu pensei estar constatando fatos, mas não estava. Só estava sendo babaca. Uma babaca ignorante e desinformada.

Volto a fitar o tablet, lutando para me acalmar. No fim das contas, não me importo que Jakarta seja uma cidade moderna. Aqui não é o meu lar. Eu sei bem como é se sentir deslocada. E nunca me senti tão deslocada quanto agora.

# 4

## Sharlot

O TRAJETO DE CARRO DURA UMA ETERNIDADE. Assim que entramos no centro da cidade pegamos um engarrafamento que botaria o trânsito de Los Angeles no chinelo. Estamos parados há tanto tempo que acabo ficando cansada de desenhar, então guardo o tablet e pego o celular. Ainda bem que eu trouxe minha bateria reserva. Estamos catorze horas à frente de Los Angeles, então são quase duas da manhã lá. Aponto a câmera do celular para fora da janela, tiro uma foto e posto nos stories do Instagram com a legenda "Apaixonada pela cidade!", o que só faz com que eu me sinta pior. Mas não é como se eu pudesse escrever "Presa no purgatório pelo resto do verão #SOS". Não seria legal. O Instagram só serve para positividade tóxica. O Twitter, por outro lado...

Melhor não. Não estou no clima para aquela amostra grátis do inferno. Em vez disso, mando uma mensagem para Michie dizendo que estou com saudade, o que é verdade, pelo menos. Então abro a conversa com Bradley. Todas as últimas mensagens foram enviadas por ele.

**Bradley (19:34):** Ei, sei que vc terminou comigo e tal, mas tipo... vc tá bem? Vc sumiu, ninguém sabe onde vc tá. Tô muito preocupado, espero que sua mãe não tenha feito nada grave.

**Bradley (20:11): Me responde assim que der.**

E várias outras além dessas. Meus dedos pairam sobre as teclas por uma eternidade, meu coração acelerado. Eu deveria respondê-lo. O coitado merece uma explicação. Quer dizer, será que existe outro ser humano tão legal quanto ele? Eu dei um pé na bunda do cara e mesmo assim ele está todo preocupado comigo. Nem contei a ele que fui levada à força para a Indonésia.

Mas toda vez que penso em Bradley, lembro que desabei na frente dele feito uma completa idiota. Lembro que ele me viu de cara limpa, sem a habitual máscara de sarcasmo, e esse pensamento martela meu cérebro. Balanço a cabeça de leve e enfio o celular de volta no bolso. Com certeza preciso responder Bradley, mas não depois de passar vinte e quatro horas ao lado da minha mãe.

Muito tempo depois, quando estou tirando um cochilo, Li Jiujiu anuncia:

— Chegamos! — A entonação dele faz parecer que a entrada da garagem é uma vista imperdível.

Acordo num sobressalto e... de fato, a vista é muito impressionante. Pelo jeito, Li Jiujiu mora numa verdadeira mansão.

— Ah, a antiga mansão! — exclama mamãe, feliz.

Eu a encaro.

— Como assim, "antiga"? Você morou aqui?

— Aham, essa é a casa de Ah Gong e Ah Ma. Era... — explica mamãe, o rosto dela ficando triste por um momento.

— Mas nós a reformamos, lógico — diz Li Jiujiu.

Preciso me esforçar para não ficar boquiaberta conforme o portão de ferro forjado da garagem se abre e entramos.

Caramba, a família de mamãe é cheia da grana. Como eu nunca soube disso? Quer dizer, sempre vivemos de maneira confortável em Los Angeles, de um jeito bem classe média.

— Nós somos, tipo, *Podres de Ricos*? — pergunto, sem conseguir me conter.

Os dois caem no riso, jogando a cabeça para trás.

— Não — responde mamãe entre gargalhadas.

— Não, imagina! — diz Li Jiujiu. — Somos uma família chinesa comum. Qing Pei, você não contou a ela sobre a história dos sino-indonésios?

Mamãe funga e eu ranjo os dentes, engolindo outra resposta sarcástica.

— Ah, tudo bem, Li Jiujiu conta depois. Vem, vamos entrar, vocês podem ir tomar banho e tudo mais, depois desçam para jantar.

Saio do carro e vou até a parte traseira para pegar minha mala, mas Li Jiujiu fala para eu não me incomodar e me leva para dentro da mansão. O interior da casa só pode ser descrito como uma explosão rococó. Tudo é excepcionalmente ornamental e dramático: os pilares são decorados com buquês de flores e exibem pássaros muito bem esculpidos no mármore, as paredes possuem camadas e camadas de cornijas curvas, e a mobília também é toda curva, com pés delicados e entalhes intricados. Há lustres enormes e elaborados por todos os cômodos — no hall de entrada, na sala de estar e na sala de jantar. Parece que acabei de entrar num teatro. Mas tudo parece exagerado, como se fosse o cenário de uma peça.

— Ah, Qing Pei! — grita uma mulher do outro lado da casa.

Ela corre até nós com um sorriso gigante e os braços abertos. O sorriso de mamãe é um pouco mais contido.

— *Sao sao*, você está ótima! — elogia mamãe.

Deduzo que "*sao sao*" significa algo como "esposa do irmão mais velho". Os títulos chineses para familiares são muito específicos, e não faço ideia de como devo chamar a cunhada da minha mãe. Talvez eu possa chamá-la só de "tia".

— *Aduh*, não precisa me chamar assim, me chame pelo nome.

A mulher joga um beijo para mamãe e depois direciona o olhar para mim. Quando me cumprimenta, é em inglês:

— Você deve ser a Sharlot. É um prazer finalmente conhecê-la! Sou a tia Janice.

Uau. O inglês dela é impecável e tem um pouco de sotaque britânico. Quer dizer, é melhor que o da minha mãe, e mamãe morou metade da vida nos Estados Unidos. Olho de soslaio para minha mãe e, lógico, ela também reparou em como a fluência de tia Janice é melhor. Sei disso pela curvinha minúscula no canto de sua boca. Dá vontade de abrir um sorriso vitorioso — afinal, vir até aqui foi ideia dela —, mas não consigo. Em vez disso, sou quase tomada pelo ímpeto de afagar o ombro de mamãe. Não somos muito de abraçar.

Com esforço, eu me contenho e dou à tia Janice um sorriso grande o bastante para competir com o dela.

— Oi, tia Janice. Prazer em conhecê-la.

— Minha nossa, que menina mais linda! — comenta ela, apertando minha bochecha como se eu tivesse cinco anos de idade. — Ah, lá vem a Kiki. Kiki, vem cá. KIKI. KIKI.

Pela forma como a tia Janice está chamando, eu me viro esperando encontrar um cachorrinho — talvez um lulu da Pomerânia —, mas é uma garota mais ou menos da minha idade.

— Essa é a minha filha caçula, Kristabella — informa tia Janice, empurrando a garota e colocando-a de frente para mim como se fosse um manequim. — Kiki, essa é a sua prima dos Estados Unidos, Sharlot.

Kiki me olha de cima a baixo e preciso me segurar para não me encolher. É estranho — nos Estados Unidos, asiáticos imigrantes são chamados de FOB, sigla para *Fresh Off the Boat*, que quer dizer "recém-saídos do barco". É uma expressão pejorativa, mas todo mundo na escola usa, ainda mais os asiáticos-estadunidenses. Agora eu me sinto como uma FOB deslocada. O que de certa forma é verdade, já que eu literalmente acabei chegar. Parece que o feitiço virou contra o feiticeiro.

Kiki não é linda, mas é do tipo descolado que faz as pessoas pararem para vê-la passar. Não sei bem o motivo. Talvez sejam as roupas — ela está usando uma camisa de botão e uma calça simples, mas de alguma forma as peças caem tão bem nela que parecem ter sido feitas sob medida, adequando-se à sua silhueta. Talvez seja o corte bob assimétrico que adorna seu rosto de uma maneira elegante. Talvez seja sua pele lindíssima. Seja lá o que for, ela irradia uma perfeição natural e espontânea que me faz questionar seriamente as roupas que escolhi. A calça jeans rasgada que eu pensei que simbolizaria rebeldia e me daria um ar estiloso agora faz com que eu me sinta uma completa idiota. E a camiseta, depois dessa viagem longa pra dedéu, não está nem um pouco apresentável. Amassada, manchada de suor e provavelmente fedorenta.

— Oi — digo, por fim. A palavra sai feito um gritinho.
— Meu nome é Shar.
— O meu é Kiki. Vem, vou te mostrar o seu quarto. — O inglês de Kiki é perfeito como o da mãe, também com um toque de sotaque britânico.

Olho para mamãe, pela primeira vez procurando algum conforto nela, mas encontro-a com os lábios cerrados. Ela me oferece um leve aceno de cabeça. *Vai lá*. Não sei bem o que dá em mim, mas me estico e aperto o braço de mamãe antes de seguir Kiki.

Subimos a elegante escada revestida com carpete, e Kiki aponta para a primeira porta.

— Esse é o seu. O meu é ao lado e o dos meus pais fica no fim do corredor. O quarto da sua mãe é aquele. — Ela aponta para a porta em frente à minha. Caramba, nunca ouvi alguém falar com essa entonação fora das séries da Netflix.

O interior do quarto de hóspedes é tão extravagante quanto o lado de fora. A cama tem até um dossel. E, óbvio, mais um lustre excêntrico. Eles vendem esses itens de decoração em cada esquina ou coisa do tipo? Quer dizer, havia lustres na escada e outro no corredor.

Kiki me flagra contemplando o objeto e explica, com certo deboche:

— É tudo feito na China, então é superbarato. A fiação não é das melhores. Precisamos trocar as lâmpadas, tipo, uma vez por mês. Tudo aqui é assim. É bonito, mas na verdade é uma cópia barata.

— Ah, entendi...

Não sei bem o que dizer. Olho em volta e reparo, surpresa, que minha bagagem foi trazida para cá. Eu me pergunto se Kiki vai sair para eu poder desfazer a mala, tomar banho para tirar esse cheiro de avião e, sei lá, chorar por uns bons minutos ou alguma atividade parecida. Em vez disso, ela atravessa o quarto e se joga num sofá bem ao lado da enorme janela.

— Então, qual é a história do seu nome? Shar é apelido de Charmaine? Charlene?

— Sharlot.

Kiki assente.

— E sua mãe acertou a grafia?

Mordo o lábio inferior.

— É porque tem um Michael na minha turma — explica Kiki, abrindo um sorriso.

— Michael? Parece um nome comum.

— É M-a-i-k-e-l.

— Ah. — Suspiro. — É, ela não acertou a grafia do meu nome.

Vou até a mala e puxo o zíper com certo exagero. Isso deveria ser uma indireta para Kiki sair. Não que ela esteja sendo desagradável, mas estou muito cansada e desesperada para ficar sozinha. Que horas são em Los Angeles? Talvez Michie... Ah, não. São umas quatro da manhã lá.

— Minha mãe disse que você está grávida — conta Kiki de um jeito casual, com uma mãozinha atrevida no queixo como se estivesse falando sobre o clima.

Endireito a postura tão rápido que fico tonta.

— O quê?

Kiki dá de ombros.

— Minha mãe. Ela disse que você estava ficando com um garoto e engravidou, por isso veio pra cá.

— Meu Deus...

— É mentira, então? — Kiki me olha daquele jeito calculista com o qual estou me acostumando bem rápido. — Você não parece grávida.

— Eu não... Minha nossa! Caguei pra sua mãe.

Nós duas soltamos suspiros de espanto. Não quis dizer isso. Caramba. Qual é o meu problema? Por que eu sempre faço essas coisas? Por que fico na defensiva o tempo todo?

Então Kiki curva os lábios num sorriso e, antes que eu entenda o que está acontecendo, ela solta uma gargalhada. É o primeiro gesto genuíno que vejo desde que cheguei aqui, e um alívio imenso toma conta de mim, então começo a rir também.

— Não acredito que você disse isso! — exclama ela ainda rindo.

— Eu sei, desculpa.

Ela balança a cabeça.

— Tudo bem. — Kiki respira fundo e se recompõe. — Se serve de consolo, acho que minha mãe não acredita nessa história. Bem, na verdade, não sei. Nunca sei em quais mentiras ela acredita e em quais finge acreditar só para poder fofocar. Ela é meio FDP, sabe?

Uau. Ok. E eu pensando que tinha uma relação turbulenta com minha mãe. Nunca chamei minha própria mãe — ou qualquer outra mulher — dessa palavra que começa com P e, para ser sincera, é bem chocante ouvir isso de alguém como Kiki.

Eu me jogo no sofá ao lado dela, que continua:

— Então... Se não está grávida, por que está aqui?

Dou de ombros.

— Não posso visitar a terra natal da minha mãe? Nossos milhares de primos não vêm visitar vocês?

— É, em geral os que moram nos Estados Unidos ou no Reino Unido vêm uma vez por ano. Os da Austrália, duas vezes. Mas você — diz ela, apontando o dedo para mim — nunca botou os pés aqui em toda a sua vida. Então todos estão um pouco curiosos para saber por que você apareceu do nada.

Sinto um calafrio percorrer meu corpo.

— Todos...?

— A família. Você entendeu.

— Na verdade, não. Hã... Somos quantos mesmo?

Quer dizer, sei que mamãe tem seis irmãos, e cada um deles tem mais de dois filhos, e alguns desses filhos, meus primos, já são casados e têm seus próprios filhos...

— Muitos. Da última vez que contei, eram dezesseis na nossa geração e, sei lá, talvez uns sete na geração seguinte? Preciso checar se o bebê de Ci Genevieve já nasceu.

Dezesseis na nossa geração. Quinze primos de primeiro grau. Minha nossa...

— E estão todos querendo saber, tipo... o motivo de eu estar aqui?

— Nem todos. — Kiki revira os olhos. — Quer dizer, alguns simplesmente não se importam. Ci Genevieve, por exemplo, só pensa na empresa dela. E nos filhos. Ah, a boa e velha Ci Genevieve, sempre fazendo os outros primos parecerem fracassados! Esse já é o terceiro filho dela, e a mulher ainda não tirou um único dia de folga do trabalho.

— O que ela faz? — pergunto, vagamente lembrando que a família trabalha com... imóveis? Plásticos? Polímeros?

— Investimentos. Ela não seguiu os negócios da família. Está construindo a própria carreira e elevando *muito* o nível para o resto de nós.

— Ah... — Que beleza, então a única pessoa que não se importa é uma prima anciã superdotada. — Então Genevieve não se importa...

— Cici Genevieve. Não pode chamar só pelo nome, é falta de educação. Ela é, sei lá, uns quinze anos mais velha do que a gente.

Resisto ao ímpeto de revirar os olhos. Na maioria dos países asiáticos, a idade é um fator muito importante, então, se alguém é mais velho, as pessoas mais novas precisam tratá-lo por um título e nunca só pelo nome.

— Então Ci Genevieve não se importa, mas o resto, sim?

— Aham. — Kiki olha no fundo dos meus olhos. Até demais. — Você é diferente de como eu imaginei que seria.

Eu me remexo, desconfortável, sem entender se isso é um elogio ou uma crítica. Antes que eu possa perguntar, Kiki pula do sofá e avisa que é para eu descansar um pouco antes do jantar, depois sai do quarto.

E, simples assim, estou sozinha, me sentindo vazia como nunca. Não só pela viagem longa, mas também por ter vindo à terra natal de minha mãe e descoberto que sou uma completa desconhecida, ou mesmo uma excluída, e há algo de muito doloroso nessa constatação.

Lágrimas brotam em meus olhos. Antes que eu consiga impedir, pego o celular e mando uma mensagem de WhatsApp para Bradley. Apenas duas palavras: *Me salva.*

# 5

## George

NO FIM DAS CONTAS, CONFISCAR OS APARELHOS eletrônicos não foi uma punição lógica, já que preciso deles para estudar, então, por enquanto, Eleanor e eu não temos acesso à senha do wi-fi, a não ser que precisemos de internet para tarefas da escola. Para contornar o fato de que os computadores salvam a senha automaticamente, papai sempre a muda depois que usamos. Parece horrível, e meio que é terrível mesmo, mas papai e a Oitava Tia devem pensar que, se não fizerem isso, vou ficar o tempo todo me tremendo num canto escuro, em abstinência de internet.

Pensando bem, eu deveria ter feito isso uma ou duas vezes, só para irritá-los. Só que fiz a tolice de encarar esse período como um detox muito necessário do caos da internet e passei a semana inteira criando funcionalidades para o OneLiner. Tenho muitas ideias para o aplicativo: reorganizá-lo para que carregue mais rápido, tornar a interface mais intuitiva e fazê-lo se destacar na loja de aplicativos. Minha ideia favorita é criar uma seção de "Compartilhar a sua história" para que os usuários possam postar sobre como a masculinidade tóxica os afetou. Acho que seria interessante para os garotos ouvir como suas ações afetam os outros. Existem zilhões de aplicativos para o público masculino adolescente e, vamos combinar, os que têm uma abordagem didática são menos procurados do que os mais descolados. Até a Oitava Tia acha que não vamos ter muitos usuários; ela só acredita que vai ser bom para a imagem da empresa.

Quando me canso de pensar em todas as sugestões para o OneLiner, faço uma pausa e começo a revirar a pilha de livros que ainda não li. Meus pobres livros têm ficado de lado, ainda mais depois que Simon e eu começamos a jogar *Warfront Heroes*. Tem sido legal dar uma olhada neles...

Ouço uma única batida à porta. No segundo seguinte, a porta é escancarada, e Eleanor entra saltitando, o rosto brilhando de alegria e as marias-chiquinhas balançando. Ela aprendeu a arte de bater à porta e entrar em seguida com papai.

— Ah, que bom que você não está fazendo aquela coisa nojenta de novo — comenta ela em vez de me cumprimentar, se jogando no sofá aos pés da minha cama.

Não me dou ao trabalho de erguer os olhos do livro.

— Sai daqui.

— Você vai querer ouvir essa, maninho.

Como permaneço em silêncio, Eleanor invade meu canto de leitura, enfiando a cara na frente do livro.

— Alôôô, terra para *gege*.

É inútil lutar contra ela.

— O que foi? — Suspiro, fechando o livro e lançando um olhar incisivo como quem diz "não ligo para seja lá o que você tenha a dizer".

Com um sorrisinho, Eleanor se empertiga.

— Tá, então, olha só. Apesar de você ter arruinado minha vida social por completo, eu...

— Como é que eu arruinei sua vida social? — Assim que a pergunta sai da minha boca, percebo que mordi a isca. Devia ter ficado quieto.

— Esqueceu que papai estava prestes a me levar para...

— O Pacific Place, para comprar o seu primeiro celular, aham, sei.

— Exatamente! Pensei num jeito de você provar para o papai que você não é esse... — Ela gesticula de forma vaga. — Essa pessoa triste, patética e esquisita.

— Valeu, hein?

— Sua única opção é arranjar uma namorada decente, da sua idade, que a família aprove... Uma namorada humana, só pra deixar registrado.

— O quê? — Balanço a cabeça e solto uma gargalhada debochada. — Você está sendo ridícula. Pra variar. Já acabou? Porque eu quero muito voltar para o livro.

— Harry Potter pode esperar, George.

— Olha, pra começar, não é *Harry Potter*, é uma fantasia vencedora do prêmio Hugo, de uma autora negra chamada N. K. Jemisin...

— Saiba que você parece um nerd de trinta anos falando isso. É por isso que você precisa da minha ajuda para arrumar uma namorada de verdade.

Cubro o rosto com as mãos e solto um grunhido.

— Tá bem, já ouvi sua proposta. Agora, por favor, sai daqui.

— Você concorda, né?

Penso na minha irmãzinha irritante tentando me arrumar uma "namorada humana" e suspiro. Por onde será que ela vai começar? Eleanor é assim, sempre começa novos projetos, se cansa meio minuto depois e parte para outra coisa.

— Tudo bem, que seja. Vai fundo.

O efeito é imediato. Ela quase pula em cima de mim e me dá um grande abraço, então sai correndo de repente antes que eu possa reagir.

— Papai! Pai! PAI! *Gege* concordou!

— Espera, o quê? — Papai está envolvido? Ah, não. Tenho um péssimo pressentimento sobre isso. — Espera aí, Eleanor...

Mas é tarde demais. Como um deus terrível e vingativo emergindo das profundezas do oceano, papai aparece na porta. Eu o encaro boquiaberto.

— O senhor estava aí parado o tempo todo?

— Sim. Queria ter entrado desde o início, mas Eleanor não deixou.

Papai afaga a cabeça da minha irmã com evidente orgulho; ela lança um de seus sorrisinhos que diz "sou uma adorável garotinha prodígio, não é mesmo?". Ele não é páreo para Eleanor. Pensando bem, acho que eu também não sou, porque, uau, eu caí como um patinho.

Papai estende a mão.

— Me dê seu celular.

Solto um grunhido debochado.

— Ah, sem chance.

— George Clooney.

Ele usa aquela voz que toda criança asiática deve conhecer, aquela que perfura o sistema nervoso central e deixa qualquer um em completo estado de alerta. Há tanto peso por trás desse tom — decepção, raiva e um oceano de expectativas que ameaçam me esmagar.

— Não — rebato, mas sei que é inútil.

Sempre que assisto a séries de TV britânicas ou estadunidenses, me espanta como os jovens têm liberdade, como são rebeldes e afrontosos, ainda mais com os pais. Queria ser mais como eles. Mas não. Sempre fui ensinado a *nunca* contrariar os mais velhos.

Papai só me encara com firmeza, e minha mão se move, como se tivesse vida própria, para retirar o celular do bolso. Observo, impotente, enquanto ele pega o aparelho e o entrega para...

— Só pode ser brincadeira — sibilo. — O senhor não pode dar meu celular para Eleanor!

Papai franze o cenho.

— Ela só vai me ajudar a mexer nesse aplicativo que os jovens usam. — Papai olha para Eleanor e diz, como uma condição: — Não mexa em nenhum dos aplicativos do *gege*, ok?

Ela assente, obediente.

— Prometo, papai.

Eleanor digita a senha na tela de bloqueio. Como ela sabe minha senha?

— Ei, como você...

— É o seu aniversário — responde ela, revirando os olhos.

— Foi, tipo, a primeira coisa que eu tentei.

Eu me recosto, derrotado.

— Não se preocupe, *gege*, juro que não vou bisbilhotar seus e-mails nem nada assim. Estou fazendo isso de uma perspectiva puramente profissional.

— Você tem treze anos. Isso é, tipo, a definição exata do que *não é* profissional.

Ela me lança um olhar severo.

— Muito preconceituoso da sua parte. — Eleanor se vira para papai com um sorriso e anuncia: — Tá, lá vamos nós. Abrindo o ShareIt. É o que chamam de rede social...

Encaro a cena com leve horror e incredulidade enquanto minha irmãzinha coloca papai em dia com o ShareIt, um aplicativo indonésio que é basicamente uma cópia do Instagram. Ela navega pelo meu feed e apresenta meus vários amigos. Papai ouve com a atenção de um executivo de sucesso.

— Então se eu "curtir" a foto, significa que eu gosto dessa pessoa?

— Não, só da foto. Tecnicamente. Mas é lógico, papai, se for alguém com quem já rola um clima, a pessoa vai reparar que você curtiu a foto dela.

Ai, minha nossa. Alguém me mata, por favor.

— Agora vamos abrir a busca. Assim podemos procurar uma garota apropriada para *gege*.

Papai assente e os dois ajustam minhas configurações no ShareIt por um tempo, murmurando coisas como "localização" e "idade".

Não tenho ideia do que fazer agora.

— Acho que vocês não podem fazer isso — argumento, mas minha voz sai fraca e eles ignoram. — É sério.

Papai ergue os olhos do celular, o rosto carregado de decepção.

— Filho... — começa ele. Ah, não... Ele está falando em inglês. Agora sei que papai não está de brincadeira, porque o inglês dele é terrível, por isso só é usado quando ele precisa muito que eu entenda. — Você o que chamam de... hummm...

Eleanor e eu esperamos. Ele vai falar algo como "privilegiado" e depois dar um sermão sobre como não faço ideia de quão sortudo eu sou por ser filho dele e blá-blá-blá.

— Perdedor — completa papai.

— O quê?

Ao lado de papai, Eleanor arqueia as sobrancelhas e obviamente se esforça para não cair na risada.

— É, você fica o dia todo trancado no quarto, joga no computador... Não pratica esporte.

— Esporte?

Praticar esportes não é uma parte significativa da cultura sino-indonésia. É apenas uma atividade extracurricular, nada que deva ser levado muito a sério — ou foi isso que enfiaram na minha cabeça desde o jardim de infância.

— Esqueceu que foi o senhor mesmo que nos ensinou a *não* praticar nenhum esporte? Quer dizer, sempre escuto muita reclamação sua quando saio para nadar ou vou à academia.

Papai se remexe um pouco.

— Sim, isso mesmo, esporte perda de tempo. Melhor estudar. Mas você entende, George!

— Não mesmo.

— Percebo agora que falhei com você. Tudo culpa minha...

Ah, não. Lá vamos nós. É por isso que crianças sino-indonésias são tão obedientes — nossos pais nos criam com uma dose saudável de chantagem emocional.

— O senhor não falhou comigo, pai.

O rosto de papai se contorce, e ele solta um meio soluço.

— Falhar, sim. E falhar com sua mãe. Se ela nos vê agora, deve estar se revirando no túmulo. Eu devia ter passado mais tempo com vocês, não preocupar tanto com negócios... Se empresa falir, ainda tudo bem. Perco casa, perco tudo, mas tudo bem. Vocês dois são prioridade.

— Papai, que fofo! — Eleanor o abraça e me encara.

É uma emboscada, lembro a mim mesmo. Papai e meus tios são mestres em fazer os filhos se sentirem culpados para fazer o que bem desejam. Força, George.

Apesar disso, ver a expressão derrotada de papai é demais. Só consigo aguentar alguns instantes antes de ceder.

— Tudo bem — anuncio e suspiro alto. Droga.

— Eu tão orgulhoso, filho. — Papai dá tapinhas em meu ombro.

— Só... Ai, deixa pra lá. Só pare de falar em inglês. Vou tomar um banho.

Entro no banheiro, incapaz de lidar com a imagem dos dois fuçando meu celular.

Tomo um banho bem demorado, torcendo para que, quando eu sair, meu pai e minha irmã tenham se entediado e saído do meu quarto. É pouco provável, mas não custa sonhar. Quando acabo, me enxugo e encaro meu reflexo no espelho. O garoto-propaganda do novo aplicativo da empresa. Suspiro.

Um gritinho de animação vem do quarto. Acho que eu deveria ir lá ver a banda tocar. Infelizmente, a banda está tocando a trilha sonora de *Tubarão*.

Tremendo bastante, saio do banheiro.

— Conseguimos. Encontramos a garota perfeita para você. *E melhor ainda:* ela já respondeu sua mensagem!
— O QUÊ?
Quanto tempo eu demorei no banho? Arranco o celular da mão de Eleanor e olho para a tela.
Uau. Tudo bem. Não sei bem o que eu estava esperando, mas com certeza não era a SharSpy10. Assim como o Instagram, o ShareIt é focado em fotos. SharSpy10 só tem três postagens, todas são fotos dela, e a garota é muito, muito linda. Tipo, de tirar o fôlego. Ela parece ter minha idade e chegou há pouco tempo a Jakarta.
— Olha, ela foi criada na Califórnia, o que conta muitos pontos no quesito descolada — aponta Eleanor.
— Em geral eu não aprovaria uma ABC — comenta papai, usando a sigla em inglês para *American-born Chinese*, que significa "chineses nascidos nos Estados Unidos" —, mas precisamos tomar medidas drásticas. Talvez ela seja exatamente o que você precisa.
Ignoro os dois e olho para as mensagens que eles trocaram com essa pobre garota inocente.

**GeorgeOCurioso (10:13): Saudações!**

Ai, meu Deus.
— Ninguém diz "saudações" — resmungo. — O que foi isso, gente? Esperava mais de você, Eleanor.
— É elegante. Estou fazendo você parecer diferente de todos os carinhas aleatórios que devem mandar mensagem para ela todos os dias. E olha só a resposta dela.

**SharSpy10 (10:14): Saudações a você também!**

**GeorgeOCurioso (10:15): Org Indo, ya?**
*Você é da Indonésia?*

**SharSpy10 (10:16): Iya. Wah, senangnya ketemu org Indo.**
*Sim. Uau, que bom conhecer outro indonésio.*

**GeorgeOCurioso (10:17): Sudah "for good" ya di Indo?**
*Voltou para a Indonésia de vez?*

**SharSpy10 (10:17): Vim só passar o verão. Haha mas já adoro aqui!**

A contragosto, devo admitir que estou muito impressionado com Eleanor, porque, de alguma forma, contrariando todas as expectativas, ela conseguiu começar uma conversa com a SharSpy10. E minha irmã tem razão ao deduzir que, considerando a aparência de SharSpy10, ela deve receber milhares de mensagens de carinhas aleatórios o tempo todo.

— Uhhh! Gege, você gostou delaaa! — provoca Eleanor, cantarolando.

— Não, não é isso. Ela é uma completa estranha com quem você e papai estão fazendo *catfish*. Percebem quanto isso é muitíssimo inapropriado?

— O que é *catfish*? — pergunta Eleanor.

Aperto a ponte do nariz.

— A gente assistiu a *The Circle* juntos, El, você sabe o que é *catfish*. É quando alguém finge ser outra pessoa, principalmente na internet — explico da forma mais didática possível, torcendo para que papai também entenda.

Os dois me olham em silêncio.

Por que eu ainda tento?

# 6
## George

GeorgeOCurioso (16:17): O que você gosta de fazer?

SharSpy10 (16:18): Cozinhar. Eu amooo cozinha!

GeorgeOCurioso (16:18): Maravilha! Que tipo de comida você cozinhar? Do Ocidente?

SharSpy10 (16:19): Ah, não. Comida do Ocidente fácil demais, só fritar tudo. Não, não, eu gosto de cuidar bem da minha família, garantir que todo mundo bem nutrido, então faço comida chinesa. Muita sopa de caldo de osso, ginseng etc.

— FILHO! — GRITA PAPAI, ERGUENDO OS OLHOS do celular, completamente maravilhado. — Nós achou a esposa perfeita para você!

Que ótimo, ele está falando em inglês de novo. É estranho, mas nos últimos anos virou moda falar em inglês em vez de em indonésio — muitos entendem isso como um sinal de inteligência. Então mesmo sem uma pronúncia incrível e fazendo alguns desvios, papai costuma insistir em usá-lo só para mostrar que sabe.

Ao lado dele, Eleanor sorri e assente com tanta força que suas marias-chiquinhas chacoalham muito rápido.

— Sabe, papai tem razão, *gege*. SharSpy parece ser do tipo para casar.

Arranco o celular das mãos deles e analiso as mensagens. Minha nossa... Quantas mil mensagens tem aqui? Quando encontraram a SharSpy na semana passada, eu achei (e orei para o universo) que eles perceberiam quão ridículo é tudo isso e desistiriam do plano depois de algumas horas. Mas, caramba, eu estava *muito* errado. A quantidade de mensagens poderia virar um livro.

As mensagens passaram do indonésio para o inglês. Pior ainda, para o inglês mais ou menos de papai. Encaro Eleanor.

— Por que você não corrigiu o inglês dele, pelo menos?

Ela oferece um olhar inocente e dá de ombros.

— O inglês dela também é péssimo, então achei que disfarçar minha eloquência faria com que ela se sentisse melhor. O nome disso é empatia, *gege*.

Fecho os olhos e aperto a ponte do nariz, mas Eleanor tem razão. Para uma pessoa que cresceu nos Estados Unidos, o inglês de SharSpy é um pouco... equivocado. Mas sei que eu não deveria julgá-la por isso, embora eu *possa* julgá-la por todo o resto, como as comidas, por exemplo.

SharSpy ama cozinhar comida chinesa tradicional. Com ginseng. Eca! Nada contra, mas isso é comida de velho. Literalmente! É o que a vovó come todo dia — frango, porco ou costela cozida por horas com ervas chinesas até que o caldo fique encorpado e rico em nutrientes e colágeno. Aliás, ela parece ser meio exigente com isso, como se achasse que toda mulher deve fazer o mesmo... credo!

— Posso só lembrar vocês dois quanto isso é inapropriado de um jeito absurdo? Além de muito assustador, inclusive. Pai, o senhor está enganando uma adolescente! Isso é... é *gaslighting*!

— O que é *gaslighting*? — pergunta papai. — Instalar o gás?

Eleanor revira os olhos e explica:

— *Gaslighting* basicamente significa manipular, mentir. E não estamos fazendo isso, porque seu perfil é verdadeiro, e aqui está você, GeorgeOCurioso, um adolescente da vida real.

— Mas não sou eu quem está falando com ela! São vocês, uma menina de treze anos e um homem de quarenta, o que torna tudo isso muito bizarro e errado.

Eleanor faz um gesto de desdém.

— Relaxa, *gege*. Nossa, você está agindo como se a gente tivesse pedido a conta bancária dela ou coisa do tipo.

— Já chega. Devolva o celular — ordena papai. Agora ele mudou para indonésio, o que significa que está tentando impor autoridade e voltou a ficar sério.

Dou um passo para trás, sem saber o que fazer, mas não reparo que Eleanor se esgueirou pelo outro lado. Ela arranca o celular da minha mão com destreza e corre na direção de papai. Eles voltam a se acomodar no sofá, ambos com a mesma expressão ávida.

— Agora pergunta se ela já namorou — sugere papai.

Eleanor assente e começa a digitar.

— Não pergunta isso! Isso é... Não, gente! — Minha voz está estridente, e eu sei disso, mas caramba!

Tento avançar até papai, mas ele ergue a cabeça e lança um olhar furioso. Um olhar que a maioria dos filhos deve conhecer muito bem. Um olhar que de alguma forma o transforma de pai gentil e carinhoso num patriarca do Velho Testamento. E odeio quanto isso me paralisa. Papai nunca foi violento, mas fui criado com chantagem emocional o suficiente para que eu ainda não consiga enfrentá-lo.

— Ela respondeu: "Lógico que não, não sou uma qualquer" — anuncia Eleanor.

Tá, para começar, a resposta foi rápida demais. Depois, aff, agora ela está sendo machista. Para ser sincero, quanto mais eu descubro sobre SharSpy, menos atraente ela parece. Óbvio, ainda sou o menos atraente de nós dois, levando em conta que estou aqui de mãos atadas enquanto minha irmã e meu pai enganam a pobre inocente.

Papai assente, aprovando a resposta. É a mesma expressão que ele sempre faz para Eleanor, acho.

— Ah, ela é uma ótima garota, muito boa.

Então Eleanor murmura:

— Eita.

Corro até o sofá e leio por cima dos ombros deles.

**SharSpy10 (16:23): E você, o que gosta de fazer?**

— O que a gente responde, *gege*? — pergunta Eleanor, fingindo pânico. — Você não faz nada além de jogar!

Reviro os olhos.

— Valeu. Hã, diz que eu gosto de treinar com os caras.

A menção aos meus colegas da escola me deixa um pouco triste. Não sou muito próximo de nenhum deles porque minha família acredita que ter melhores amigos é uma vulnerabilidade. Nunca se sabe quando alguém vai te trair por atenção ou dinheiro, então não me aproximo muito de ninguém. Mas sinto saudade de treinar na academia com os garotos.

Papai balança a cabeça de novo.

— Nenhuma garota quer ouvir isso. Diz que ele gosta de fazer a tarefa de casa. Matemática.

— Espera...

Eleanor digita na velocidade da luz. Para uma pessoa que nunca teve um celular, a habilidade é muito suspeita.

**GeorgeOCurioso (16:24): Cálculo.**

Ah, ótimo. Que maravilha. Se SharSpy ainda não desconfiava de nada, com certeza vai desconfiar agora. Ou, no mínimo, vai me achar o maior nerd do universo. Na verdade, isso não é ruim. Talvez ela perca o interesse e pare de responder. Hum, pensando bem, eu não devia ter interferido. Nenhuma garota em plena posse de suas faculdades mentais se apaixonaria por essa minha versão virtual que os dois estão criando. Quase começo a gargalhar ao pensar na rapidez com que esse plano ridículo vai descer pelo ralo.

Três pontinhos aparecem ao lado do nome de SharSpy. Lá vem. Ela vai dizer que "eu" sou um fracassado. Sinto o peito apertar de expectativa.

**SharSpy10 (16:25): Uau. Você é perfeito.**

Bem, como eu disse, nenhuma garota *em plena posse de suas faculdades mentais* se apaixonaria por essa versão virtual que eles criaram de mim.

# 7

## 8 de junho

SharSpy10 (14:18): Pra ser sincera, eu só penso: POR QUÊ? Por que tantas garotas da minha idade não gosta cozinhar? Não entendo. Além disso, elas tem orgulho de não gostar, sabe?

GeorgeOCurioso (14:19): Sim, é! Igual garotos da minha idade, eles acha que não saber o que quer fazer da vida é descolado!

SharSpy10 (14:20): Essa é uma geração muito estranha, muito estranha.

GeorgeOCurioso (14:21): Verdade, muito estranha. Sabe, no tempo dos meus pais, coisas faziam muito mais sentido. Os garotos sabe que precisa trabalhar muito para sustentar a família.

SharSpy10 (14:22): Sim! E garotas sabe que tem que aprender a cozinhar bem para alimentar os filhos quando casarem.

GeorgeOCurioso (14:24): Parece que você está lendo minha mente!

## 10 de junho

GeorgeOCurioso (14:36): Sim, então, esse aplicativo que eu desenvolvo se chama OneLiner.

SharSpy10 (14:37): Ah, nãoooo. É tipo aplicativo pra conquistar garotas?

GeorgeOCurioso (14:38): Não! Na verdade é o contrário! É para ensinar garotos como tratar bem garotas.

SharSpy10 (14:39): Ah, ensinar como ser cavalheiro?

GeorgeOCurioso (14:40): Sim, é! Porque hoje em dia parecer que garotos não tem jeito, sabe. Eles não sabe tratar bem as garotas, fazer com que elas se sintam especial, sabe...

SharSpy10 (14:42): Sim, concordo.

GeorgeOCurioso (14:42): Acho muito importante garoto fazer garota saber que é preciosa, que precisa ser tratada com muito cuidado...

SharSpy10 (14:43): Sim, com certeza. Uau, tão surpresa, George. Você é tipo um cavalheiro dos tempos modernos. Nossa! Tão raro hoje em dia. Você é um garoto tão bom. Que supimpa!

GeorgeOCurioso (14:44): Hahaha, aduh, não, não. Eu fico encabulado.

## 11 de junho

SharSpy10 (19:38): Olha o que cozinho para minha família!

[SharSpy10 enviou uma foto]

GeorgeOCurioso (19:42): UAU. Quanta comida boa! Sua família muita sorte de ter você.

SharSpy10 (19:47): Pepino-do-mar cozido com barriga de porco e shiitake, sopa de colágeno de frango com abalone fatiado, broto de bambu frito com pé de porco e bolinhos de porco e de camarão. Essa receita da minha avó, ela é da região de Hakka da China. Já provou bolinho de porco de Hakka?

GeorgeOCurioso (19:48): É meu favorito! Meu ah gong também era de Hakka. Um dia vou provar sua receita.

SharSpy10 (19:49): Vou guardar um pouco pra você! Mas é mais gostoso comer fresquinho. Talvez a gente possa se encontrar amanhã?

GeorgeOCurioso (19:50): Sim! Ótima ideia.

SharSpy10 (19:51): Mal posso esperar!

GeorgeOCurioso (19:51): Eu também!

# 8
## Sharlot

— POR QUE RAIOS VOCÊ FARIA ISSO? — GRITO para mamãe.

Eu não deveria gritar, eu sei; as paredes são grossas, mas não são à prova de gritos, então pessoas vão ouvir. Bem, digo "pessoas", mas estou me referindo em grande parte à tia Janice, que neste exato momento deve estar tentando fofocar com a orelha grudada no papel de parede com estampa de damasco. Consigo imaginá-la de um jeito tão vívido que até visualizo a expressão em seu rosto, mas mesmo assim não sou capaz de me controlar, porque...

— De todas as coisas zoadas que você já fez, essa é a pior, mãe!

— Basta! — brada mamãe. Nós duas sabemos que herdei o temperamento dela. — Já faz uma semana que chegamos aqui, e você saiu de casa? NÃO. Só fica no quarto, se lamentando: "Ah, como estou triste, ah, não, coitadinha de mim!" A família inteira está preocupada com você.

A menção à família faz meu estômago talhar como leite estragado. Gostaria mais desse lugar se mamãe tivesse me trazido para cá quando eu era criança, na época em que eu queria saber tudo sobre o país e a família. Agora, tudo que sinto quando penso neles é medo e ressentimento. As coisas que Kiki me contou no dia em que cheguei sobre como andavam fofocando a meu respeito, dizendo que só vim porque engravidei...

— Achei que não faria nada pior do que confiscar meu celular no dia em que chegamos — sibilo.

Tinha certeza de que não demoraria muito até Ma se arrepender e me devolver o aparelho. Em vez disso, hoje ela entrou eufórica no meu quarto, toda ofegante e animada, dizendo que encontrou o "namorado perfeito" para mim.

— Não te entendo, Sharlot — anuncia Ma, e de repente toda a determinação abandona seu corpo. Ela deixa cair os ombros e o rosto se torna uma mistura de tristeza, preocupação e decepção, a expressão que ela sempre faz quando me vê nos últimos tempos. — Pensei que você fosse ficar feliz.

— Eu nem... eu... Como assim? Por que eu ficaria feliz com minha mãe tentando me fazer namorar um garoto que nem conheço?

— Porque você veria como eu me importo! Que você é amada. E você ainda nem conheceu esse garoto que encontrei pra você. Ele é perfeito. Por favor, Sharlot, eu só tentando ajudar.

Uau, mamãe disse "por favor". Isso é meio que um acontecimento inesquecível. Eu sei que é um estereótipo, mas nenhum pai ou mãe chineses que eu conheço dizem coisas como "por favor" ou "desculpa" para os filhos. Ou talvez seja só uma particularidade de mamãe. De qualquer jeito, essa é a primeira vez na vida que a ouço dizer "por favor" para mim. A voz e o rosto dela estão tão sinceros e sérios que não consigo disparar um "não". Ai, fala sério! Não acredito que vou concordar com isso. Tenho certeza de que vou me arrepender.

— Tá, deixa eu ver.

Ma dá um gritinho. Um gritinho de verdade, como se fosse uma criança animada. Sinto o coração amolecer e queria muito superar essa barreira entre nós e abraçá-la, mas ainda estou brava demais. De qualquer forma, não sei como ela reagiria. Mamãe nunca gostou muito de contato físico. Um pouco trêmula, pego meu celular. O peso com que já estou acostumada e a sensação de tê-lo de volta nas mãos me fazem suspirar de alívio. *Bem-vindo de volta, queridíssimo celular.*

Depois dou uma olhada no suposto "namorado perfeito" que ela encontrou. Hum. Na verdade, ele é bem fofo. Parece ter a pele do rosto macia, a mandíbula bem desenhada, os ombros largos — uau, eu não odeio essa visão.

*Mas isso não importa*, diz uma voz em minha cabeça. *Olha as mensagens! Bradley respondeu? E Michie? Eles devem estar achando que você morreu!*

Porém, como Ma está bem ao meu lado, não consigo fechar o aplicativo do ShareIt.

— Esse garoto, do nada, ele mandou mensagem — explica mamãe. — Destino! Era para ser!

Eu a ignoro. Recebo mensagens o tempo todo, a maioria de homens mais velhos e esquisitos, mas decido não contar isso a ela. Ma surtaria, e não tenho ideia do que ela seria capaz de fazer. Então abro a conversa com GeorgeOCurioso — nossa, que nome de usuário idiota. As primeiras mensagens foram trocadas em indonésio. Sou tão ruim no idioma que preciso passar o indicador sobre cada palavra, balbuciando-as para entender, mas depois os dois começaram a conversar em inglês. Infelizmente, GeorgeOCurioso é tão travado no inglês quanto mamãe.

GeorgeOCurioso (16:31): Quando eu crescer? Com certeza trabalhar na empresa da família.

SharSpy10 (16:32): O que sua família faz?

GeorgeOCurioso (16:33): De tudo um pouco. Um pouco de incorporação imobiliária, um pouco de tecnologia, um pouco de produção de matéria-prima. Tudo, sério. Quero ser o gestor financeiro. Sou bom em economizar dinheiro.

**SharSpy10 (16:34):** Uau. Você incrível, tão inteligente.

Olha, "incrível" e "inteligente" são palavras que eu definitivamente NÃO usaria para descrever GeorgeOCurioso. "Nerd" é a primeira característica que me vem à mente, seguida de "privilegiado pra caramba". Que tipo de garoto de dezessete anos quer ser gestor financeiro? Afinal, o que um gestor financeiro faz? Nenhum adolescente no mundo é bom em *economizar* dinheiro. Porém, lógico, essa nem é a pior parte. Não mesmo. O pior vem logo em seguida:

**GeorgeOCurioso (16:35):** Obrigado. Acredito que homem deve ser provedor da família.

**SharSpy10 (16:35):** Ah, UAU. Sua futura esposa tem tanta sorte!

Por favor, alguém me mata.

É ÓBVIO QUE MAMÃE NÃO FICOU SATISFEITA SÓ com essa olhadinha nas mensagens que ela trocou com esse pobre idiota esquisito. Pobre idiota esquisito. Rá. Fico oscilando entre me sentir muito culpada por GeorgeOCurioso (cara, esse nome de usuário, sério!) e julgá-lo intensamente, porque:

1. Ele parece ser o modelo ideal do filho que qualquer pai chinês adoraria ter: estudioso (chato), meticuloso (zzz) e um completo X-9. Quer dizer, não sei com certeza se esse último é verdade, mas aposto que, se

George visse um colega de turma fazendo algo que não é totalmente correto, deduraria na hora.
2. Ele parece gostar da versão de mim criada por mamãe, o que já é tudo o que eu preciso saber sobre o gosto dele para garotas.
3. Ele parece muito nojento e machista. E as coisas que falou sobre o aplicativo que criou, o OneLiner? Eca. Tratar as garotas como coisas "preciosas"? Que. Horror. Ele elogiou muito a mamãe toda vez que ela comentou sobre cozinhar. Tá na cara que ele pensa que lugar de mulher é na cozinha. Esse garoto é péssimo de todos os jeitos em que dá para ser péssimo.

Mas mamãe está disposta a dar ouvidos à razão? Óbvio que não. Alguns minutos depois de devolver meu celular, ela decreta que vou encontrar o tal George para tomar um café.

— Nem por cima do meu cadáver! — As palavras escapam de minha boca com naturalidade.

Nem me dou ao trabalho de esperar uma resposta. Continuo lendo a conversa, odiando esse garoto mais e mais a cada mensagem que leio. Então chego ao fim e... Meu Deus.

— Você convidou o cara pra sair?! — grito. — E ofereceu bolinhos caseiros? Que merda é essa, mãe?

— Sharlot. — Ela usa aquele tom alarmante, aquele que arrepia até os pelinhos da minha nuca. Então se controla e respira fundo. Quando volta a falar, sua voz é apaziguadora, embora eu ainda sinta a tensão à espreita. Não precisa de muito para que ela exploda e nos leve direto para o fogo cruzado. — Você não precisa fazer os bolinhos. Eu mesma já fiz e embalei alguns para amanhã. Por favor, vá tomar café com ele. Não é encontro. Só café.

— Para ser justa, estamos numa ilha que se chama Java, que literalmente significa "café" — diz Kiki, enfiando a cabeça pela fresta da porta.

Eu e mamãe nos viramos, boquiabertas e assustadas.
— Kiki! — exclama Ma. — Há quanto tempo você está aí, meu Deus?

Ela entra, dando de ombros.

— Desde o começo da conversa, acho. Vocês deveriam trancar a porta se não quiserem ninguém ouvindo. E, sabe, talvez falar mais baixo. Aliás, mami está ouvindo tudo também, do outro lado. Ela pressionou um estetoscópio na parede e tudo. Comprou um pela internet quando descobriu que vocês viriam.

— O quê?

Mamãe aperta os lábios, como se estivesse surpresa, mas não tanto. Kiki se vira para ela.

— Não acredito que a senhora está enganando um adolescente, tia. Posso ver as fotos dele? — Kiki se inclina na minha direção e sussurra de um jeito bem alto: — Aposto que tem a maior cara de nerd, né?

Tudo que consigo dizer é:

— Eu... O quê... Um estetoscópio?

Mamãe suspira.

— Vê se coloca juízo na cabeça dela — pede, passando o celular para minha prima.

Kiki olha para a tela e seu sorriso travesso congela.

— Hã... — Ela encara mamãe. — Então esse é o garoto com quem a senhora está conversando, tia? GeorgeOCurioso? — Ela vira o aparelho para mamãe, que confirma.

— Uau.

A curiosidade vence meu choque.

— Como assim? O que é que tem?

— Esse é George Clooney Tanuwijaya.

Não consigo segurar o riso.

— George Clooney?

— É, aham, supera essa, o nome do meio dele não é tão interessante assim.

— O nome dele é George Clooney *mesmo*? — Ainda estou gargalhando. De repente, Sharlot não é o pior nome que uma pessoa poderia ter.

— Aham, é, sim. Para de rir e escuta. Vocês nunca ouviram falar dos Tanuwijaya?

Seguro o riso e tento fingir que estou prestando atenção.

— Conheci um Tanuwijaya quando era jovem — revela mamãe, pensativa.

— Devia ser de outra família Tanuwijaya — explica Kiki, dando de ombros. — A senhora saberia se tivesse sido amiga de um Tanuwijaya. Acho que eles são a segunda família mais rica da Indonésia. Se não me engano, ocuparam a sétima posição na *Forbes Asia* no ano passado.

— Ah, sim, com certeza outra família Tanuwijaya — diz mamãe. — Minha amiga Shu Ling muito discreta sobre a família. Meus pais diziam que devia ser porque eles eram muito pobres e minha amiga tinha vergonha.

— Bom, esses Tanuwijaya não são nem um pouco pobres. Estamos falando de *Podres de Ricos* de verdade. É dinheiro de gerações, não é como esses negócios de tecnologia e finanças de Singapura. O dinheiro dos Tanuwijaya são do tempo dos holandeses.

— Holandeses? — repito, sem entender. Kiki me encara com tanta intensidade que me encolho. — O quê? — Odeio soar tão na defensiva.

Ela olha para mamãe, que também se encolhe. Caramba, Kiki sabe ser assustadora quando quer.

— Tia, a senhora não contou a história da Indonésia pra ela?

— Ela nunca quis saber — responde mamãe, chorosa.

— Olha, não é verdade — rebato. — Eu queria saber, mas você sempre mudava de assunto, então eu cansei de tentar.

Kiki ergue as mãos, sem deixar mamãe responder.

— Não importa. Tá, aula rápida: no fim do século XVI, os holandeses colonizaram a Indonésia. Milhares de imigrantes chineses já moravam aqui, e eles foram contratados pelos holandeses como artesãos de primeira. Nossos ancestrais, caso você não tenha entendido.

— Entendi — resmungo, como uma criança rabugenta.

— Mas os chineses foram além. Eles eram empreendedores e, tipo, obcecados em melhorar seus *guanxi*.

Devo ter feito uma cara confusa, porque Kiki revira os olhos e explica:

— Seu mandarim é tão ruim quanto o indonésio? *Guanxi* significa "relacionamentos". Nós somos obcecados em cultivar boas relações. Relações de negócios, para ser mais exata. Nossos ancestrais estreitaram os *guanxi* com milhares de outros imigrantes chineses no Sudeste da Ásia, fazendo comércio, construindo e trabalhando pra caramba. Quando os holandeses foram embora, quase todas as empresas na Indonésia eram de chineses.

— Ah, nossa.

Kiki assente.

— Também é por isso que, apesar de os chineses representarem apenas dois por cento da população da Indonésia, agora detemos setenta por cento da riqueza do país. Já existem leis para tentar conter o enriquecimento dos sino-indonésios, mas é meio difícil frear algo que começou tão bem. Os Tanuwijaya são uma dessas famílias antigas. Eles são donos de tudo: minas de carvão, plantações de palmeiras e de café, imóveis... E fabricam qualquer coisa: plásticos, oleodutos e até casas. Nos últimos tempos andam expandindo os negócios para o ramo da tecnologia. Eles literalmente fazem tudo.

— Você enganou o filho de um bilionário? — pergunto para Ma, que está encarando Kiki, boquiaberta.

— Eu não sabia... eu...

— Não é só o filho de um bilionário — acrescenta Kiki, o sorriso se alargando. — George Clooney é o único Tanuwijaya homem em sua geração.

— O único homem? — pergunta mamãe, as sobrancelhas tão arqueadas que quase se misturam ao cabelo.

— E qual é o problema disso? — indago.

Kiki suspira.

— Nossa, tia, a senhora não contou nada pra ela mesmo, hein? — Kiki se vira para mim. — A comunidade sino-indonésia é muito conservadora. Algumas famílias mais do que outras. O patriarcado ainda está longe de ser destruído por aqui. Sabe, quando George nasceu, eles fizeram um banquete tão ridiculamente exagerado que o evento foi parar nos jornais. Então, tia, a senhora não enganou apenas o filho de um bilionário, mas também o único herdeiro homem de um bilionário.

Mamãe e eu nos entreolhamos horrorizadas. Eu me esforço para falar depois de um tempo:

— Estamos em perigo?

— Lógico que não. Não seja tão dramática, minha querida — diz tia Janice, entrando no quarto.

Ma e eu a encaramos, boquiabertas. Ela tem um estetoscópio (de verdade) ao redor do pescoço.

Para alguém que acabou de nos repreender por sermos dramáticas, tia Janice solta um suspiro *muito* dramático antes de se esparramar na espreguiçadeira. De repente, meu quarto está cheio de gente.

— Agora, sério, Kiki, por que você sempre explica as coisas da pior maneira possível? — Tia Janice balança a cabeça. — Você fez tudo parecer tão ameaçador, como se sua tia Qing Pei tivesse feito algo terrível, em vez de parabenizá-la por fisgar esse partidão.

— Eu... Não foi de propósito — gagueja Ma. Nunca a vi tão perturbada assim, e é estarrecedor. — Eu não queria...

Não vi o garoto como um partidão. Só achei que ele era um bom rapaz.

— E ele é — concorda Kiki. — Já ouvi muita coisa sobre George Clooney. Ele não é um desses babacas nojentos. Não dirige carrões da moda ou algo assim.

Agora tia Janice está completamente interessada.

— Quer dizer que você conhece esse rapaz e nunca contou para mami?

— *Aduh*, mami, óbvio que não. A gente nem é da mesma escola.

— Culpa do papi — argumenta tia Janice de prontidão. — Eu falei "Vamos matricular Kiki na Escola Internacional de Singapura, é lá que as crianças mais ricas estão estudando agora", mas ele me ouviu? Não. Ele queria que você fosse para a escola britânica. Por que alguém ainda escolheria uma educação *bule* em vez de uma tradicional asiática? Não tenho a menor ideia.

Ignoro o jeito como ela falou *bule*, que significa "branca". Tento não levar para o lado pessoal, mas é meio difícil. Ela quer dizer que meu lado *bule* é ignorante. Mais uma vez sou invadida por aquele sentimento de não pertencer a lugar nenhum — sou muito asiática nos Estados Unidos e muito branca na Indonésia.

— De qualquer forma, querida Sharlot, você precisa ir se encontrar com esse garoto — declara tia Janice.

— Não se for perigoso — dispara mamãe.

Tia Janice e Kiki a encaram.

— Por que seria? — pergunta tia Janice.

Mamãe dá de ombros, o rosto corando. Tia Janice tem um jeito de falar que não é megagrosseiro nem nada assim, mas deixa explícito que ela acha que as pessoas não estão à altura de sua mente brilhante, então ela precisa explicar e simplificar tudo. Sinto que devo proteger mamãe, o que é uma sensação muito esquisita.

— A gente ouve muitos boatos dessas famílias ricaças — argumenta mamãe, baixinho. — Eles contratam a polícia militar, escoltam eles onde quer que seja...

Polícia militar? O quê...?

— Ah, policiais militares — debocha tia Janice, rindo, fazendo um gesto de desdém para mamãe.

Relaxo um pouco. Tudo bem, então eu não estava exagerando, mamãe que estava. Como sempre.

Então tia Janice anuncia:

— Nós também contratamos militares. Só alguns. Roni, o motorista, é um coronel aposentado!

Meu queixo cai.

— O quê?

Penso no motorista de lábios finos e ombros largos que nos trouxe do aeroporto até aqui. Não consigo processar a informação.

— Contratamos Roni e seus companheiros de pelotão para nos escoltar até o hotel para o casamento do primo Lyonel — lembra Kiki. — Eles nos ajudaram a esvaziar as ruas e tudo mais. É bem comum por aqui. Acho que a maioria das famílias chinesas tem pelo menos um ou dois militares como funcionários.

Como é que é?

— Kiki tem razão — concorda tia Janice. — Você passou muito tempo fora da Indonésia, Qing Pei. As coisas estão diferentes, o país não é mais como nos anos 1990. Jakarta é muito segura agora.

Mamãe assente devagar, embora não pareça totalmente convencida.

— Então, estamos todas de acordo que Sharlot vai tomar um café com George Tanuwijaya? — pergunta tia Janice.

Kiki assente com vigor.

Mamãe morde o lábio inferior e diz:

— Se vocês garantem que é seguro...

Sinto as bochechas queimarem e toda a minha frustração explode.

— Nem por cima do meu cadáver!

Mamãe me encara com os olhos arregalados e minha tia parece um pouco irritada, apesar da expressão entediada.

— Foi mal, mas vocês não podem me vender como um pedaço de carne para um riquinho idiota! — argumento. — Talvez esse tipo de coisa seja comum por aqui, mas é inaceitável onde eu cresci. Eu sou um ser humano. Não tenho o direito de me manifestar nessa situação?

— Ela não quis dizer isso... — Ma está tentando amenizar a situação porque acabei de cometer um crime abominável: contrariar uma pessoa mais velha.

Tia Janice detém o olhar sobre mim e eu resisto ao ímpeto de fugir para me esconder. Ela tem esse efeito sobre as pessoas, parece que está sempre calculando o valor de cada indivíduo e concluindo que não é o suficiente. Como se os outros não tivessem valor algum. Seu olhar diz: "Olá, baratinha, vou fazer você correr em círculos." É um leve interesse combinado com uma leve repulsa, como se ela não acreditasse que, de alguma forma, somos parentes.

Então tia Janice encara mamãe. Sempre pensei na minha mãe como uma mulher formidável, mas, sob aquele olhar terrível e desumanizante, Ma fraqueja. Uma conversa silenciosa acontece entre as duas. Quase consigo ouvir as frases que as duas trocam.

Tia Janice: Vai mesmo deixar sua filha falar desse jeito com alguém mais velho e bem-sucedido? Você é um fracasso como mãe.

Mamãe: NÃOOOOOO. *(Soluço.)* Não sou um fracasso.

Tia Janice: Que vergonha, Qing Pei. Vergonha. Vergonha. VERGONHA.

Mamãe: Minha nossa, preciso provar para todo mundo que não fracassei como mãe!

Quando Ma olha para mim, já sei que meu destino está traçado. A determinação está estampada no rosto dela. Eu me preparo para o sermão.

Quando ela irrompe o silêncio, sua voz é baixa e mortal:

— Sharlot, se você não sair com George, nunca mais vai voltar para a Califórnia.

# 9
## Sharlot

INACREDITÁVEL. MAS ACHO QUE DÁ PARA ACREDITAR, sim, já que o fato de eu estar sendo levada para um shopping idiota para me encontrar com um estranho que minha mãe enganou em uma rede social não chega a ser a coisa mais absurda que aconteceu neste verão. Mamãe, Kiki, tia Janice e Li Jiujiu estarem comigo no carro também não ajuda em muita coisa. Coincidentemente, todos eles inventaram um motivo ridículo para "precisar" ir ao shopping: mamãe quer sorvete, tia Janice quer um vestido, Kiki precisa cortar o cabelo e Li Jiujiu me encarou um tempo em silêncio até por fim anunciar:

— Eu preciso de... um sapato?

Não "sapatos", apenas *um* sapato.

Então aqui estamos nós, na gigantesca minivan de Li Jiujiu, em direção ao que ele orgulhosamente chama de Distrito Central de Negócios Surdiman, ou DCNS, para encurtar. É um centro comercial muito bem construído, com reluzentes arranha-céus de vidro e aço ao redor de uma vegetação bem planejada. Ainda mais impressionante do que os prédios cinza no centro de Los Angeles, com certeza. Mas eu prefiro morrer a admitir para mamãe que Jakarta é muito diferente do que eu imaginava.

Chegamos ao shopping e, assim como todo o DCNS, o shopping Surdiman Plaza supera todas as expectativas. Já na entrada, funcionários com uniforme completo, incluindo luvas e chapéus brancos, abrem as portas para nós e dizem:

— *Selamat datang di* Sudirman Plaza!

Tudo é reluzente e cintilante. Estou arrependida de ter escolhido essa roupa: o combo calça jeans surrada e camiseta que eu achei que daria um ar descolado de "não dou a mínima", só que agora parece muito deselegante. Devia ter ouvido mamãe quando ela tentou me convencer a vestir algo melhor antes de sairmos. Mas eu prefiro comer uma cobra viva a admitir isso, óbvio.

Assim que saímos da minivan, somos atingidos pelo escaldante calor tropical, então subimos os degraus depressa e entramos no shopping fresquinho.

Uau. Jogo a cabeça para trás para ver melhor. Andares e mais andares de lojas se erguem acima de mim. No centro do shopping imenso, há uma instalação com balões de ar quente pendendo do teto em diferentes alturas. Vejo um balão enorme no chão, em cujo cesto crianças pulam e brincam enquanto os pais tiram fotos. A alguns passos de distância, um pianista toca um piano de cauda. A cena inteira grita luxo e ostentação um tanto exageradas. As lojas no andar de baixo são todas grifes que eu nunca vou conseguir bancar — Prada, Louis Vuitton, Hermès —, cada uma exibindo decorações elaboradas em suas vitrines.

Balanço a cabeça, verifico o celular e anuncio:

— Tá, eu tenho uns dois minutos para chegar à cafeteria, então...

Tia Janice dá um tapinha em meu braço e diz:

— Não, minha querida. Você não pode ser tão pontual assim.

— Sério?

— Tia Janice tem razão — concorda Li Jiujiu. — É melhor se atrasar um pouquinho.

Kiki dá de ombros.

— É, eles têm razão. É o que chamamos de "horário indonésio". As pessoas sempre atrasam pelo menos dez minutos. Se você chegar na hora, vai parecer ansiosa demais.

Aff.

— Não estou ansiosa, só quero acabar logo com isso.

— Eu sei — diz Kiki, compreensiva. — Mas paciência, jovem padawan.

Com isso, ela entrelaça nossos braços e me conduz até a escada rolante.

— Vem, vamos olhar algumas lojas locais! Vejo vocês depois, mami, papi, tia Qing Pei!

Os três adultos assentem e vão para outro lado, Li Jiujiu falando para mamãe que ela precisa provar a comida de um restaurante e de uma cafeteria. Kiki me leva até o primeiro andar, onde, para meu alívio, há marcas mais acessíveis, como a H&M. Entramos em uma loja chamada (X)SML, e Kiki me conta que é uma marca da Indonésia. As roupas aqui têm o estilo que admiro em Kiki: peças discretas, bem estruturadas e que moldam o corpo de um jeito modesto e sedutor. Ela me faz experimentar uma blusa cor de pêssego com uma faixa que tem um laço azul-marinho ao redor da cintura. Quando me olho no espelho, me sinto ridiculamente diferente. Arrumada. Como se tivesse tudo sob controle. Como se fosse de fato uma boa garota sino-indonésia. Estou prestes a tirar a peça e deixá-la embolada na prateleira, mas Kiki enfia a cabeça para dentro do provador.

Ela suspira, encantada.

— Olha só para você! Eu sabia que essa blusa ia ficar bem melhor do que as camisetas esfarrapadas que você usa. Sem querer ofender.

— É impossível não ficar ofendida, mas tudo bem — murmuro.

Antes que eu consiga impedir, Kiki agarra a etiqueta na gola da blusa e a arranca. Depois pega minha camiseta "esfarrapada" e sai do provador.

— Ei! Mas o que... — Luto para calçar os sapatos. Por que raios eu os tirei?

Do lado de fora, Kiki já está no caixa, pagando pela blusa e por um vestido verde que ela achou para si. Minha prima sorri quando me vê.

— Kiki, o que você está fazendo? Devolve minha camiseta!

Ela me ignora e digita a senha na maquininha de cartão.

— Vai por mim, Shar, você não pode encontrar George Tanuwijaya usando essa... eca... coisa manchada, tá?

— Não está manchada, é a estampa. Ah, tá, isso aqui é mancha de café mesmo, mas, Kiki, sério! Me devolve agora!

Ela em seguida se vira para a funcionária no caixa e entrega a camiseta.

— Por favor, poderia jogar isso no lixo? Obrigada — pede ela em indonésio, e depois sai da loja saltitante.

Corro atrás de Kiki, pronta para mandá-la ir catar coquinho, mas ela olha o celular e anuncia:

— Tá, agora você está atrasada na medida certa. Já pode ir para a cafeteria.

Sou pega de surpresa. Eu já ia dizer a Kiki quanto ela é irritante, mas a informação de que estou atrasada para meu não encontro na cafeteria me desarma. Aff!

— Terceiro andar — lembra Kiki gentilmente.

Aponto o dedo na cara dela.

— Não acabamos por aqui. Vamos conversar sobre limites saudáveis depois que eu resolver as coisas com esse garoto que minha mãe enganou.

Saio andando e faço exercícios de respiração durante todo o trajeto até a cafeteria. Quando encontro o local, estou mais ou menos calma. Bem, tão calma quanto possível quando se está prestes a encontrar um estranho bilionário que sua mãe enganou em um aplicativo. Hum... nunca conheci um bilionário de verdade. Pensando bem, acho que nunca encontrei alguém que conheci pela internet, quem dirá alguém que minha mãe conheceu fingindo ser eu. Tá, minha calma está descendo pelo ralo. Está tudo bem, isso não é um encontro, vamos apenas tomar café, algo totalmente normal. Vou ficar só meia hora, para ser educada, e depois inventar alguma urgência familiar. Uma rápida olhada em meu celular mostra que estou treze minutos atrasada. É um presságio, sem dúvida.

Como tudo nesse shopping, Kopi-Kopi é uma cafeteria superchique — deixa no chinelo todas as que frequento em Los Angeles. Mas não consigo admirar a decoração adorável, porque, assim que entro, eu o vejo. George Clooney Tanuwijaya está sentado casualmente em um banco estofado diante de uma mesa, mexendo no celular.

Ele desvia o olhar, me vê e, por um momento, percebo algo nesse olhar. Algo que tira meu fôlego. Algo real. Como se, por uma fração de segundo, nós dois estivéssemos de cara limpa e eu enxergasse o garoto por trás do sobrenome marcante e descobrisse que ele está tão vulnerável e perdido quanto eu.

Pisco, e a sensação se dissipa. Lembro a mim mesma como se respira.

E lá vamos nós.

— Oi. George, é você?

Ele se levanta e estende a mão para um cumprimento. Meio formal. Talvez seja assim que as pessoas fazem por aqui. A mão dele é quente e firme. A minha deve estar suada. Caramba, que ótimo começo. Eu me sento de frente para ele.

É difícil ignorar a beleza desse garoto. Quer dizer, George é do tipo que me arrancaria uns olhares sorrateiros durante a aula se estudássemos na mesma turma. Consigo me imaginar encarando-o nas aulas de Literatura avançada, admirando a curva de seu pescoço, o maxilar definido e esses olhos escuros que...

— E aí, SharSpy, como vai? — pergunta ele, deslizando de volta para o banco com a desenvoltura de um atleta e me arrancando dos pensamentos. A voz dele é meio chocante, mais grave do que eu imaginava e com um sotaque que não consigo identificar direito. Não é estadunidense, nem britânico, mas ainda assim parece familiar.

— Hã, é... bem. E você? É Sharlot, aliás.

Ele assente e sorri. Nossa, estou tão abalada, e não é só por George ser bonito pessoalmente. Lembro que Bradley é tão gato quanto George, e olha só no que deu... Beleza não é importante se não houver uma conexão profunda, e depois de ler a conversa entre George e Ma, já sei que não há a menor chance de termos uma conexão profunda.

— Ah, sim, certo.

Ele me passa o cardápio e encaro a página com firmeza. É meio difícil focar nas palavras quando estou tão consciente de que o estranho à minha frente pensa que passou os últimos dias conversando comigo, mas na verdade estava falando com mamãe. Quer dizer, não existe precedente pra esse tipo de coisa! Como eu devo me comportar?

Devo estar demorando demais com o cardápio, porque, depois de um tempo, George diz:

— Se você é nova em Jakarta, sugiro o Kopi Susu Batavia. É basicamente um latte gelado com açúcar de palma.

— Hum, tá, parece bom.

George chama o garçom e pede dois Kopi Susu Batavias. O cardápio é levado e então não há nada entre nós além de um monte de mentiras. Nossos olhares se cruzam e se desviam, ambos quebrando o contato visual como se tivéssemos levado um choque.

Tento pensar no que sei sobre ele.
— Então, você estuda na EIS?
Ao mesmo tempo, ele pergunta:
— Você cresceu nos Estados Unidos?
Ficamos nos encarando por um segundo, então George diz:
— Perdão, fala você primeiro.
— Ah. — Levo alguns segundos para lembrar o que eu ia dizer. — Ah, é, você estuda na EIS?
— Isso, na Escola Internacional de Singapura.
— Como é lá? — Não faço ideia de como funciona uma escola particular, muito menos uma internacional.
George dá de ombros.
— É ok. Uma escola normal, acho. Muito rigorosa, mas acho que isso é comum na Ásia. É bem difícil encontrar uma escola por aqui que não seja assim.
— Rigorosa como? Porque, sabe, eu diria que minha escola em Los Angeles é rigorosa, mas sinto que você está falando de um nível bem diferente de rigor.
Ele dá uma risadinha, e sinto minhas bochechas esquentarem quando reparo como os olhos dele se estreitam ao sorrir. Ai, ele é ainda mais fofo quando ri. Covinhas. Alerta de covinhas! Por que ele tem que ser tão fofo?
— Nível de rigor… humm. — Ele pensa sobre o assunto por um segundo, depois explica: — Tá, por exemplo, além do uniforme, as meninas só podem usar faixas de cabelo pretas ou azuis. Nenhum outro acessório é permitido. E os meninos têm que cortar o cabelo num comprimento e estilo específicos. Tipo, não podemos raspar nem nada assim.
— Uau. — Estou prestes a dar uma resposta sarcástica como de costume, provocá-lo por frequentar uma escola que é o suprassumo do estereótipo asiático, mas, no último instante, lembro que George não é exatamente como as pessoas com quem eu costumo sair. Com base nas mensagens

que li, George *ama* regras. Com certo esforço, comento: — Isso é, bem... legal.

As covinhas desaparecem. Algo em sua expressão se fecha um pouco.

— É. É legal. Tudo em ordem.

Ai, que nojo. Eu tinha razão. Ele gosta mesmo de regras. Na verdade, ele deve achar que é ótimo as garotas na escola não poderem usar acessórios fofos no cabelo porque do contrário os garotos poderiam se "distrair". Babaca. Preciso me esforçar para impedir que minha expressão se torne uma careta.

— E a sua escola? Como é?

— Bem, não temos uniforme, para início de conversa. Então somos livres para vestir o que quisermos.

Na verdade, não é bem assim. Mesmo sem uniforme, um monte de regras dita o que podemos usar ou não, ainda mais para as garotas. Mas não estou a fim de entrar nesses detalhes com alguém como George. Ele falaria coisas do tipo "Ah, sim, garotas com certeza não deveriam usar regatas na escola. Como os garotos focariam nos estudos se as garotas andassem por aí vestidas de um jeito tão provocativo?".

Por sorte, somos interrompidos pela chegada das bebidas. Quando o garçom sai, tomo um gole e, caramba, é o melhor café que já tomei. É cremoso e encorpado, e o açúcar de palma parece caramelo amanteigado.

— Puta merda, isso aqui é maravilhoso.

Ele arregala um pouco os olhos e percebo que deve ter se assustado com o palavrão. Aff! Aposto que está me julgando por ser grosseira ou algo assim. Por não me comportar da maneira como ele acha que as garotas devem se comportar.

— Fico feliz que gostou — diz ele, por fim.

Assinto. Minha cabeça está uma bagunça. A questão é que eu estava planejando tratar George tão mal que ele sairia correndo, aos gritos, e depois eu ia rir na cara da mamãe. Tá, um pouco exagerado, mas eu queria ser grosseira e desagradável com ele. Mas agora que estou aqui, acho impossível fazer isso, mesmo que as opiniões dele sejam repugnantes. É bem mais difícil ser horrível pessoalmente. Ele está tão... na minha frente. Um ser humano de carne e osso. Não sei como me comportar.

    Uma eternidade passa até eu decidir: vou ser educada, mas chata. Quando esse não encontro acabar, George ficará aliviado por ter chegado ao fim.

# 10
## George

EU SEI QUAL É O ESTEREÓTIPO DE GAROTOS ADOlescentes: idiotas, esquisitos e desengonçados que só pensam com a cabeça de baixo. Não está errado, acho. Sou idiota, esquisito e desengonçado, mas quero acreditar que penso com a cabeça de cima na maior parte do tempo. Veja esta pobre garota que papai e Eleanor convenceram a sair comigo, por exemplo.

Sharlot é linda, isso é um fato. Ela tem olhos grandes e expressivos e cabelo castanho-escuro que desce até os ombros em ondas volumosas. Seus lábios macios são o tipo de boca que eu gostaria de beijar.

Porém...

Ela também é muito, muito chata. Viu só? Eu consigo olhar além da beleza exterior e julgá-la pela personalidade — que, para ser sincero, deixa bastante a desejar. Quer dizer, eu até comentei sobre as regras malucas da minha escola e, em vez de rir e concordar que quem fez aquelas regras só podia ser insano, ela disse que é "legal". O fato de Sharlot se vestir como o tipo de garota que papai sempre quis que eu namorasse também não ajuda em nada. Ela está com o tipo de blusa que minhas primas e colegas de turma usam o tempo todo: bem estruturada, num tom claro, agradável de olhar e cem por cento desprovida de qualquer traço de personalidade.

Uau, estou sendo muito maldoso. Acho que é o mau humor. É inevitável, já que estou vendo Sharlot em carne e osso, consciente de que esse encontro é uma mentira. É tão errado estar aqui fingindo ser alguém que não sou. Quando sinto o ímpeto de extravasar a verdade, eu me forço a tomar mais um gole de café.

É irônico ser a pessoa que engana desta vez. Alguns anos atrás, namorei uma garota da escola, Alisha. Sempre que eu treinava na academia da escola, ela estava por lá. Começamos a conversar e em pouco tempo fiquei apaixonado. Lógico, assim que a Oitava Tia descobriu (não sei como; ela é igual ao Varys de *Game of Thrones*, que sabe tudo sobre todo mundo), declarou não gostar de Alisha. Mas eu a ignorei. Quer dizer, como raios a Oitava Tia conhecia Alisha o suficiente para dizer isso? Então reparei que sempre apareciam paparazzi quando eu saía com Alisha, como se soubessem exatamente onde estaríamos. Então descobri que eles sabiam porque Alisha lhes contava antes. Depois disso, nunca mais namorei ninguém. É meio difícil confiar nas pessoas depois dessa história toda. E é por isso que essa situação é tão ruim. Estou sendo um babaca ao enganar Sharlot desse jeito.

Está tudo bem, digo a mim mesmo pela centésima vez. Vou ficar aqui mais uns vinte minutos, inventar alguma desculpa e ir embora. Não preciso fazer amizade com Sharlot; a situação é muito estranha, e eu me sinto culpado demais por tudo.

— Então, é a primeira vez que você vem a Jakarta?

Ela encara o café e eu me questiono se fiz uma pergunta inconveniente, se toquei em um assunto delicado.

— Aham — responde ela, por fim.

E é isso, sem mais nenhum comentário. Minha nossa, esse deve ser o pior encontro a que eu já fui. Juro que já tive conversas melhores com meu espelho.

Mesmo assim, me esforço:

— E o que está achando da cidade?

— Ah, é legal. Meio úmido. Los Angeles é mais quente, mas é um calor seco, então não é tão ruim assim.

O clima. Estamos literalmente falando sobre o clima. O que é bom, porque é chato e, portanto, seguro. Decido entrar no jogo.

— Bem, na temporada de chuvas, chove bastante.

Uau. Parabéns, George. Muito esperto. Em algum momento da vida eu deveria aprender a conversar com garotas bonitas. Mas não tem problema, porque não quero impressionar Sharlot, certo? Certo.

A boca de Sharlot treme como se ela estivesse se esforçando para não sorrir.

— Nunca imaginaria que chovesse muito na temporada de chuvas — diz ela, inexpressiva.

Ficamos nos encarando, e eu poderia jurar que, assim como eu, Sharlot está tentando não rir. Quase explodo numa gargalhada boba, mas então lembro que isso seria assustador por causa do *catfish*. A graça se dissipa, e o momento passa. Ufa. Penso nas mensagens que ela, papai e Eleanor trocaram e tento pescar algum outro assunto morno.

— Então, você gosta de cozinhar?

Sharlot me olha assustada, como se eu tivesse perguntado a cor do sutiã que ela está usando. Então ela se recupera e responde:

— Aham.

Tá. Eu meio que esperava mais de uma palavra como resposta, mas talvez seja minha responsabilidade tentar descobrir mais.

— Qual receita você gosta de preparar?

Seu lábio superior se contrai, e eu juro que ela fez uma careta por uma fração de segundo. Isso com certeza foi um olhar de desprezo. Mas a expressão desaparece tão rápido quanto surgiu, então fico me perguntando se foi coisa da minha cabeça.

— De todo tipo — murmura ela.

Caramba, isso é doloroso.

— Você disse que gosta muito de fazer ensopado de caldo de ossos...

O que são essas palavras saindo da minha boca? Quem se importa com ensopado de caldo de ossos? Que coisa bizarra! ENSOPADO DE CALDO DE OSSOS, como se eu fosse um assassino em série que guarda os ossos das vítimas para jogar no caldeirão com ervas chinesas.

A careta de desprezo aparece em seu rosto outra vez, mas não posso julgá-la.

— É, adoro cozinhar... ensopado de caldo de ossos. Com, tipo, ginseng e shi... coisas assim. Muito nutritivo.

Assinto, pensando em uma resposta que não pareça muito estranha. Não entendo quase nada sobre culinária e, se tiver que pronunciar *ensopado de caldo de ossos* mais uma vez, com certeza vou entrar em combustão espontânea.

— Então... você disse que gosta de... finanças? Tem a ver com a empresa da sua família? — Ela abre um sorriso educado, as sobrancelhas arqueadas.

Meu estômago revira. Lá vamos nós de novo. É por isso que não tenho amigos íntimos nem um relacionamento sério. Meu sobrenome chama mais atenção do que eu. Meu pai e meus tios sempre instigaram uma dose nada saudável de paranoia em mim e minhas primas.

"Tenha cuidado, George", alertou a Oitava Tia quando eu tinha três anos, curvando-se um pouco para ficar na minha altura. "Você é o único herdeiro homem do clã dos Tanuwijaya. Haverá muitas, muitas pessoas se jogando aos seus pés, fingindo ser suas amigas, muitas garotas lindas querendo namorar você. Não confie em ninguém."

Na época, eu assenti e logo em seguida molhei as calças.

A pior parte é que, tecnicamente, o fato de eu ser o único homem da minha geração não faz diferença; minha família é progressista o suficiente para não permitir que o gênero interfira no nepotismo meritocrático. A primogênita do Segundo Tio, Luna, será a CEO da empresa porque é sem dúvida a mais capacitada de todos nós. Mas o patriarcado é tão enraizado na sociedade asiática que, como único homem, acabo atraindo muita atenção da mídia, dos concorrentes e dos parceiros de negócios. Exceto por Luna, se qualquer uma das outras primas comete um erro, elas são facilmente ignoradas. Se eu fizer algo errado, serei exposto em todas as manchetes de jornais e em todas as redes sociais — ÚNICO HERDEIRO HOMEM DA TANU CORP. DETONA LAMBORGHINI. Isso aconteceu comigo e com meu colega de turma, Ramtaro, do Grupo Halim Corp., mas eu não estava dirigindo e não estávamos na minha Lamborghini. Mesmo assim, foi o suficiente para me ensinar uma lição — é melhor continuar jogando on-line, onde posso viver no anonimato.

Não é culpa de Sharlot se papai achou que dizer que eu quero assumir os negócios da família — mentira, aliás — seria uma coisa boa. Benigna. Certa. Era essa a ideia.

— Com certeza. Quer dizer, mais ou menos. Acho que eu só gosto de matemática.

Na verdade, matemática é até ok, mas quem *gosta* disso? Ninguém além desse personagem que meu pai e minha irmã inventaram para supostamente me fazer arranjar uma namorada.

Ela assente.

— Uau. — É o "uau" menos animado da história. — E o que a empresa da sua família faz?

No mesmo instante, os muros voltam a se erguer ao meu redor.

— De tudo um pouco — respondo. Sharlot me encara, provavelmente esperando algum complemento. Não quero ser um babaca, então acrescento: — Incorporação imobiliária em geral.

Não consigo contar a ela que o shopping em que estamos é um dos vários prédios que construímos.

— Que interessante.

Será? Não, não mesmo. Ela nem está olhando para mim, está mexendo o café pela milionésima vez, e eu também, porque este "encontro" é uma morte lenta e dolorosa. Deus, por que não terminamos logo com isso?

— O que mais você gosta de fazer além de cozinhar? — pergunto depois de um segundo arrastado.

Sharlot olha para cima como se estivesse tentando lembrar. Minha nossa, estou em um encontro com uma garota que não tem nenhum passatempo além de fazer ensopados. Eu não deveria julgá-la, então me repreendo. Não foi ela quem deu um golpe na internet. E daí que a garota tem a personalidade de um biscoito murcho de água e sal? Pelo menos não é uma mentirosa.

— Eu, bem... Eu... gosto de ler — responde ela depois de um tempo.

— Legal. O que você gosta de ler?

— Livros, em geral — diz ela, balançando a cabeça, a expressão completamente séria. Não sei dizer se ela está zoando ou falando sério.

— Que tipo de livros?

— Tipo... romances, sabe?

Não sei, na verdade, mas já cansei de tentar. Não que eu estivesse me esforçando para começo de conversa, mas estou cansado de tentar manter esse papo furado. Olho para o relógio e fico aliviado ao descobrir que já se passaram quase vinte minutos desde que chegamos aqui. Não seria tão péssimo da minha parte encerrar o encontro agora. É óbvio que não temos nada em comum, nenhuma química ou algo assim, e esse encontro logo, logo vai subir no telhado.

Pego meu celular no bolso como se ele tivesse acabado de vibrar e finjo ler uma mensagem.

— Eita. — Tá, isso soou muito falso, mas talvez ela não tenha percebido.

— O que foi?

— Ah, é que... urgência familiar. Preciso ir. — Nossa, as palavras não poderiam ser mais teatrais.

Eu me levanto e Sharlot faz o mesmo.

— Ah, não — lamenta ela, em seguida pega a bolsa e vai comigo até a saída.

Do lado de fora da cafeteria, paramos um de frente para o outro e nos encaramos. Estendo a mão outra vez.

— Foi bem legal conhecer você, Sharlot.

— É, que bom que nos encontramos. Espero que fique tudo bem com a sua família.

Ela sorri, e acho que é a primeira coisa verdadeira que vi hoje. A sinceridade no gesto me desarma tanto que esqueço, só por um momento, o que estamos fazendo. Então Sharlot se aproxima e, em vez de apertar minha mão, me abraça. Seu perfume invade meus sentidos — frutas tropicais e roupas limpas. E há algo por trás do abraço, um rastro de emoção nua e crua que entala minha garganta e me deixa sem ar.

— Sharlot...

— George! — grita alguém.

Os pelinhos da minha nuca se arrepiam e meu estômago revira. É uma reação instintiva à voz da matriarca que tem o clã inteiro comendo na sua mão. Eu me viro e vejo que a Oitava Tia e Nainai estão aqui.

# 11

## Sharlot

UMA VEZ VI UM TUÍTE QUE DIZIA ALGO COMO: "Quando os escritores vão aprender que emoções negativas não deixam as pessoas pálidas?" Eu dei risada e curti, porque a quantidade de vezes em que li a descrição de um personagem empalidecendo por estar chocado, horrorizado ou triste é ridícula. Agora, porém, aqui estou eu, testemunhando esse exato fenômeno. Quer dizer, um minuto atrás a pele de George tinha um tom bege-salmão. Então apareceu um grupo de pessoas e *tcharam*! Sua cútis só poderia ser descrita como acinzentada, talvez cinza-amarronzada, se eu quisesse ser educada.

— Ah, George! Que surpresa agradável! — exclama a mulher.

Ela não é minha tia, mas é a definição exata de uma tia sino-indonésia: cabelo enorme, ombreiras imponentes, uma bolsa Birkin e, lógico, o casaco de tweed Chanel obrigatório. Tenho ascendência indonésia por parte de mãe, o que significa que, graças a ela, eu reconheço todas as roupas de grife não só pela logo, mas pelos modelos inconfundíveis. Não sei qual é a do casaco. Sim, é lindo, mas também é quente como o inferno. Seria compreensível se estivéssemos no inverno de Los Angeles, mas nesse calor úmido de Jakarta é uma pulsão de morte. Ela está segurando o braço de uma senhora de cabelo grisalho, também toda vestida de Chanel e com um colar de pérolas enorme e impecável no pescoço.

Ao lado da tia está uma atraente sino-indonésia e dois operadores de câmera. Observo-os com interesse, tentando disfarçar sem sucesso. É uma equipe de TV? Ou de revista? Os equipamentos são gigantescos, parece ser autêntico. O homem com a grande filmadora mira na nossa direção, então me pergunto se fiquei pálida também. Uma coisa é observar de fora; outra totalmente diferente é ser o alvo das lentes desconcertantes. Não sei o que fazer com minhas mãos, minhas pernas e, lógico, meu rosto.

— O-Oitava Tia, Nainai! — gagueja George. — Oi! Ah, que ótimo encontrá-las! — É uma mentira deslavada, mas tanto a Oitava Tia quanto Nainai sorriem com uma afeição genuína quando George dá um abraço cuidadoso em cada uma.

O fotógrafo faz vários cliques.

— O que as traz aqui? Nainai, vamos encontrar um lugar para a senhora se sentar...

— Não é óbvio que estamos dando uma entrevista? — indaga a Oitava Tia. Minha nossa, quantas tias será que George tem? Ela fala como se dar uma entrevista fosse algo que acontece todas as terças e quintas à tarde. — Essa é Rina da *Asian Wealth*. Achamos que seria divertido fazer a entrevista em uma dessas cafeterias de que os jovens gostam tanto, em vez de nos restaurantes grã-finos de sempre.

— Não sei, não — resmunga Nainai. — Prefiro ir para o Ritz de sempre.

— *Aiya*, Ma. Já falei para a senhora, o Ritz já era.

A repórter assente, sorri e concorda:

— Sim, já fizemos muitas matérias no Ritz. Essa vai valorizar a imagem das senhoras. Vai fazer a família parecer mais acessível, mais próxima do público.

A Oitava Tia assente, satisfeita ao ser descrita como "acessível". Fico me perguntando se ela esqueceu que seu traje completo custa mais de cinquenta mil. Nainai suspira, olhando ao redor como se não estivesse nem um pouco impressionada com o lindo shopping em que estamos. A senhorinha está com uma maquiagem impecável e, mesmo sendo tão pequena, consegue ser muito intimidante.

— Oi, George — cumprimenta Rina, estendendo a mão para ele. — Nós conversamos ao telefone, lembra? Liguei para convidá-lo para uma entrevista sobre o OneLiner.

— Ah, aham. Lembro, sim.

Uau, George mente muito mal. Mas Rina sorri e aperta a mão dele mesmo assim. Então — o maior dos horrores — a jornalista estende a mão para mim, e agora detenho toda a atenção, que é tão desarmante quanto as lentes das câmeras. Ela sorri, parecendo um tubarão que fareja sangue no mar.

— E você deve ser a namorada de George, a julgar pelo abraço que deram!

*O quê?* Levo um segundo para captar a mensagem. É sobre o abraço de despedida? Aquele que eu dei por pena, porque George é um pobre idiota que minha mãe enganou sem motivo? Percebo agora que, em um lugar tão conservador quanto Jakarta, abraços devem ter um peso bem maior. As pessoas não saem por aí se abraçando. Rina presumiu que, se George e eu nos abraçamos, devemos ser próximos. Ai, droga.

— Ah... — Juro que na maioria das vezes sou boa com as palavras, mas as câmeras estão bem na minha cara, e ter os olhos de Rina, Nainai e da Oitava Tia em cima de mim é muito desconcertante. Por um segundo eu esqueço meu próprio nome.

— Esta é Sharlot — apresenta George depois de um silêncio constrangedor.

— Ah, Sharlot! — exclama a Oitava Tia. — Que prazer finalmente conhecê-la!

Antes que perceba, ela está me dando o mesmo abraço asiático, com beijinhos no ar e tudo. Retribuo o não abraço, consciente das câmeras que filmam e fotografam tudo. Quase pergunto como raios ela sabe quem eu sou, mas me detenho a tempo. É lógico que ela está atuando para Rina e sua equipe.

Não sei o que está acontecendo, mas o pobre George parece prestes a desmaiar, então respondo:

— É um grande prazer finalmente conhecer a senhora também, Oitava Tia.

— Ora, que fofa! Ela não é adorável, Ma? — pergunta ela para Nainai.

A avó de George me lança um olhar rápido, desinteressada.

— Muito adorável — concorda a repórter, o sorriso de tubarão se alargando. — E ela é...

George me lança um olhar em pânico. Eu o encaro de volta, provavelmente com a mesma expressão de "gado indo para o abate". Pensando bem, eu poderia dizer que sou uma amiga de escola, uma prima de segundo grau ou qualquer outra desculpa. Mas, diante da situação, as únicas coisas que me vêm à mente são: *CATFISH*! GOLPE! FRAUDE!

A Oitava Tia agarra meus ombros e me vira de frente para as câmeras.

— A namorada dele, lógico! — anuncia ela.

Nainai arfa de susto e se vira para mim. Meu queixo cai. A câmera dá um clique.

**A ÚLTIMA COISA DE QUE PRECISO É OUTRO CAFÉ** indonésio superforte com açúcar de palma suficiente para energizar um elefante, mas perdi a voz por completo. Então aqui estou, de volta ao Kopi-Kopi, desta vez com George, a avó, a tia (a oitava, pelo jeito) e uma equipe de TV, revista, jornal, não tenho ideia. Preciso descobrir o que é a *Asian Wealth*, mas parece grosseiro perguntar.

— Então, George, o OneLiner é o primeiro aplicativo que os Tanuwijaya lançam com você como garoto-propaganda. Está animado? — indaga Rina.

Para ser justa, George parece ter se recuperado um pouco do choque inicial, e agora estou vendo um lado totalmente novo dele — um que jamais pensei que poderia existir. Ele abre um sorriso tão natural, charmoso e confiante que eu me pergunto quantas vezes ele ensaiou no espelho. É convincente, de qualquer forma. Rina retribui o sorriso com o rosto um pouco corado. Nada mau, George. Nada mau.

— Sim, estou muito empolgado. E é um aplicativo tão necessário, sabe? Odeio dizer isso, mas vários de nós crescemos com essa mentalidade de "menino é assim mesmo", o que é bastante prejudicial.

Rina assente.

— Com certeza, masculinidade tóxica é um assunto que já abordamos na *Asian Wealth*.

Jura? Por essa eu não esperava. Sem querer ofender Rina, mas não imaginava que um veículo chamado *Asian Wealth*, que significa algo como "Riqueza Asiática", abordasse qualquer outra coisa além de economia.

A Oitava Tia assente e completa:

— Com o OneLiner, esperamos educar os meninos para serem verdadeiros cavalheiros. Já falamos com o ministro da Educação para incluí-lo na grade curricular das escolas, e todos que já o usaram ficaram impressionados. Ouso dizer que até mesmo homens adultos poderiam aprender um pouco com o OneLiner. — Ela joga a cabeça para trás e solta uma risada. Rina ri também, então solto uma risadinha por educação.

Risadinha. Literalmente uma risadinha. Parece algo entre um chiado e uma risada honesta, o que me faz querer socar minha cara. Em vez disso, cutuco com força o gelo do meu café com o canudo desgastado.

— Você deve ter muito orgulho do seu namorado, Sharlot. Poucos garotos são tão dedicados a esse assunto — comenta Rina, em seguida lançando um sorriso para George. — Fico muito feliz, George. Ainda bem que temos você representando a juventude chinesa daqui. Você é um exemplo incrível. É o queridinho do nosso público jovem, tanto feminino quanto masculino.

Ele sorri. É impressão minha ou os olhos dele estão à beira de um colapso?

— Aham — concordo e tomo um gole demorado do meu café para evitar mais declarações.

Mas Rina é implacável.

— Então, me diga, Sharlot, há quanto tempo você e George estão juntos? Você também estuda na Escola Internacional de Singapura?

Balanço a cabeça, minha boca ainda grudada no canudo.

— Jura? Como vocês se conheceram?

O pior som do mundo chega aos meus ouvidos. O som do canudo sugando desesperadamente um copo vazio. NÃOOO. O café acabou e agora não tenho mais como disfarçar o silêncio. Jesus amado. Ai, minha nossa. E agora?

Quando o milionésimo pensamento atravessa minha mente em menos de um segundo, me ocorre que eu deveria ter pedido uma bebida descafeinada para começo de conversa. Mas agora é tarde demais.

— Ah, a gente... É meio bobo, mas, na verdade, a gente se conheceu na internet.

— Foi num aplicativo para... hum, para adolescentes muito esforçados. Que se chama, hã... — George quase grita: — Adolescentes Esforçados...?

— É, isso mesmo — balbucio. — O aplicativo não existe mais, foi há muito tempo. — O que são essas palavras escapulindo da minha boca? Alguém me para, por favor!

— Uau. Então vocês se conhecem há muito tempo?

Assinto com tanta força que quase quebro o pescoço. Será que é a quantidade exagerada de cafeína? Ou de açúcar? A adrenalina? As câmeras? Que loucura, são TODAS AS ALTERNATIVAS ANTERIORES! Tá, calma, Sharlot.

— Aham, com certeza. George e eu nos conhecemos desde sempre!

O quê? Lógico que não. Nós nos vimos pela primeira vez há literalmente meia hora. Caramba, qual é o meu problema? Coloco a mão embaixo da mesa e belisco minha perna com tanta força que meus olhos se enchem de lágrimas. A dor é ruim, mas força meus pensamentos a desacelerarem um pouco.

— Ele é seu primeiro namorado? — pergunta a repórter.

Nem ferrando, quase deixo escapar. Tenho dezessete anos, moça, não sete. Mas então lembro que estou em um país cuja cultura é muito diferente da minha. A forma como todos estão me observando me faz morder a língua antes que eu possa anunciar que já tive vários outros relacionamentos. Ainda por cima, mamãe disse a George nas conversas que nunca namorei.

— Ah... Aham... É, sim...

A Oitava Tia assente com um sorriso satisfeito.

— Isso porque ela é uma boa menina, não é? Dá para ver que Sharlot é uma boa garota, muito decente.

Tento não me contorcer com os sorrisos de aprovação.

— Isso é verdade? — questiona Nainai. — Você conhece essa menina desde sempre? — Sua voz é gentil, mas há algo em Nainai que rouba a atenção de todos.

— Hum... Hã... Aham.

Então Nainai olha para mim. Olha de verdade, diferente da forma desinteressada com que fez antes. Apesar da idade avançada, seu olhar é tão afiado quanto o de qualquer outra pessoa, e sinto como se ela estivesse me abrindo e encarando minha terrível alma.

Depois de um século, ela assente e me abre o primeiro sorriso verdadeiro. A expressão muda todo o seu rosto, fazendo as rugas se transformarem e se curvarem de um jeito dramático.

— Você tem bom rosto — elogia ela em inglês. — Olha, ela tem nariz da sorte, *ya*? *Mancung sekali*. E a testa tão alta. Significa boa sorte, sabia?

Então Nainai se inclina para a frente. Antes que eu possa reagir, ela agarra o lóbulo de minha orelha esquerda. Dou um pulo como um coelho assustado e Nainai ri, ainda me apertando. Para uma senhora de idade, ela é surpreendentemente forte.

— Olha as orelhas dela! — comenta Nainai.

— Nainai, será que a senhora poderia soltar a Sharlot? — pede George, sem jeito.

— Ei, não interrompa sua avó! — repreende logo a Oitava Tia.

George e eu nos encolhemos na hora. Bem, eu *tento* me encolher, mas é impossível com minha orelha ainda presa entre os dedos de Nainai.

— Isso — anuncia a avó para todos — é o que chamamos de orelhas de Buda. Vê o lóbulo tão gordo e tão comprido?

Ok, "gordo" é um adjetivo que ninguém nunca usou para descrever minhas orelhas, mas acho que para tudo há uma primeira vez.

— Orelhas de muita boa sorte. Significa que você é sortuda — explica Nainai.

Finalmente, *finalmente*, ela solta minha orelha e eu me jogo de volta em meu lugar, o coração acelerado e as axilas suadas. Jamais passou pela minha cabeça que eu seria atacada por uma senhorinha hoje. Nainai sorri e estende o braço para mim outra vez e não consigo deixar de me esquivar. Dessa vez, porém, ela dá uns tapinhas delicados em minha bochecha e complementa:

— Ah, Nainai está tão feliz que você namora Ming Fa.
*Quem diabos é Ming Fa?*
— Ming Fa é meu nome chinês — murmura George, como que lendo minha mente.
— Ah, entendi.
— E qual é o seu nome chinês? — pergunta Nainai. — Não gosto desses nomes modernos em inglês, não têm significado nenhum. Como saber a personalidade se o nome não tem significado? Veja, Ming Fa significa "inteligência e sorte", e meu neto exatamente assim, *ya kan*?
George abre um sorriso forçado e dá de ombros.
— Sim, Nainai.
Meu Deus. Socorro. Ela está prestes a descobrir que minha personalidade é toda esquisita, assim como meu nome chinês.
— Bem... Meu nome chinês é Shi Jun — murmuro, um pouco trêmula.
— Shi Jun — repete Nainai. — Uau. — Ela assente para a Oitava Tia, que devolve o gesto com um sorriso. — Nome muito bom. Guerreira estudiosa.
Ah, ela pensou nos ideogramas errados. Mas quem teria coragem de corrigi-la e dizer "Olha, na verdade, é bactéria correta"? Portanto, apenas assinto.
— Aham, guerreira estudiosa, é isso mesmo.
— Ah, tão bom. Tão, TÃO bom! — exclama Nainai, contente. — *Aiya*, não é como todas as outras garotas, nomes sempre tão bobos. Flor bonita, lua linda... Quem liga para uma flor bonita? Namorada do meu Ming Fa deve ser forte! Inteligente! *Aduh*, Ming Fa, Nainai tão feliz que você conheceu Shi Jun. Que união de sorte, *ya*? Tão auspicioso!
Dou uma risadinha de leve, desejando poder desintegrar em átomos e me dissipar no ar.
— Aham, muito auspicioso — comento.
— Esse sotaque é dos Estados Unidos? — pergunta Rina.

— Sim, sou estadunidense. Vim só para passar o verão. É temporário, sabe? Só durante o verão — repito, me certificando de que todo mundo saiba que não estou aqui para ficar.

Rina arregala os olhos.

— Nossa, um relacionamento a distância. Na idade de vocês, deve ser muito difícil. Quer dizer, é difícil em qualquer idade, na verdade.

— *Aduh*, tão difícil para meu pobre Ming Fa! — lamenta Nainai. — Mas não se preocupe, tá? Vocês podem viajar, visitar um ao outro sempre, *ya*?

George e eu trocamos sorrisos com olhos arregalados e apavorados.

— É, com certeza... — concordo.

A Oitava Tia diz alguma coisa e as câmeras se viram para ela. Aproveito a oportunidade para recuperar o fôlego e tentar recompor meus pensamentos, que estão uma verdadeira zona. Cem por cento destruídos. Minha mente está uma bagunça. Uma bagunça tão gigantesca que levo um momento inteiro para perceber que Rina voltou a falar comigo.

— Perdão?

— Você também estará no lançamento?

— O quê?

Que lançamento é esse?

— Ah, sim, que excelente ideia, Rina! — exclama a Oitava Tia. — Brilhante! Sim, quem melhor para fazer uma aparição no lançamento do OneLiner do que Sharlot? De todas as pessoas, ela sabe como George é um cavalheiro e um ótimo exemplo para os adolescentes. Ah, amei a ideia! Talvez possamos até conseguir um espacinho para ela discursar durante o evento.

QUE EVENTO É ESSE?

Rina assente, muito satisfeita com a aprovação da Oitava Tia.

— Caramba. Estou muito ansiosa — comenta Rina. — O lançamento do OneLiner vai ser incrível!

Vou desmaiar. Ou vomitar. Ou talvez as duas coisas.

Um discurso? Como assim? Será que não deu para perceber que eu mal consigo formular duas frases sob pressão? Por que raios alguém pensaria que eu sou uma boa candidata para qualquer atividade num *evento* de verdade com *humanos* de verdade?

Então olho para George e o rosto dele é um retrato do puro pânico. Ele está me encarando com os olhos arregalados, formando uma careta, e é como assistir a um cachorrinho muito, muito triste se afogando lentamente. Não posso deixar de salvar o cachorrinho. Não quero que George tenha problemas, ainda mais na frente das câmeras. Além disso, Nainai está sorrindo e assentindo, e ninguém pode dizer não para aquele rostinho enrugado. Então digo:

— Sim... Adoraria ir a um evento aqui.

— Aqui? — questiona Rina, franzindo o cenho. — Houve alguma mudança na programação?

— O quê? — indago.

— Não — diz George, depressa. — Não se preocupe. O lançamento seguirá como planejado, e acho, bem, que você vai ao evento então... em... em Bali.

Bali. A ilha que fica a duas horas de avião de Jakarta. Bali. Aham. Pode crer. Sorrio para ele com olhos arregalados, em pânico.

— Pensando bem, não sei se minha mãe deixará...

— Sharlot! O que está acontecendo?

Ergo os olhos e vejo mamãe, Kiki e meus tios. Para ser sincera, essa é a primeira vez na vida que me senti aliviada por ver mamãe. Tão aliviada que meus olhos se enchem de lágrimas. Pela primeira vez na vida, preciso que mamãe seja superprotetora como sempre e me mande voltar para casa imediatamente.

Eu me levanto e anuncio:
— Peço desculpas a todos. É a minha família.
George já está de pé, estendendo a mão para Ma.
— Oi, Tante — cumprimenta ele. "Tante" significa "tia" em indonésio. Mamãe não consegue resistir ao charme de ser chamada assim de um jeito tão educado, mas, antes que ela possa responder, Kiki se inclina e estende a mão para George.
— Kiki. Sou prima da Shar. — Ela olha para a câmera e pisca.
— Pois é, que legal que deu para todo mundo se conhecer — digo, sem graça. — Enfim, vamos deixar vocês terem um pouco de privacidade... com as câmeras e tudo mais.
Agarro a mão de Kiki para puxá-la para longe, mas ela já está posando para as câmeras. Muito obrigada, universo, por minha família ser tão intrometida que não conseguiu ficar de fora do meu não encontro. Valeu mesmo, obrigada por...
— Qing Pei, é você?
Todos os pensamentos se esvaem. Congelo, observando a Oitava Tia se levantar. Seus olhos, porém, não estão em mim. Estão fixos em mamãe, e Ma parece igualmente chocada ao vê-la. A câmera dispara cliques sem parar, e o operador da filmadora está sofrendo para decidir em quem focar. Rina assiste à cena com interesse evidente.
Quando mamãe enfim fala, sua voz sai baixa e incerta, bem diferente do tom estridente que conheço:
— Shu Ling?
— Sim! — exclama a Oitava Tia. — Minha nossa! É mesmo, Qing Pei!
Ela corre e acaba com a distância entre as duas, dando um abraço apertado em mamãe. Desta vez não é um abraço asiático, é um abraço pra valer. Uma fração de segundo depois, mamãe retribui, cautelosa. A Oitava Tia ri e a solta antes de se virar para as câmeras e explicar:

— Esta é minha melhor amiga da escola. *Aduh*, não a vejo desde... *wah*, desde os dezessete anos.

Mamãe enrijece um pouco, mas recupera o sorriso com bravura. Dezessete anos. Que curioso. Ela me teve aos dezoito. Parece que estou ligando os pontos, e por um instante todo o resto desaparece. Ela deve ter engravidado na Indonésia aos dezessete anos e foi para os Estados Unidos porque a notícia teria sido um escândalo enorme na época. Quando volto a encarar mamãe, enxergo-a sob uma luz um pouco diferente. Ela precisou deixar a terra natal, a família e a melhor amiga, de quem obviamente era muito próxima. Deve ter sido devastador. Vim passar apenas o verão aqui e já sinto uma saudade imbatível e dolorosa de todo mundo lá em Los Angeles.

Mamãe parece ter superado o leve susto, e agora ela e a Oitava Tia estão agitadas e empolgadas pelo incrível reencontro depois de tanto tempo. Li Jiujiu ri e conta a Nainai que as pessoas costumavam achar que mamãe e a Oitava Tia eram irmãs porque usavam exatamente o mesmo penteado e insistiam em vestir roupas idênticas.

— Que história linda! — elogia Rina. — E agora sua filha está namorando o sobrinho dela. Que mundo pequeno!

De repente, todos os olhares e lentes se concentram em George e eu.

— Hã... — Não sei bem qual de nós dois diz isso. Acho que ambos. Estamos balbuciando.

George, que deve ter muito mais prática sob os holofotes, se recupera primeiro e concorda:

— Rá, pois é, quem diria?

— Parece destino — comenta Kiki com um sorriso. Lanço um olhar fatal em sua direção, e ela reage com um sorriso inocente.

— Parece mesmo destino! — exclama a Oitava Tia, de braços entrelaçados com mamãe e sorrindo sem parar. —

Sabe, Qing Pei, estávamos falando sobre Sharlot fazer um discurso em nosso lançamento em Bali. Ah, sim, vai acontecer um evento em Bali na semana que vem; você está convidada. Agora que você finalmente voltou à Indonésia, precisamos colocar o papo em dia. Precisamos!

Os olhos de mamãe estão arregalados. Meu estômago revira. *Diga "não", Ma. Você disse "não" para mim a vida inteira. Muitos "nãos", inclusive. E agora é a única vez em que preciso muito que você negue.*

Ela abre a boca.

— É lógico, seria um prazer.

Ah, merda.

# PARTE DOIS

## 12

### George

DEPOIS DO ENCONTRO DESASTROSO COM SHARlot, converso em particular com a Oitava Tia sobre como convidá-la para o evento em Bali é uma péssima ideia, ainda mais com toda essa história de *catfish*, namorada falsa e tudo mais. Em minha defesa, fui ingênuo e estava torcendo para a Oitava Tia ser compreensiva e dizer que resolveria tudo da mesma forma como resolve todas as crises que a família inventa semanalmente.

Mas agora aqui está ela, boquiaberta, com uma expressão de tamanho horror e decepção que faz minhas bolas murcharem e tentarem entrar no meu corpo.

— Como assim *catfish*? — pergunta ela delicadamente.

— Ah, é uma longa história, mas, bem... Ah, então tá, a senhora já vai. — Fico parado, imóvel, enquanto a Oitava Tia marcha para fora da sala de estar formal.

— Shu Peng! Eleanor! Venham aqui AGORA. SHU PENG. ELEANOR ROOSEVELT.

Estremeço com os gritos autoritários e me encolho ao ouvir passos firmes na escada em direção aos quartos de papai e de Eleanor. Em pouco tempo, a Oitava Tia retorna, quase arrastando-os pelas orelhas como se fossem filhotinhos bagunceiros.

Papai e Eleanor me lançam olhares que me acusam de traição quando a Oitava Tia os solta e rosna para que nos sentemos no sofá. Nós nos encolhemos, e ela começa o sermão.

— Não *consigo acreditar* no quão incrivelmente ESTÚPIDOS, PÉSSIMOS e RIDÍCULOS vocês foram!

— Escute, Shu Ling — pede papai. — Eu só queria o melhor para George!

— Você bateu papo com uma adolescente! — grita a Oitava Tia. — Qual é o seu problema? Isso é muitíssimo inapropriado! Sabe o que a mídia diria se descobrissem?

— Para ser justa, Oitava Tia, era mais eu quem mandava as mensagens — explica Eleanor. — A senhora sabe como esses dois são péssimos em relação a garotas.

A Oitava Tia lança para Eleanor um olhar tão afiado que faz todos nós nos encolhermos.

— Fico ainda mais decepcionada de ouvir isso, Eleanor Roosevelt! — dispara ela. — Espero esse tipo de coisa de seu irmão e de seu pai, mas...

— Olha, só para constar — interrompo —, eu era, e ainda sou, totalmente contra essa história toda desde o começo.

— ... mas eu esperava mais de você, meu prodígio — continua a Oitava Tia, como se eu não tivesse dito nada.

Eleanor murcha, o lábio inferior tremendo de leve. A Oitava Tia suspira.

— Agora já foi. Não adianta chorar pelo leite derramado. Precisamos fazer um controle de danos. — Ela volta a andar de um lado para outro, tamborilando o dedo indicador no queixo enquanto caminha. — Certo. Não tão terrível assim, acho. Para uma namorada falsa, vocês podiam ter escolhido pior. Sharlot é muito fotogênica e fala bem. Os adolescentes vão gostar do sotaque dela, ainda mais o público-alvo do OneLiner. Então não é um completo desastre.

Papai e Eleanor estufam o peito como se fosse um grande elogio. Suponho que, vindo da Oitava Tia, não deixa de ser.

— Como já a convidamos publicamente para o evento em Bali, não podemos desconvidá-la. Então, George, você vai ter que continuar com o namoro falso com Sharlot, entendido? Vamos treinar bastante até o evento. Vou pedir que Fauzi prepare vocês... Quer saber? Não, não posso permitir que esse segredo vaze. Eu mesma vou fazer isso.

— Mas, Oitava Tia...

— Sem "mas"! Não podemos ter nenhuma propaganda negativa, pelo menos até o lançamento do aplicativo. É seu primeiro produto; se der errado, isso vai assombrá-lo pelo resto da vida. Você precisa se certificar de que o evento seja impecável. Isso significa que é bom você ser gentil com essa pobre garota.

— Eu não planejava ser horrível com ela — murmuro.

— Sim, bom, então tente algo melhor do que "não horrível", combinado? Seja um namorado perfeito. Ela precisa convencer a todos de que você é um cavalheiro incrível e o representante ideal para o OneLiner.

Sinto meu estômago revirar.

— Mas eu vou precisar mentir para ela...

A Oitava Tia ergue as mãos, frustrada.

— É só por uma ou duas semanas, George! Não seja tão dramático.

Dramático? Até parece! Sou a pessoa menos dramática aqui, como é que ninguém percebe isso? Tenho bom senso o suficiente para não dizer isso em voz alta.

Então a Oitava Tia sai da sala, furiosa, deixando papai, Eleanor e eu nos encarando com olhares culpados. O silêncio dura cerca de dois segundos.

— Por favor, escute a Oitava Tia e seja gentil com Sharlot, tudo bem? — aconselha papai. — Ela é uma boa menina, uma jovem especial. Seja bonzinho com ela.

— Então devo tratá-la como minha namorada, como uma amiga platônica ou como quase uma estranha, que é a verdade? — pergunto, seco.

Papai pisca e parece perdido por um instante, mas depois abre um sorriso.

— Tenho certeza de que você vai descobrir.

— O COURO DOS ASSENTOS SÃO DA HERMÈS? — pergunta a prima de Sharlot, Kiki, quando entramos no jatinho.

Eu me remexo inseguro e digo:

— Ah, acho que sim. Não sei.

— Sim, querida — responde a Oitava Tia, erguendo os olhos do celular. — Mandamos fazer sob medida para todos os nossos jatinhos.

— Uau, não sabia que a marca fabricava móveis — murmura Kiki.

— Eles fazem os melhores móveis. O material deles é da melhor qualidade, não é, Oitava Tia? — comenta Eleanor.

— É isso mesmo, *sayang* — concorda ela.

Minha irmã abre um de seus típicos sorrisos de "sou um amorzinho", e a Oitava Tia belisca a bochecha dela em um gesto de ternura antes de voltar a digitar no celular.

Eleanor se inclina para perto de Kiki e sussurra:

— Não que a gente consiga diferenciar couro. Já troquei uma bolsa da Oitava Tia por uma falsificada e ela não reparou até hoje.

— Eleanor Roosevelt, você é uma figura — comenta Kiki, rindo. — Queria que você fosse minha irmã mais nova.

— E eu queria muito que você fosse minha irmã mais velha! Dá pra imaginar?

Reviro os olhos e desvio a atenção para evitar o sorriso convencido de Eleanor. Lógico que as duas iam se dar bem. Diferente de mim e da minha suposta namorada, Sharlot, que escolheu o assento mais afastado, nos fundos do avião, e está olhando pela janela com uma expressão indecifrável.

Fico perto da Oitava Tia, me perguntando se talvez este seja o momento ideal para uma conversa rápida sobre algumas das minhas novas ideias para o OneLiner, em particular a função de compartilhar sua história. Porém, quando penso nisso, a Oitava Tia ergue a cabeça e me lança um olhar de "O que você está fazendo aqui, George Clooney? Seja um bom menino e vá se sentar com sua namorada de mentira".

Com um suspiro profundo, passo pelo assento da Oitava Tia e atravesso o corredor até alcançar Sharlot.

— Ei, esse lugar está ocupado? — indago.

Ela olha ao redor, erguendo as sobrancelhas quando percebe que Kiki escolheu se sentar mais para a frente, e dá de ombros.

— Acho que não.

Então tudo bem. Como Sharlot não recusou, me acomodo ao lado dela.

— Como vai você? — Será que a pergunta saiu estranha? Não sei direito como agir perto dela, provavelmente porque estou fingindo. Fingindo que a conheço e que gosto dela como minha namorada. Tem tanta enganação rolando que mal consigo acompanhar.

— Estou bem — responde ela, mas logo em seguida bufa. — Olha, na verdade, não muito. Estou meio chocada. Quer dizer, esse é o seu jatinho particular. Isso é muito louco, né? Nunca conheci ninguém que tivesse um jatinho particular.

— Se faz você se sentir melhor, não é *meu*, é da minha família.

Isso a faz rir. Afrouxo um pouco a mão que estava apertada sobre meu peito.

— Aliás, sua tia disse "nossos jatinhos". Quantos vocês têm? — pergunta Sharlot, com os olhos arregalados.

— Hã... Alguns. — Odeio falar sobre a fortuna da família. Me sinto desconfortável. Deve ser porque não fiz nada para merecer essa grana toda e mesmo assim desfruto de todos os privilégios.

Sharlot deixa escapar uma risada sem graça e depois olha para o corredor, onde todos os outros estão sentados em pares: a mãe dela com a Oitava Tia, papai com Nainai e Kiki com Eleanor. Todos conversam animados. E aqui estamos nós.

— Então... — começamos os dois ao mesmo tempo.
— Fala você primeiro — diz ela.
— Tá. Queria dizer que sinto muito mesmo pelo que aconteceu na cafeteria.
— O que é que tem? — pergunta Sharlot, confusa.
— Ah, tipo, eu menti sobre a gente estar em um relacionamento a distância. E depois minha tia e minha avó apareceram do nada, e Nainai falou que você tem orelhas gordas...

Ela ri.

— Tá, tudo bem, aquilo foi... diferente. Mas gostei da sua avó. E, pra ser justa, também menti sobre o namoro. Não sei bem por que fiz isso além do fato de que eu estava muito chapada de cafeína.

— Foi mal por isso também. Eu devia ter te avisado. O café indonésio é *muito* forte. Acho que tem a ver com o fato de que estamos numa ilha literalmente chamada Java.

Ela ri outra vez, embora o som se pareça um pouco com um meio soluço.

— Minha nossa. Foi como uma experiência extracorpórea, juro. Fiquei parada no canto me observando tagarelar sobre a gente, e eu só pensava: "*O que diabos você está falando, Sharlot?* Cala a boca!" Foi terrível. Sinto muito também. E agora você está preso comigo em Bali, que deve ser a última coisa que você queria. Mas não se preocupe, tá? Sua tia nos preparou bem, acho.

Sorrio de leve ao me lembrar da "preparação" da Oitava Tia. Consistiu num dia dolorosamente longo em que ela repetiu o tempo todo que, se falássemos qualquer coisa errada, a reputação da empresa e da família seria jogada na lama. Depois, Sharlot mal disse duas palavras e foi direto para casa, completamente exausta.

— E tirando as entrevistas e o evento, vou deixá-lo em paz — continua Sharlot.

— Hum — murmuro.

Minhas entranhas estão se contorcendo feito cobras. Feito as cobras de *Serpentes a bordo*. Só que dentro do meu estômago. Eu me sinto um babaca completo, para resumir. Porque semana passada, depois do encontro insano na cafeteria, Rina publicou a reportagem na *Asian Wealth*, e a entrevista viralizou nas redes sociais.

E a família — eu deveria começar a me referir a minha família como A Família, estilo *O poderoso chefão*, já que ela é quase uma máfia; a diferença é que a arma da família é culpa em vez de revólver — convocou uma reunião sobre minha vida amorosa. O Terceiro e o Quinto Tios e a Segunda Tia pensam que a situação toda é um acontecimento terrível, já que é uma distração para o lançamento do OneLiner. Por outro lado, todos os outros parentes acham que é uma ótima estratégia de marketing. Qualquer coisa que faça meu nome repercutir significa que vão comentar sobre o aplicativo. Para minha sorte, a Oitava Tia decidiu manter em segredo o fato de que Sharlot é minha namorada de mentirinha. Se todos descobrissem...

Estremeço. Tá, George, não pense sobre nada disso agora.

Então aqui estou eu, sentado ao lado de Sharlot no avião, jogando conversa fora e tentando ser gentil com ela, embora eu não saiba bem como fazer isso.

— Não quero que você me deixe em paz — digo, por fim.
— Quer dizer, se você quiser, tudo bem, eu entendo. Mas,

olha... não precisa. — Nossa, eu me sinto horrível dizendo isso, mesmo que seja verdade; não quero que ela ache que eu não a quero por perto. Quer dizer, não quero, mas quero. Tá, talvez eu esteja ficando louco.

Os lábios dela tremem, formando um pequeno sorriso.

— Você é um cara muito legal, sabia, George?

Sinto um gosto amargo no fundo da boca. Um cara legal. Ela não diria isso se descobrisse a verdade, que sou um grande mentiroso que deixou o pai e a irmã dar um golpe nela e a arrastarem para essa bagunça. Hora de mudar de assunto. Vasculho a memória em busca de coisas que sei sobre Sharlot. Ela gosta de... cozinhar. Não, já falei sobre isso. Pego o celular e rolo a conversa do jeito mais sutil que consigo e encontro algumas mensagens em que ela falou sobre limpeza. O que é um passatempo muito estranho, mas, ei, quem sou eu para julgar?

— Então... você gosta de limpeza, né?

Ela faz uma careta, aquela expressão vulnerável escapando de seus traços, e de repente parece muito irritada. O que está acontecendo? Caramba, eu não sei mesmo como conversar com ela.

— Desculpa, eu falei algo errado?

Sharlot balança a cabeça e me lança o sorriso mais falso do mundo.

— Você tem razão, eu amo limpeza. É algo que todas as garotas amam fazer.

A forma como ela afirma isso me faz querer vomitar, mas não sei como reagir, então apenas assinto e respondo:

— É um ótimo passatempo.

— Lógico, né... — murmura ela.

— Perdão?

— Nada. Enfim, o que você quer saber sobre limpeza?

Eita. O tom dela não poderia ser mais ácido. Então percebo que estou me encolhendo no assento. Sentindo que estou entrando numa armadilha, questiono:

— Bem... do que você gosta na limpeza? — Nem sei direito o que acabei de perguntar; a súbita raiva de Sharlot está me deixando nervoso.

Ela me olha nos olhos e diz:

— Desculpa, George, estou muito cansada. Vou tirar um cochilo, ok? — Então Sharlot vira o corpo inteiro para o outro lado e fecha os olhos com força.

Certo, saquei a indireta. Ainda mais uma tão óbvia quanto essa. Olho para a cabine. Ao menos todos os outros parecem estar se divertindo bastante. A mãe de Sharlot e a Oitava Tia estão rindo de alguma coisa no celular da minha tia, as cabeças inclinadas perto uma da outra. Eleanor ri de algo que Kiki disse, e papai está exasperado com a coberta (da Hermès) de Nainai. Todos parecem muito bem.

Olho de relance para Sharlot, me perguntando como ela é de verdade, admirando seu maxilar e seus lábios.

— É esquisito ficar encarando os outros — murmura ela.

Desvio o olhar, as bochechas queimando.

Sharlot "cochila" durante todo o voo de duas horas até Bali. Em certo momento, ela cai mesmo no sono, abre a boca e deixa escapar um ronco baixo. Ela acorda com um sobressalto quando as rodas do avião tocam a pista.

— Chegamos — aviso, e aponto para meu queixo, indicando uma linha de baba no dela.

Ela limpa o rosto, as bochechas vermelhas.

— Dormiu bem? — Não sei por que me dou ao trabalho de perguntar. É lógico que a soneca foi ótima e, de qualquer forma, não estou muito interessado na resposta.

Sharlot assente, pega a bolsa e olha pela janela. Ela arregala os olhos e questiona:

— Como a gente vai desembarcar?

— Ah, não precisamos passar pelo aeroporto. Eles vão mandar uma pessoa da imigração para checar nossos documentos — explico, me inclinando para olhar pela janela também. — Nossa bagagem vai ser levada para o carro... ali. Aquele é o carro que vai nos levar até o hotel.

Ela arqueia as sobrancelhas.

— Uau, do avião direto para uma limusine. Nada de esperar em filas intermináveis na alfândega. — Ela curva os lábios num sorriso travesso. — Vou ficar mal-acostumada.

Reparo que meu rosto está bem perto do dela — perto o bastante para enxergar as sardas espalhadas em suas bochechas e perceber como a luz do sol do fim da manhã faz os olhos castanho-escuros adquirirem um tom profundo de chocolate. Com as bochechas corando, recuo depressa. E daí que Sharlot é muito linda? Ela continua sendo monossilábica e eu continuo sendo um babaca mentiroso.

Ficamos em silêncio enquanto o funcionário da imigração chega e verifica nossos documentos. O silêncio continua quando nós nos levantamos. E o silêncio definitivamente reina depois disso, porque Sharlot saltita até Kiki e entrelaça um braço no da prima e o outro no de Eleanor. Que ótimo. Até minha própria namorada de mentira prefere passar tempo com minha irmã a ficar comigo. Eleanor me encara e eu desvio os olhos, fingindo examinar o interior do avião. Droga, nem trouxe meu celular para fingir que estou ocupado. Isso é ridículo. Ah! Mas trouxe meu leitor digital. Eu o tiro da mochila e olho para ele com firmeza, como se estivesse lendo. Talvez eu devesse tentar ler alguma coisa mesmo.

Quando enfim saímos do avião, o assistente de papai, Fauzi, nos conduz até a limusine. Lá dentro, ele envia um arquivo com os compromissos individuais e depois atualiza papai e a Oitava Tia sobre o andamento dos preparativos. Olho para minha programação no tablet com um pavor crescente. Como esperado, a agenda está lotada. Vamos passar três noites aqui, e todos os dias foram planejados meticulosamente, as atividades organizadas em períodos de meia hora. Hoje é o dia mais tranquilo e, mesmo assim, tenho três entrevistas programadas. *Plot Twist*, *Mundo Tech* e *Jovens Empreendedores*.

— Espera aí, aqui diz que eu tenho entrevistas. É isso mesmo? — pergunta Sharlot, com uma cara nem um pouco entusiasmada.

Olho o celular dela. *Plot Twist*, *Mundo Tech* e *Jovens Empreendedores*. As mesmas entrevistas que eu. Ao mesmo tempo. Droga. A Oitava Tia havia mencionado que parte da redução de danos envolvia limitar a quantidade de exposição à mídia como casal para minimizar as chances de erros. Então o que raios é isso?

— Fauzi, oi... Perdão, posso falar com você em particular por um segundo?

Fauzi, papai e a Oitava Tia param de falar e se viram para me encarar, ansiosos, deixando bem evidente que estou interrompendo uma conversa importante. É sempre assim com eles. Tudo é megaimportante; todas as conversas têm o peso de milhões de dólares. No entanto, tudo que eu digo parece meramente trivial.

— Lógico, o que tá rolando, parça? — Fauzi tem vinte e sete anos ou alguma outra idade igualmente velha. Ele tenta compensar usando expressões que julga estarem na moda sempre que fala comigo ou com Eleanor.

— Bem, é que... Acho que talvez você tenha enviado a programação errada para Sharlot. As nossas estão iguais.

— Ah, sim. A adorável Sharlot. — Fauzi assente e sorri para ela. — É, achei que seria interessante colocar vocês dois juntos em todas as entrevistas. De nada.

Papai está me encarando com tanta intensidade que sinto a dor em seu olhar. Fauzi não sabe que Sharlot é minha namorada de mentira. Óbvio que não. Por isso, ele acha que nos fez um favor se certificando de que temos tanto tempo juntos quanto possível. Ai, alguém me mata. Não quero contar isso para a Oitava Tia porque ela é capaz de demiti-lo, e não é culpa dele.

— Só fico me sentindo mal que Sharlot tenha que enfrentar tantas entrevistas em sua primeira viagem a Bali. Talvez eu possa fazer tudo sozinho enquanto ela, sei lá, curte a ilha?

Sharlot parece surpresa com minha sugestão, o que é legal e irritante ao mesmo tempo, porque, cara, quão mal ela pensa de mim?

— Não esquenta, chefinho — diz Fauzi. — O segundo dia está reservado para explorar Bali. Vocês dois vão poder curtir muito. — Ele ri como se tivesse acabado de falar algo hilário.

Meu estômago revira e dou uma olhada na programação outra vez. Dia dois. Minha nossa. Rafting. Templo dos macacos. Templo da ilha no meio do mar. Jantar na praia. Tá, esse último não parece tão ruim. Mas o restante...

Quer dizer, também parece bem legal, mas não com Sharlot, que está igualmente horrorizada com a ideia de passar tempo comigo.

— A mídia está muito ansiosa para as entrevistas — comenta Fauzi. — Mal podem esperar para conhecer a garota que roubou o coração do nosso principezinho.

Com isso, ele se volta para papai, que, por sua vez, me lança um último olhar significativo. Entendi, pai. Não deixe o mundo pensar que sinto atração por gnomos e texugos, saquei.

Eu me viro para Sharlot, que acabou de abrir o frigobar e pegou uma garrafa gelada de água com gás.

Ela sorri. Ou seria... uma careta?

— Parece que não vou deixá-lo em paz no fim das contas — conclui ela.

# 13

## Sharlot

BALI É UMA ILHA DOS DEUSES. AO LONGO DA VIA expressa, há estátuas de pedra de criaturas com olhos esbugalhados e língua de fora, com flores frescas nas orelhas e ao redor do pescoço e um tecido xadrez preto e branco na cintura. Os traços são grotescos, mas ainda assim causam uma sensação bela e relaxante.

Tiro várias fotos e as envio para Michie. O lado bom de eu ter saído com George é que mamãe devolveu meu celular, então atualizei Michie sobre a bagunça que minha vida se tornou. Até consegui ler todas as mensagens de Bradley, que ficou preocupado depois da minha enigmática mensagem pedindo socorro. Respondi "Nada, esquece haha" e excluí a conversa, incapaz de suportar tamanha humilhação. Nossa, me sinto péssima pela forma como deixei as coisas com ele. Para ser sincera, será que existe um cara mais decente na face deste planeta do que Bradley? Quem mais poderia continuar sendo tão gentil e preocupado depois de levar um pé na bunda do nada e um vácuo sem a menor explicação? Eu deveria lhe dar uma satisfação, é o mínimo, mas só de pensar nisso já sinto um embrulho no estômago.

Óbvio, Michie acha tudo hilário em vez de frustrante.

**Sharlot (13:03):** Olha que estátuas maneiras.

**Michie (13:04):** Amigaaaa, que INVEJA!

**Sharlot (13:04):** Ai, nem vem. Tô presa numa limusine com meu namorado de mentira e a família dele. Muito esquisito.

**Michie (13:05):** Quer dizer seu namorado bilionário? Um sugar daddyyy! 💸 🐓

**Sharlot (13:05):** Valeu por ser uma ótima amiga e tb por destruir uns vinte anos de trabalho do movimento feminista.

**Michie (13:06):** Haha disponha.

**Sharlot (13:07):** Será que esse motorista também é um militar aposentado?

**Michie (13:07):** Deve ser. Ele tá carregando uma metralhadora? Aposto que sim.

**Sharlot (13:08):** Muito engraçado.

Estico o pescoço para ver se o motorista de fato carrega alguma arma. Parece que não. É isso que eu ganho dando ouvidos a Michie e às ideias ridículas dela.

O veículo sai da rua principal e entra numa rua secundária que fica cada vez mais estreita, a ponto de o motorista precisar manobrar para fazer algumas das curvas. Será que é isso mesmo? Acho que voltamos no tempo e viemos parar em um vilarejo pacato. Não é possível que exista um hotel grande o suficiente para sediar um evento com milhares de convidados aqui.

Viramos uma última viela, uma passagem estreita cercada por um bambual curvado, formando um túnel. Nunca vi nada tão mágico. Parece que estamos na terra das fadas. Então a passagem verde termina e saímos sob a forte luz do sol, e o hotel aparece diante de nós em toda a sua majestosa glória. Fico boquiaberta.

Não sei como descrever o Grand Hotel Uluwatu. Para começar, é exatamente como o nome sugere. A limusine estaciona num vasto saguão. Salto do carro e não consigo parar de encarar a beleza ao meu redor. Há fontes de água por todo canto, e um gigantesco lago espelhado com carpas laranja e douradas deslizando sob tigelas flutuantes com jasmim e velas. O saguão é um domo gigantesco com vista para um penhasco impressionante, ao longo do qual foi construído o resort, com grandiosos degraus que levam a uma praia incrível lá embaixo. As paredes são decoradas com entalhes enormes — flores tropicais e animais num quadro maravilhoso, e há estátuas guardiãs esculpidas em pedra e decoradas com flores frescas e coloridas por todo o lugar. Apesar de tudo o que aconteceu nos últimos dias, apesar da própria razão de estarmos aqui, me sinto em paz. Expiro, sentindo os músculos relaxarem. É impossível sentir qualquer coisa além de felicidade e paz.

— Uau, esse lugar é de outro mundo, hein? — comenta mamãe.

Por um momento, fico tentada a dar de ombros do jeito mal-humorado de sempre, mas apenas assinto. Como eu disse, é impossível sentir qualquer coisa além de paz. Kiki parece tão encantada quanto eu, o que faz eu me sentir melhor; esse lugar impressiona até minha prima irritantemente pragmática. Assim que ela sai do carro, Eleanor toma a mão de Kiki e a arrasta pelo saguão, apontando vários detalhes para ela. Não consigo evitar um sorriso. É muito fofa a forma como as duas se apegaram uma à outra. Diferente de mim e meu namorado de mentira.

Eu me viro para procurar por George e o vejo ajudando a avó a descer do carro. Ah, droga. Dou um passo hesitante à frente, sem saber o que fazer para ajudar, mas sentindo que com certeza deveria oferecer alguma ajuda. Já fora do veículo, a idosa ergue a cabeça e abre um sorriso cheio de carinho para George, e ele se inclina e lhe dá um beijo na têmpora. Desvio os olhos, envergonhada, como se tivesse invadido um momento particular.

— *Wah*, vocês finalmente chegaram! — exclama uma mulher com um penteado ainda maior do que o da Oitava Tia, correndo em nossa direção.

Assim como a Oitava Tia, ela está vestida de Chanel dos pés à cabeça e carrega uma bolsa Birkin, embora a dela pareça ser feita de couro de crocodilo. A seu lado está um homem com um conjunto esportivo da Gucci. Ele acena para nós, quase me cegando com o enorme relógio de pulso e os vários anéis de ouro e jade. Atrás deles estão dois jovens que parecem ter mais ou menos a minha idade, ambos ocupados demais digitando nos celulares para dar muita atenção.

— Oi, Terceiro Tio, Terceira Tia — cumprimenta George. — Como foi de viagem?

Terceiro Tio faz um barulho semelhante a um chiado.

— Demitimos a comissária de bordo. Olha só o que ela fez com minha Gucci edição limitada! — Ele puxa a roupa e mostra uma mancha do tamanho de uma moeda.

— Edição limitada! — exclama a Terceira Tia, só para o caso de termos perdido essa informação.

A Oitava Tia, descendo do carro, olha para o Terceiro Tio e revira os olhos.

— *Aiya*, já te disse, *gege*. Por favor, pare de usar Gucci. É tão... convencional. É constrangedor, na verdade. Lembre-se do mantra: Hermès, Dior e Chanel são troféu. Gucci, Louis e Prada são sucata.

Kiki olha de soslaio para Eleanor, que cai na gargalhada.

— Acho que a senhora precisa pensar melhor nessa rima, Oitava Tia.

O Terceiro Tio olha para baixo e murmura alguma coisa sobre lealdade à marca. A Terceira Tia olha para mim e me examina.

— Essa é...? Caramba, George! Sua namorada, né? *Wah*, que linda!

Por sorte, antes que a Terceira Tia possa dizer qualquer coisa, a Oitava Tia intervém:

— Você pode conhecer Sharlot melhor durante o jantar de boas-vindas.

Tenho a sensação de que acabei de escapar por um triz das garras de uma fera perigosa. Por enquanto. Engulo em seco, me sentindo pequena e impotente. Fico me perguntando se o restante da família de George é tão intimidante quanto a Terceira Tia.

— Venha cá, Shi Jun — chama Nainai, fazendo um gesto em minha direção. — Venha dar uma volta com Nainai.

Corro até ela e estico o braço para que a idosa possa se apoiar em mim enquanto caminhamos. É um pouco esquisito, mas também meio fofo andar com uma senhorinha que refere a si mesma como "Nainai" ao falar comigo, como se eu fosse sua neta, e não uma garota aleatória que está fingindo namorar seu neto. Nunca tive contato com meus avós, então ver a mão enrugada dela em meu braço me deixa emocionada.

— *Wah*, este lugar é tão agradável, *ya*, Shi Jun? — comenta Nainai, olhando ao nosso redor e assentindo.

— É, é mesmo. Obrigada mais uma vez por me receberem aqui.

— Imagina. Ah, você é tão meiga. Entendo por que meu Ming Fa gosta de você.

A culpa faz meu estômago revirar. Sinto um gosto amargo na boca.

— Como está, minha menina? Parece um pouco cansada. Está estressada?

Mordo o lábio inferior, pensando em quanto devo revelar para Nainai. A questão é que a última semana tem sido uma bagunça total. Não tinha ideia da proporção que as coisas iam tomar depois que Rina publicasse a matéria sobre meu relacionamento com George. Minha conta no ShareIt, criada há algumas semanas, foi de sete seguidores para mais de vinte mil da noite para o dia, e eu juro que a maioria deles nem gosta de mim, porque os comentários não são nada legais. As pessoas falam sobre como não sou tão bonita quanto tal garota e sobre como George poderia arranjar alguém bem melhor e por aí vai. E logo depois rolou o treinamento da Oitava Tia. Ela nos fez criar nossa história e memorizar informações aleatórias e pré-aprovadas. Por exemplo, o que George gosta de fazer (ler ficção científica e fantasia, ir à academia, criar aplicativos), seu prato preferido (rendang) e seu emprego dos sonhos (trabalhar na empresa da família, lógico, e ser um astronauta). É tudo uma farsa tão grande e está acontecendo tão rápido que ainda me sinto tonta com a magnitude de tudo.

De alguma forma, consigo abrir um sorriso para Nainai e respondo:

— Estou bem. Só um pouco cansada da viagem.

Uma mulher trajando um vestido preto simples, mas elegante, se aproxima de nós.

— *Om Suastiastu* — diz ela, unindo as mãos e fazendo uma leve reverência.

Não reconheço as palavras, então elas devem ser balinês em vez de indonésio.

— Meu nome é Sri, sou a gerente do hotel. Sejam bem-vindos ao Grand Hotel Uluwatu. Permitam-me levá-los até suas acomodações.

— Não precisamos fazer o check-in? — Deixo escapar em voz alta.

Todos me olham com uma mistura de divertimento e talvez um pouco de pena. Tá, talvez eu esteja imaginando a última parte. Provavelmente.

— Já cuidamos de tudo — informa Fauzi, dando tapinhas reconfortantes em meu braço.

Óbvio que "já cuidaram de tudo". Nossa, estou me sentindo tão deslocada. Anos atrás, mamãe economizou o bastante para gastar em uma viagem para o Disney World, na Flórida. Eu me senti tão incrivelmente privilegiada, ainda mais quando pisamos dentro do resort — tudo, até os botões do elevador, tinha o formato do Mickey. Eu parecia uma princesa. A maioria das pessoas ali, presumi, era muito mais rica do que mamãe e eu. Mas todas elas formaram fila na recepção e fizeram check-in como nós duas.

Mas isso aqui é outro nível de riqueza. Desde que saímos de casa para ir ao aeroporto, uma equipe já "cuidou de tudo" a cada passo do caminho. Nunca imaginei que alguém podia viajar desse jeito, e nunca senti um abismo tão grande entre meu mundo e o de outra pessoa.

Fico em silêncio conforme caminhamos pelo saguão incrível e descemos os grandiosos degraus de pedra. Nainai entrelaça o braço no meu enquanto George segura o outro para mantê-la firme ao descermos. Ela se recusa a pegar o elevador, insistindo que ainda é ágil o suficiente para encarar a escada. O resort se estende para ambos os lados dos degraus, uma cascata de quartos construídos na encosta, cada um com uma piscina privativa com vista para a praia. No pé da escada, chegamos ao nível da praia. Somos conduzidos por um caminho lateral adornado pela exuberante flora local. Há um funcionário do hotel esperando com um carrinho de golfe para Nainai, que se senta com alívio. Sem ela entre George e mim, de repente fico muito consciente da presença dele. Aff. Caminhamos em silêncio.

— Ei — chama George.

Ergo a cabeça.

— Tudo bem? — questiona ele.

— Tudo bem, e você?

Queria lhe perguntar se não pareço bem, mas talvez eu soe um pouco na defensiva. Mas estou meio irritada. Este lugar... é legal demais. Não me encaixo aqui. Sou um peixe fora d'água. Uma peça avulsa. O talo de trigo que cresceu demais e está prestes a ser cortado. Não me lembro de nenhum outro ditado, mas o que quero dizer é: esse não é o meu lugar, e odeio o fato de que é o de George, que ele se sente tão obviamente à vontade em lugares tão luxuosos como este.

— Sim. Tudo tranquilo.

— Que bom — comento.

— Ótimo.

Ele deve ter percebido meu mau humor, porque não diz mais nada.

Os bangalôs ficam em um dos lados do resort, longe do barulho e da agitação do prédio principal. Aqui, a energia é mais tranquila, cada casinha escondida por trás de um muro.

— Esta é a de vocês — informa Fauzi, entregando à mamãe três cartões que funcionam como chave. — Um bangalô de dois quartos.

Mamãe, Kiki e eu acenamos para o resto do grupo e atravessamos o portão de madeira entalhada. Somos recebidas por um lindo pátio com uma fonte adornada por mais flores frescas, e nosso "bangalô" é maior do que nossa casa lá em Los Angeles. Mamãe passa o cartão na porta e a abre. Entramos e... Puta merda.

Kiki dá um gritinho e corre para dentro. Sem o peso de George e sua família ricaça, faço o mesmo, disparando pela belíssima sala de estar até o outro lado, onde há portas de vidro enormes que dão para uma piscina de borda infinita.

Tem até mesmo um pergolado ao lado da piscina, com uma espreguiçadeira que está nos chamando para que a gente se deite nela. Os quartos também são de tirar o fôlego. A suíte principal foi obviamente projetada para recém-casados em lua de mel — há uma banheira enorme perto da janela que vai do chão ao teto com vista para a piscina.

— Que romântico — diz mamãe, suspirando.

— Eca. Pode ficar com este quarto. Vou dividir o outro com Kiki.

Atravesso a sala de estar e entro no quarto duplo, então vejo que Kiki já escolheu a cama mais próxima da janela. Não consigo resistir à tentação de pular na cama. É o paraíso. Os lençóis são macios como creme e os travesseiros são feitos de nuvens fofinhas. O bangalô inteiro tem uma temperatura agradável, que me faz querer tomar um banho quente e depois me enfiar dentro desse cobertor incrivelmente leve e ler um livro até cair no sono. Ai, por favor, universo, me deixa ficar de boa a viagem inteira em vez de...

— Não era para você estar se arrumando para a primeira entrevista? — indaga Kiki.

Solto um grunhido alto.

— Não começa.

— Não, é sério. Não é legal aparecer desarrumada na frente das câmeras. Essas coisas ficam na internet para sempre, sabe? E, sem ofensa, você está com a cara amassada.

Eu a encaro. Acho que Kiki tem razão. Sinto que estou suja, apesar de ter viajado do jeito mais chique possível. Ela, por outro lado, está tão graciosa quanto uma rosa recém-colhida.

— Como pode você estar toda arrumada e bonita? — pergunto.

Kiki sorri e pisca várias vezes para mim, exibindo os cílios.

— Sempre levo meus cosméticos e produtos de higiene em voos. Antes de aterrissarmos, fui ao banheiro e lavei o rosto, escovei os dentes e refiz a maquiagem. Sou especialista em viajar. Vai lá. Depois que você tomar banho eu te ajudo a se arrumar. Tenho um monte de maquiagem sul-coreana. Coisa top de linha.

Com um grunhido de frustração, sigo o conselho de Kiki e tomo um banho. O banheiro tem uma parede toda de vidro, o que faz eu me sentir um pouco exposta a princípio, mas, depois de analisar melhor, graças ao design brilhante do bangalô, percebo que ninguém consegue ver o banheiro do outro lado. Muito inteligente. O banho é bem mais gostoso do que eu imaginei que seria; há algo muito relaxante em se banhar contemplando flores, plantas e uma piscina. Quando termino, visto o roupão grosso fornecido pelo hotel e vou até o closet do quarto, onde Kiki colocou um grande estojo sobre a penteadeira. Ela tem um arsenal completo de maquiagem, que vai ser útil para o bombardeio de entrevistas que estou prestes a encarar. Meu estômago revira, mas me forço a me sentar diante do espelho.

Odeio admitir isso, mas Kiki obviamente sabe o que está fazendo. Ela espalha o primer em meu rosto, seguido pelo BB cream e pelo corretivo. Quando termina, minha pele parece hidratada e sem manchas. Ela passa para os olhos, delineando-os com um lápis marrom-escuro antes de esfumá-lo de modo que pareça natural. Mamãe entra bem quando Kiki está terminando com um lip tint cor de amora.

— Ah! — exclama mamãe, sorrindo. — Está se arrumando para as entrevistas?

Não posso deixar de notar que Ma também tomou um banho, colocou um lindo vestido transpassado amarelo e passou mais maquiagem do que de costume. Vê-la com uma aparência tão radiante faz meu estômago pegar fogo. Como ela ousa se divertir tanto enquanto estou presa num pesadelo?

— Não faz essa careta, assim fica difícil passar o produto — repreende Kiki.

— É involuntário! — digo, sentindo lágrimas brotarem em meus olhos.

Ai, credo, para com isso, Sharlot! Eu me viro e pisco para me livrar das lágrimas antes que mamãe as veja, depois disparo:

— Isso é tudo culpa sua, mãe. Eu não queria vir pra cá. Isso tudo é tão estranho! — Minhas palavras saem venenosas, carregadas de angústia.

Não dá para evitar. A imagem do sorriso gentil de Nainai me incita a continuar a farsa. Será que a senhorinha sabe a verdade? De qualquer forma, estou mentindo para todo mundo e me sinto horrível. Quero que mamãe se sinta tão mal quanto eu.

Kiki balbucia algo sobre precisar pegar o lápis de sobrancelha e sai correndo.

Por alguns momentos dolorosos, eu e mamãe ficamos em silêncio. Desde o "encontro" no Kopi-Kopi, ando tão furiosa com mamãe que tenho tomado cuidado redobrado para evitá-la. Agora não consigo me forçar a olhar para ela, então foco em minhas mãos. Fico mexendo na unha do polegar, raspando a cutícula até um pedaço se soltar e eu poder arrancá-lo para focar na explosão afiada de dor. Não levou muito tempo para a paz que senti neste lugar mágico se dissipar. Como sempre, bastam apenas alguns minutos com mamãe para coisas ruins surgirem. Eu me preparo mentalmente para a série de "Por que você é tão ingrata?" e "Eu faço tudo por você" que estou acostumada a ouvir.

Em vez disso, quando Ma abre a boca, as palavras que saem são:

— Me desculpe.

As palavras saem tão baixinho e cruas que, por um segundo, fico me perguntando se ouvi errado. Talvez eu tenha passado tanto tempo querendo escutar essas palavras que minha imaginação inventou a cena. Mas não, mamãe acabou de pedir desculpas.

— Quando George mandou mensagem, não achei que daria nessa... nessa coisa toda. — Ela gesticula ao nosso redor e solta um riso sem graça. — Não sabia que a tia dele era minha melhor amiga de infância. Ela sempre foi tão misteriosa quando jovem. Nunca pensei... Ela se vestia de forma modesta, não tinha bolsas de marca nem nada. Como eu ia saber que na verdade ela é bilionária? Não pensei que viríamos para Bali. Não pensei... não pensei que eu ia me importar tanto.

— Comigo? — Odeio como pareço carente.

— Não! — grita Ma. — Não falo de você. Sempre me importo com você, você sabe disso.

É, acho que sei mesmo.

— Quero dizer com tudo... voltar pra cá, todos os meus velhos amigos, minha família... Não achei que ia me importar tanto com eles, mas... — Ela para de súbito e encara o teto, piscando.

Com um nó na garganta, percebo que ela está tentando conter o choro. Há algo maior por trás disso tudo. Algum segredo que ela escondeu de mim, algo que eu sempre quis saber. Algo relacionado ao nosso passado.

Então faço a pergunta que sempre fiz, mas para a qual nunca recebi uma resposta:

— Por que você nunca visitou Jakarta quando tirava férias do trabalho? Ou quando eu estava de férias da escola? Você nunca voltou. Nunca quis.

Mamãe se vira e fita meus olhos através do espelho, como se fosse difícil demais me encarar diretamente.

— Quando eu vou embora de Jakarta muitos anos atrás, não foi feliz.

Eu meio que já suspeitava disso, mas ouvir da boca dela não deixa de ser um pouco surpreendente.

— Por quê? O que aconteceu?

Ma balança a cabeça.

— Não importa. Nao quero fazer você passar por tudo isso. Só queria que parasse de ficar largada, sabe? Você se enfiou no quarto, não sai para explorar a cidade... Pensei que se eu falar com esse garoto, então talvez você queira sair. E agora estamos todos em Bali. Desculpa, Shar. Mamãe sente muito.

As únicas vezes em que minha mãe pediu desculpas foram situações em que ela se viu completamente encurralada, e eu provei que ela estava cem por cento errada. Então ela disparava: "Desculpa, tá? Está feliz agora? *Desculpa*", dizia ela e depois saía furiosa para limpar a casa de um jeito bem agressivo.

Nunca a ouvi se desculpar assim. De um jeito genuíno, como se seu coração estivesse carregado de culpa. E odiei. Essa não é minha mãe. Ma está frágil e vulnerável, e eu não sei lidar com o quão exposta me sinto com isso. Com quanto me deixa perigosamente perto de chorar, com vontade de me agarrar a ela como uma criança pequena. Então faço a única coisa que sei fazer.

Eu a tiro do sério.

— É, que ótimo. Talvez, se você não tivesse arruinado minha vida e me trazido à força até essa droga de lugar, não estaríamos no meio dessa bagunça.

— Sharlot...

— Minha vida estava incrível antes de você decidir estragar tudo — digo, ainda mais furiosa porque agora estou me odiando de verdade e odeio ser assim com mamãe, mas esse sentimento só me faz ser ainda mais cruel. — E quer saber? Mal vejo a hora de voltar para a Califórnia e dar o pé daquela casa, porque mal posso esperar para largar você.

É como se eu tivesse batido nela. Ma se endireita, cerrando os lábios naquela expressão de sempre, a raiva e a mágoa gravadas em seus traços. Em silêncio, ela sai do cômodo. Não consigo olhar para meu próprio reflexo, então fico encarando a penteadeira. Percebo que estou apertando um dos pincéis de maquiagem de Kiki com tanta força que os nós de meus dedos estão brancos. Inspiro. Expiro.

    Caramba, fui cruel com ela. Não era minha intenção. Não sei por que senti a necessidade de explodir daquele jeito, de machucá-la. Por que eu sou assim?

    Não suporto a ideia de ficar no bangalô com todo esse climão. Quase consigo sentir Kiki ouvindo do outro quarto, e não quero ter que conversar sobre o quão horrível sou com mamãe. Pegando o celular e a bolsa, deixo o quarto e mal olho para Kiki antes sair.

# 14

## George

VINTE MINUTOS ANTES DA PRIMEIRA ENTREVISta, caminho até o bangalô de Sharlot. Estou prestes a tocar a campainha, quando a porta se abre de repente e Sharlot sai com tanta pressa que colide comigo, caindo nos meus braços.

— Eita. Você está bem? — pergunto.

Por instinto, seguro os braços dela com força. Sharlot se retrai como se meu toque a tivesse queimado.

— George! — exclama ela.

Sharlot pisca e percebo que seus olhos estão marejados. Um ímpeto protetor toma conta de mim.

— O que aconteceu? — questiono.

Ela se afasta do bangalô depressa e preciso correr para alcançá-la, pedindo que me espere.

— Você quer conversar? — indago quando chego ao lado dela.

Sharlot solta um longo suspiro de frustração. Fazemos uma curva e encontramos um banco sob um pé de jasmim. Sharlot se senta e enfia o rosto nas mãos, e eu me sento a seu lado, em dúvida do que dizer.

— Não é nada — responde ela, depois de um tempo. — É só a minha mãe.

— Ah... — Tá, agora eu realmente não sei o que dizer, então só fico encarando as mãos.

Sharlot solta um suspiro e diz:

— Merda, me desculpa, George. Esqueci que sua mãe... hum. É. Droga, eu sou péssima. Sinto muito.

— Não, tudo bem. Ela faleceu há muito tempo, então... — Não sei por que eu disse isso. É tão idiota. Não importa há quanto tempo minha mãe se foi, sinto falta dela todos os dias. — Bem, meu pai é meio difícil, então eu entendo. — E agora é a minha vez de passar vergonha. Ela cresceu sem o pai, idiota. Aff. — Desculpa. Eu não quis...

Sharlot ri, a tensão saindo dos ombros.

— Caramba, como é que nós dois somos tão ruins nisso?

— Juro que eu não sou tão terrível assim falando com outras pessoas — comento. — Tudo bem, será que podemos recomeçar, por favor?

— Combinado. — Ela balança a cabeça e respira fundo. — Então... Acabei de ter uma briga feia com a minha mãe. Pra ser sincera, eu fui bem babaca. Mas é que eu ando tão brava com ela! Tipo, ela me arrancou da Califórnia para passar o verão inteiro aqui sem me avisar.

— Que droga.

— Pois é! E meus amigos devem pensar que é a situação mais triste de todas, passar o verão em um país de Terceiro Mundo. — Ela pausa. — Desculpa, eu não quis ofender. Ai, desculpa, eu só... Minha cabeça está uma bagunça.

Dou de ombros.

— Tranquilo. Estou acostumado com os gringos pensando que moramos em cabanas ou algo assim.

Sharlot faz uma careta de culpa e fica em silêncio por um tempo.

— É... é diferente do que eu esperava. A Indonésia é bem melhor do que eu pensei. Tipo, alguns lugares aqui são mais bem-desenvolvidos do que Los Angeles. Não que eu vá admitir isso para minha mãe. Ainda não acredito que ela me arrastou até aqui.

— Por que não comenta sobre isso com ela? Dá pra ver que sua mãe ama a Indonésia. Eu vi o jeito como o rosto dela se iluminou quando serviram gado-gado no avião.

Sharlot arregala os olhos e, por um momento, esqueço o que estava prestes a dizer. Sob o risco de soar como um idiota, Sharlot é muito linda. Seus olhos são simétricos, seu nariz é empinado num ângulo muito bonito e sua boca é proporcional ao restante do rosto. Tá, talvez eu não saiba direito descrever características faciais. Eu me forço a continuar:

— Sua mãe meio que deu um gritinho e ficou tipo: "Meu Deus, gado-gado!" Nunca vi ninguém ficar tão animada com um prato que é basicamente uma salada.

Ela deixa escapar uma risadinha.

— É, acho que ela fica mesmo empolgada com comida indonésia. Ou qualquer coisa indonésia, para falar a verdade. — Ela franze o cenho. — Ah, você tem razão. Ela deve estar se divertindo muito aqui. Acho que eu deveria ser menos egoísta, parar de olhar só para o meu umbigo e tentar ser mais gentil com ela. Ou sei lá.

— Se você precisar que eu dê uma olhada no seu umbigo também, pode contar comigo. — Minha nossa, o que são essas palavras escapando da minha boca? — Desculpa, isso pareceu muito melhor na minha cabeça.

— Deu para entender — diz ela, rindo.

Meu celular vibra com um lembrete para as entrevistas. Sinto a barriga embrulhar ao pensar nisso.

— É melhor irmos. Quanto mais os repórteres esperam, piores serão as perguntas.

Sharlot empalidece de leve, mas se levanta e começa a caminhar ao meu lado.

— Não vou mentir, estou muito nervosa com essas entrevistas.

— Nem me fala. Não estou nem um pouco animado.

— Eu ainda me sinto tão deslocada aqui, como se eu fosse estragar tudo. E eu já estraguei tudo, é justamente por isso que estou aqui. É tudo tão complicado. Está sendo muito difícil sustentar todas as mentiras.

— Todas as mentiras?

Meu coração começa a bater contra as costelas como se estivesse tentando quebrá-las. Sharlot só tem uma mentira com que se preocupar: nosso suposto longo relacionamento a distância. Não é possível que ela saiba sobre a outra mentira, aquela sobre eu não ser a pessoa com quem ela trocou mensagens.

— Ah, é. Estou falando do nosso namoro.

— Certo. — Estou assustado demais para perguntar a que outras mentiras ela pode estar se referindo. — Mas acho que é uma mentira totalmente crível. Ainda mais com todos os aplicativos de videochamada que temos agora. Distância não é mais um problema — digo, rápido.

— Mas por quanto tempo vamos precisar fingir que somos um casal? — questiona Sharlot, com um tom de desespero que me magoa um pouco.

É difícil não levar a pergunta para o lado pessoal, ainda mais quando penso em como ela foi muito doce e gentil no ShareIt. Inclusive, Sharlot estava toda animada no aplicativo e se tornou fria e reservada depois que nos conhecemos. Isso significa que ela acha minha versão da vida real repulsiva.

Ai.

Como eu disse, é difícil não levar tudo isso para o lado pessoal.

Balanço a cabeça de leve, tentando esvaziar os pensamentos. Então ela não gosta de mim desse jeito, e daí? Eu nem gosto tanto dela além da aparência.

— A situação vai ficar mais tranquila depois do lançamento do aplicativo. Por enquanto, vamos revisar as respostas aprovadas pela Oitava Tia. Vamos ver... Como nos conhecemos? Sei que falamos que nos conhecemos no Adolescentes Esforçados, mas vamos precisar de mais detalhes. Tipo, por que começamos a conversar, quando foi a primeira vez que nos vimos pessoalmente, essas coisas.

Ela solta um grunhido.

— Já checamos isso um milhão de vezes com a sua tia, e posso mandar a real? Todas as respostas que ela inventou são muito clichês e idiotas. Não podemos apenas falar a verdade? Que você me mandou uma mensagem e começamos a conversar?

Eu me encolho. Estou morrendo, literalmente *morrendo* de vontade de dizer a ela que não fiz nada disso, que foi tudo armação de papai e Eleanor. É que é uma coisa tão bizarra, mandar mensagens para garotas de forma aleatória num aplicativo.

— É bem clichê também...

Sharlot dá de ombros.

— Tá. Mas de que outro jeito a gente ia se conhecer, considerando que você mora em Jakarta e eu, em Los Angeles?

— Que tal dizer que a gente se conheceu quando eu fui para Los Angeles no ano passado?

— Você foi para Los Angeles no ano passado?

Tento pensar nos lugares onde eu estive ano passado. A cada instante que repasso as minhas viagens do último ano, as sobrancelhas de Sharlot arqueiam tanto que quase desaparecem no cabelo dela.

— Por que está demorando tanto para responder? — indaga Sharlot.

— Estou tentando lembrar se fui ou não para Los Angeles no ano passado.

— A quantos lugares você viajou ano passado?

— Sei lá. Sete? Talvez nove. Por acaso você sabe pra quantos lugares você viaja todo ano?

— Sei, o número normal: zero!

— Ah, tá. Huumm... — Então a lembrança me atinge: a Oitava Tia nos apressando ao longo da avenida Melrose porque tinha um horário na Dior para ver uma bolsa de edição especial que haviam reservado só para ela. — Sim! — anuncio depressa, ansioso para terminar essa conversa. — Eu fui a Los Angeles no ano passado.

Ela dá um sorrisinho.

— Demorou, hein? Deve ser difícil viajar tanto que nem dá para lembrar aonde você foi há um ano.

Suspiro. Venho notando que faço isso com frequência na presença de Sharlot.

— Enfim, nós nos conhecemos quando eu estava em Los Angeles...

— E eu salvei a sua pele de um bando de moleques que estavam lhe dando uma surra por ser tão sem-noção.

O riso me escapa antes que eu me dê conta.

— Não. Sem chance.

— Tá. Então salvei a sua pele de um barista porque você entrou numa cafeteria hipster e pediu um macchiato de caramelo tamanho venti.

— Que tal a gente esquecer essa história de você salvar a minha pele?

— Qual seria a graça nisso?

De alguma forma, apesar de tudo, Sharlot e eu estamos sorrindo um para o outro. Nosso primeiro sorriso verdadeiro em um bom tempo, talvez o primeiro que vi nela hoje. Caramba, ainda é hoje? Este dia se estendeu bem mais do que devia.

Conversamos com mais facilidade durante o resto do caminho até chegarmos ao prédio principal. Uma das recepcionistas nos conduz até uma das salas de reunião. Do lado de fora da porta, eu me endireito e olho para Sharlot.

— Pronta?

— Não.
— Ótimo.

NÃO SEI QUEM INVENTA ESSAS PERGUNTAS, MAS essa pessoa precisa ser apresentada ao século XXI. Sério, por que tantas perguntas tão ultrapassadas e machistas?

Nosso primeiro entrevistador, cujo nome já esqueci, é do *Plot Twist*, um site de notícias voltado para jovens. Quando foi lançado há cinco anos, publicavam mais notícias engraçadas, testes bobos e memes, mas desde então cresceu e se transformou em um empreendimento de bilhões de dólares que publica matérias surpreendentemente profundas e bem fundamentadas. Na verdade, o veículo até ganhou um prêmio de prestígio de jornalismo no ano passado por cobrir os efeitos devastadores das mudanças climáticas nas florestas tropicais da Indonésia.

Esta matéria que estão fazendo sobre nós, entretanto, não segue exatamente esse estilo.

Assim que o repórter termina de fazer perguntas sobre o OneLiner, ele questiona de imediato:

— Então, me diga, George, o que chamou sua atenção na Sharlot?

Lanço um olhar rápido para a garota e sinto minhas bochechas esquentarem.

— Bem...

Minha nossa, não estou preparado para isso. Como diabos isso aconteceu? Cresci dando essas entrevistas. A primeira regra da família Tanuwijaya, martelada em nossa cabeça desde que temos idade suficiente para formar frases, é "nunca seja pego desprevenido". E eu sempre fui muito bom em entrevistas. Tá, certo, não *muito bom*. Mas com certeza não sou terrível. Diferente do que aconteceu com minha prima Melodi, por exemplo, a Oitava Tia não precisou fazer um esforço extra para que me mandassem para um internato na

Escócia só para ficar longe do público. Tenho uma lista de respostas preparada para todas as entrevistas que já precisei dar. Mas agora percebo tarde demais que todas elas dependiam de eu estar solteiro. Eram sobre desviar perguntas pessoais e redirecioná-las para qualquer novo empreendimento no qual a empresa estivesse investindo.

Um milhão de respostas surgem em minha cabeça e eu rejeito todas. *Ela é bonita* é muito superficial. *Ela é inteligente* é muito genérico. *Ela é gentil* é chato.

— Ela é, hum... ela é legal. — Uau. Bela resposta, George.

Eu me encolho mentalmente ao pensar na reação da Oitava Tia e de Eleanor quando essa entrevista for ao ar. Ela é *legal*? As duas vão dizer: "Você quer acabar com toda a empolgação pelo aplicativo? Porque é isso que está fazendo, George Clooney!"

Pelo jeito, o entrevistador pensa o mesmo, porque insiste um pouco mais:

— Legal? — repete ele, rindo. — Você deve viver cercado de garotas legais! Você é famoso por se recusar a se envolver com qualquer pessoa. Agora que o tímido e reservado Príncipe George finalmente arranjou uma namorada, estamos morrendo de curiosidade sobre ela!

— Hã... er...

Meu Deus. Nunca me atrapalhei assim, ainda mais na presença de um repórter. Porém, quando penso "Estou todo atrapalhado", a coisa fica ainda pior. Vejo minha família inteira diante dos olhos, franzindo o cenho, decepcionada. Vai, George, pensa em alguma coisa. Qualquer coisa!

Sharlot me olha de soslaio, fazendo uma careta diante de minha incapacidade de pronunciar uma frase coerente, e sinto tanta vergonha que seria capaz de explodir em chamas. Era para eu ser o experiente em entrevistas, mas aqui estou eu, entrando em colapso do jeito mais idiota possível. As rugas na testa de Sharlot desaparecem quando ela vê minha expressão de pânico. Ela sabe. Ela sabe que estou atrapalhado.

Sharlot se vira para o repórter e diz:

— Com licença, Asep, mas já que você está morrendo de curiosidade sobre mim, não deveria estar *me* fazendo essas perguntas?

Quase consigo sentir meu queixo caindo no chão. A Sharlot conservadora e de fala mansa, cujo passatempo preferido é cozinhar ossos para fazer caldo, é... audaciosa?! E ela lembrou o nome do repórter!

Asep olha para Sharlot com certa surpresa e depois ri.

— Ah, me desculpe. Sim, sim. — O repórter nem se dá ao trabalho de virar o corpo na direção dela ou de colocar o celular, que está gravando a entrevista, mais perto de Sharlot. Fica evidente que ele não está nem um pouco interessado no que ela tem a dizer. Ela é apenas o objeto de meu afeto, com ênfase em "objeto". Eu jamais abuso de minha posição privilegiada, mas por um breve momento considero a demissão desse babaca.

— Beleza, então. — Sharlot se endireita e joga o cabelo por cima do ombro. — Eu sou muito incrível, então não me surpreende que o George tenha se interessado por mim.

Preciso morder o lábio inferior para não rir.

— Eu venci o campeonato estadual de soletração do sexto ano — continua ela. — Do estado da Califórnia, aliás. É enorme. A palavra era *nécessaire*. Você sabe soletrar *nécessaire*?

Asep ergue a cabeça.

— N-e-c-e-s-s-a-i-r.

Sharlot assente com um sorrisinho.

— É, essa também foi a resposta de Cecilia Mackenzie. A errada.

Asep não chega a franzir o cenho, não exatamente, mas com certeza parece menos convencido do que estava alguns momentos atrás. Ele se vira para mim e indaga:

— Então você se interessou por Sharlot porque ela é boa em soletrar?

— É, foi exatamente por isso — respondo, sem hesitar.

Olho de relance para Sharlot e o nó em meu peito afrouxa. Consigo respirar de novo.

O resto da entrevista, assim como as outras que a seguem, corre com tranquilidade. Bom, talvez *tranquilidade* não seja a melhor palavra para defini-las, mas paro de me atrapalhar à procura de respostas. Na verdade, Sharlot e eu nos divertimos muito com todas as perguntas ridículas. Ela diz a um repórter que se interessou por mim pela forma como assoei o nariz, e eu digo que fiquei interessado nela pela forma como ela comeu um hambúrguer.

Quando as entrevistas terminam, estou exausto, mas de um jeito bom. Saímos da sala de reunião da mesma forma que entramos, de mãos dadas, mas as soltamos assim que possível, longe dos repórteres e das câmeras. Não sei quem soltou a mão de quem primeiro, só estávamos muito ansiosos para não nos tocar. Caminhamos pela grande recepção e ficamos parados no topo da escadaria, contemplando o resto do resort. É fim de tarde, o céu azul infinito começando a ganhar um tom de violeta. Não vai demorar muito para as luzes se acenderem por todo o lugar, transformando-o em algo mágico.

— Obrigado por me salvar lá dentro — digo a Sharlot.

Ela dá de ombros e me olha de canto de olho.

— Imagina. Mas o que aconteceu? Pensei que você tinha crescido fazendo esse tipo de coisa.

— Cresci mesmo. Mas, sei lá, acho que não caiu a ficha de que seria a primeira vez que falaria sobre minha vida pessoal numa entrevista.

— Sério? Acho difícil de acreditar.

— Não, é tipo... — Tenho dificuldade para encontrar as palavras certas. — Já fizeram vários perfis meus, mas sempre foi bem vago, sabe? Ah, George Tanuwijaya está na equipe de natação. Ele gosta de jogar videogame. Sabe, nada que me colocaria na primeira página de qualquer coisa. Mas agora eu percebo que isso é... o tipo de coisa que pode viralizar mesmo, e eu não estava, bem... acho que eu não estava preparado para isso. Sinto muito mesmo. Não percebi como deve ser estranho para você também. Mas você foi incrível.

— Isso é porque eu domino a arte de não dar a mínima.

A resposta dela me pega tão desprevenido que começo a rir.

— Você é muito diferente do que eu esperava. — Deixo escapar. O que eu quis dizer é que ela é muito mais interessante do que eu pensei que seria. On-line, ela é certinha, recatada e focada em manter uma aparência de boa menina asiática. Na vida real, ela não é nada disso.

O sorriso dela murcha.

— Desculpa por te decepcionar — lamenta ela.

— Não foi isso que eu quis dizer...

Mas é tarde demais. Arruinei o momento. Sharlot põe os braços ao redor do corpo.

— Enfim, é melhor eu voltar para o bangalô. Minha mãe e minha prima devem estar se perguntando onde estou.

— Tá. É... — Não faço ideia do que dizer. — Vejo você no jantar.

— Aham, até o jantar — responde ela, sem se dar ao trabalho de olhar para mim ao sair andando.

# 15

## Sharlot

**NO FIM DA TARDE, NOS REUNIMOS NO SAGUÃO DO** hotel e encontramos uma fila de minivans esperando para nos levar ao restaurante para jantar. Isso é sem dúvida uma realidade diferente da que estou acostumada. Estou me sentindo ainda mais insegura do que antes, apesar do lindo vestido que Kiki me emprestou e da maquiagem impecável que ela fez em mim. Mamãe caminha a nossa frente, a cabeça erguida e o vestido na altura do calcanhar tremulando na brisa do entardecer. Não estou acostumada a ver essa versão dela. Sempre a vejo de macacão social, o cabelo preso em um coque mega-apertado, irradiando uma aura de "Não estou para brincadeira". Aqui, ela está relaxada e alegre, como... uma mulher em vez de uma mãe, o que é muito estranho.

Minha nossa, acaba de me ocorrer que talvez ela esteja a fim de alguém. Talvez seja o pai de George. Eca. Pessoas de quase quarenta anos são capazes de ter um crush? Isso é, tipo, velho demais para ter crushes. Mesmo assim, não posso negar que mamãe na Indonésia é bem diferente de mamãe nos Estados Unidos, e ver como ela se sente viva me causa um aperto no peito. Não tinha percebido que a mamãe que eu conheço é apenas uma versão suavizada. Eu a observo por um bom tempo, querendo pedir desculpas, mas incapaz de engolir o orgulho. Sem dificuldade alguma, afasto os pensamentos da perturbadora possibilidade de mamãe gostar do pai de George.

Nainai já está no veículo e seu rosto inteiro se ilumina quando me vê. Eu a cumprimento, depois os outros, evitando os olhos de George. Tento entrar em uma das minivans com mamãe e Kiki, mas Nainai me para e anuncia:

— Ah, os dois pombinhos precisam ir juntos!

Aff.

George me lança uma expressão de desculpas. Sem escolha, entro na parte de trás com ele. Eu me sento em uma extremidade do banco, torcendo para George se sentar na outra. Em vez disso, ele se acomoda no assento do meio. Estou prestes a pedir que abra um espaço, mas Eleanor entra e se senta ao lado de George. Embora ela seja pequena, de alguma forma ocupa bastante espaço, empurrando o irmão até ele estar colado em mim. Fico dolorosamente consciente do calor do corpo dele. Pelo menos George parece tão desconfortável quanto eu.

Ficamos em silêncio durante todo o trajeto. Eleanor, Nainai e o pai de George conversam, e eu respondo a todas as perguntas que me fazem da forma mais educada possível. Juro que essa é a viagem de carro mais longa que já fiz. Quando finalmente chegamos, George e eu saltamos do carro com alívio.

Então George se vira para me encarar e pergunta:

— Pronta?

Ele estende uma das mãos, e eu a encaro como se fosse o tentáculo de um alienígena. Até que ele arqueia as sobrancelhas e... ah, certo, é para fingirmos ser um casal. Que coisa. Seguro a mão estendida, mas em seguida puxo a minha de volta para secá-la no vestido. Nossas palmas estão suadas. Então volto a pegar na mão dele e sigo o pai e a irmã de George para dentro do restaurante.

O lugar se chama Café Menega, mas é menos uma cafeteria e mais um restaurante de frutos do mar à beira-mar lotado de gente. A maioria das pessoas é da família de George, o que é assustador. Como podem as famílias sino-indonésias serem tão gigantescas?

— Ah, só para você saber — murmura George ao entrarmos —, temos um grupo da família Tanuwijaya e, bem, todo mundo já sabe de nós dois e está muito ansioso para te conhecer.

Só tenho tempo de dizer "Espera, como assim um grupo da família?", e logo em seguida os primeiros membros do clã Tanuwijaya se aproximam. As tias lideram o ataque, lógico. Várias mulheres com penteados enormes, todas de permanente, e rostos carregados de maquiagem apesar do calor mortal.

— George! — exclama uma tia. — Até que enfim, você chegou!

— Oi, Terceira Tia — cumprimenta George. — *Apa kabar*?

Sei o suficiente sobre os costumes indonésios para curvar minha cabeça de leve para as tias e dizer:

— Oi, Tante, *apa kabar*?

Os olhares alternam entre George e mim, curiosos. É como se eu fosse um animal de zoológico sob o escrutínio dos visitantes.

A Terceira Tia me olha de cima a baixo, os olhos cintilando de interesse.

— Ah, oi! Essa é... a namorada de quem tanto falam?

Desvio o olhar para George em pânico, provavelmente parecendo um coelho que caiu numa armadilha. Eu deveria assentir, mas, agora que estou aqui, me sinto muito insegura sobre toda a situação, muito certa de que elas vão conseguir encurtar as pernas da mentira e nos denunciar.

Vejo apenas um lampejo de hesitação no rosto de George antes de ele responder, ágil:

— Sim, esta é Sharlot, minha namorada.

O sorriso da tia aumenta como o de um tubarão de desenho animado ao sentir o cheiro de sangue. Ela agarra um tio nas proximidades e diz rápido, em indonésio:

— Ah, Leong, olha, é a namorada do George!

Quer dizer, nossa, estou literalmente bem aqui.

Não demora muito até uma multidão se juntar ao nosso redor.

Uma das tias segura minha mão e dá tapinhas nela.

— *Wah, cantik, ya?* — Quer dizer "Que linda". Sorrio e ela completa: — *Mancung sekali.*

Um dos resquícios da colonização ocidental na Ásia é que as pessoas são julgadas de acordo com um padrão de beleza ocidentalizado. Os indonésios são tão obcecados por traços ocidentais que têm até uma palavra que significa "nariz fino ou pontudo" ou "nariz que não é achatado" — *mancung*. Deveria ser um elogio, mas sinto vontade de me enfiar num buraco à medida que cada vez mais tias nos cercam e tecem comentários desinibidos sobre minha aparência como se eu nem estivesse presente. Uma delas toca meu cabelo, outra belisca minha bochecha e me diz como minha pele é *putih bersih*, ou seja, "branca e pura". O que é... vergonhoso.

— Ei, ei, ei, já chega — digo, dispensando as tias.

Elas arregalam os olhos como se eu as tivesse estapeado. Parece que acabei de cometer um verdadeiro crime. De uma só vez, suas expressões se tornam frias, os olhares mudam de interesse para condescendência. É evidente o que elas estão pensando: como ousa responder alguém mais velho? Sinto meu estômago embrulhar.

— Desculpa — lamento, depressa. — Eu... hum...

George acena para alguém na multidão e anuncia:

— Sinto muito, tias, precisamos cumprimentar a Oitava Tia.

A tensão se dissipa e a multidão de tias concorda:

— Sim, sim!

Suspiro aliviada e deixo George me levar para longe das tias, que nem se dão ao trabalho de baixar a voz para tagarelar sobre quão péssimo é o meu comportamento. Caramba, não me sinto pronta para encarar a Oitava Tia agora.

Como se George tivesse ouvido meus pensamentos, ele se inclina e avisa:

— Não vamos falar com a Oitava Tia, era mentira. Só disse aquilo para nos tirar daqui.

Ergo a cabeça de súbito e o encaro.

— Desculpa — continua ele —, eu sei que minhas tias são um pouco exageradas.

Isso arranca um sorriso de mim. Não sabia que George havia notado meu desconforto em relação as suas tias, e a constatação de que ele inventou uma história para me salvar delas é meio tocante. Mas, antes que eu possa lhe agradecer, um rapaz robusto que parece apenas alguns anos mais velho que eu surge e dá um tapa no ombro de George.

— Georgie! — grita o rapaz. — Ei, gente, são o George e a namorada dele!

George estremece. Sua mão fica ainda mais suada, principalmente à medida que mais pessoas se aproximam. Pelo menos são jovens — alguns parecem estar na casa dos vinte, outros parecem ter mais ou menos nossa idade.

— Meus primos — sussurra George para mim.

— Isso aí! — exclama o rapaz.

— Achei que você não tinha primos homens — comento com George.

— E é isso mesmo! — responde o rapaz. — Na verdade, somos primos-cunhados, mas é como se fôssemos parentes de sangue, não é, Georgie? — Ele se vira para mim e estende a mão. — Prazer em conhecê-la, menina. Meu nome é Dicky.

Nunca conheci ninguém chamado Dicky, que é como um diminutivo para "pau" em inglês. Mas, se existe alguém chamado Dicky, é esse cara. Aperto a mão dele.

— Sharlot.

— Oi, Sharlot. Eu sou Rosiella — diz uma linda moça de vinte e poucos anos. — E essa é minha irmã Nicoletta.

Eu me esforço para lembrar os nomes, mas, depois de Nicoletta, todos se mesclam em um grupo enorme e angustiante. Pelo jeito, essas pessoas elegantes e sofisticadas são de alguma forma primas de George em primeiro grau. Bem, com exceção dos homens, que são seus primos-cunhados.

— Até que enfim Georgie arrumou uma namorada! — grita Dicky. Acho que ele pensa que está numa festa na faculdade ou coisa do tipo.

— Ignore meu marido — pede Rosiella, revirando os olhos.

Ela me entrega um drinque roxo vibrante com uma flor de jasmim flutuando na superfície. Dou um pequeno gole e tusso. Tá, a bebida é bem forte. Rosiella e Nicoletta me observam com atenção. Quando engasgo depois do primeiro gole, as duas riem.

— Ah, você é tão inocente — comenta Rosiella. — Achei que uma ABC saberia como curtir uma boa festa.

Minhas bochechas ardem. Para ser sincera, nunca pensei que viria para a Ásia e seria vista como a nerd. O que diabos está acontecendo? Eu me sinto tão deslocada. Só quero voltar para o bangalô e me esconder para sempre debaixo do edredom.

— Você já teve diarreia? — pergunta Nicoletta.

Ela e Rosiella dão risadinhas.

— O quê? — Eu devo ter ouvido errado. Deve ser a bebida afetando minha audição.

— Todo gringo que vem para a Indonésia pela primeira vez tem intoxicação alimentar, isso é certo — explica Nicoletta.

— Não sou gringa — digo, odiando quanto minha voz soa na defensiva.

— Na verdade, a mãe da Sharlot é indonésia — informa George.

Rosiella revira os olhos.

— Tá, mas você cresceu nos Estados Unidos, não foi?

Assinto.

— Então você tem estômago de *bule*. Passa mal com facilidade.

Balanço a cabeça.

— Não, ainda não passei mal. — Não menciono que é porque fiquei a maior parte do tempo enfurnada na casa de Kiki, comendo refeições caseiras como a turista mais entediante do mundo. Não acredito que estou aqui parada defendendo, dentre todas as coisas, meu estômago.

— Olha, não precisa se envergonhar — garante Rosiella. — Quando voltei para Jakarta após meu primeiro ano em Oxford, minha barriga estava tão fraca com toda aquela comida britânica sem graça que eu precisei ir para a emergência depois de comer um nasi goreng de beira de estrada, que é minha comida favorita.

— Puta merda — digo.

— Precisei ir para a emergência depois de comer kway teow com marisco — comenta Dicky com uma risada intensa. — Sabe, daquele lugar em PIK?

Nicoletta assente.

— Mas valeu muito a pena — acrescenta Dicky.

Tanto Nicoletta quanto Rosiella concordam.

Não acredito que elas estão dizendo que uma refeição vale uma visita ao hospital. É só macarrão de arroz, pelo amor de Deus.

— Não é um grande acontecimento, na verdade — revela George. — Certeza de que todos nós já fomos para a emergência por intoxicação alimentar em algum momento da vida.

— O QUÊ?

George dá de ombros.

— É, você só vai lá, toma soro e umas pílulas de argila ou carvão e fica bom rapidinho.

— E depois pode voltar pra casa e comer mais comidas deliciosas — diz Nicoletta, e todos assentem.

Eu os encaro boquiaberta, feito um peixinho de aquário.

— Nunca conheci ninguém que precisou ir à emergência por intoxicação alimentar.

Rosiella e Nicoletta riem.

— Não fique surpresa se acontecer com você aqui.

Baixo a cabeça para olhar meu drinque, sentindo náusea de repente.

— Ah, acho que a Oitava Tia quer falar com a gente — informa George.

Nós nos despedimos dos primos e nos afastamos do grupo cada vez mais barulhento. Assim que estamos longe o bastante para não sermos ouvidos, solto um suspiro de alívio.

— A Oitava Tia quer mesmo falar com a gente? — pergunto, olhando ao redor.

— Não, mas ela é a matriarca, então só a estou usando para nos tirar de situações desconfortáveis. — George sorri para mim. — Você está bem?

— Por que eu não estaria? Posso conversar sobre diarreia o dia inteiro — digo, seca, apesar das evidências que apontam o contrário.

George percebe que é mentira, porque, em vez de permanecer no restaurante, de alguma forma caminhamos em direção à praia, onde está mais vazio. Inspiro o ar salgado, tentando acalmar minha mente acelerada. Nunca me senti tão deslocada, tão horrivelmente diferente, como se fosse um alienígena. E ainda mais desconcertante é o fato de que estou com um cara que pensa que eu sou alguém que não sou. Tomo um gole generoso da bebida que ainda estou segurando e me recordo tarde demais do quão forte ela é.

— Peço desculpas pela minha família — diz George.

— Tudo bem. Eles são... — Tento procurar pela palavra certa, uma que não ofenda.

— Sufocantes? — sugere ele.

— É. — Solto uma risadinha. — Como você está?

Ele dá de ombros.

— Bem, eu acho. Considerando a situação toda. Ei, eu... na verdade, foi um gesto para retribuir por hoje mais cedo. Por você ter sido tão incrível durante as entrevistas. Eu me atrapalhei todo e você salvou a minha pele.

Eita. Eu não esperava por essa.

— Tranquilo. O que aconteceu de fato? Achei que você era entrevistado, tipo, toda semana.

George abre um sorriso acanhado que é mais adorável do que eu estava preparada para ver.

— Pois é, acho que foi só... tudo isso, sabe? Tem a gente e o aplicativo... — Ele passa os dedos pelo cabelo e balança a cabeça. — Eu meio que estou um pouco nervoso com o lançamento do aplicativo. — Ele solta um longo suspiro. — Uau, não contei isso para ninguém antes. Minha família só se importa com o efeito do aplicativo para a imagem da empresa, mas eu quero mesmo que ele dê certo. Eu sei, é um mercado muito concorrido, mas eu acredito que o OneLiner pode ser benéfico. Sei lá, desculpa, não estou falando coisa com coisa.

A contragosto, as palavras de George me comovem. Não esperava ver seu lado vulnerável, e a sinceridade dele me desarma. Eu sei como ele se sente, assombrado pelo gigantesco medo do fracasso. Mas é ainda pior para George, porque, se ele de fato fracassar, vai ser em público. Caramba, que barra-pesada. Então me ocorre que nunca tive uma conexão profunda com Bradley, não assim. Poxa, eu nem sei quais são os medos e os sonhos de Bradley, tirando o fato de que ele quer ser arquiteto.

Antes que eu possa me conter, repouso a mão no braço de George. Ele leva um susto e eu a recolho. Tá, isso foi um erro.

Com as bochechas ardendo, tomo outro gole do drinque e me arrependo na hora. Preciso largar essa bebida idiota porque não paro de tomar goles sem querer. Minha cabeça está um pouco confusa, como se pelos tivessem crescido no meu cérebro. Isso faz sentido?

— Eu odeio isso tudo. Sinto muito a gente ter se conhecido. — Uau, não acredito que acabei de dizer isso em voz alta.

O rosto de George é indecifrável ou talvez eu é que esteja bêbada demais para decifrar qualquer coisa, sejam rostos ou palavras. Depois de um tempo, ele responde:

— Eu entendo que as coisas não são, bem... como esperado. Para ser sincero, você também não é o que eu estava esperando.

Ai. Ouvir isso é como levar um chute no estômago. Sinto a raiva percorrendo minhas veias, incitando meus sentidos. Sou uma decepção para ele porque não correspondo a sua ideia de namorada sino-indonésia perfeita. Não sou obediente o suficiente, acho.

— É, você não é o único decepcionado — retruco.

Ele se encolhe bastante, como se eu o tivesse atingido.

— Ah... tudo bem. — Ele baixa os olhos para os pés e eu mordo meu lábio inferior, desejando que a areia me engula viva. — Enfim, entendo que nós dois não queríamos nada disso, mas já que estamos aqui, vamos só tentar sobreviver a esse fim de semana, aí podemos seguir nosso rumo.

— Tá.

— Tá.

— Tá.

Eu só preciso passar os próximos dias fingindo ser a namorada de alguém de quem não gosto e que também não gosta de mim. Muito tranquilo. Dá para fazer de olhos fechados. O que pode dar errado?

# 16

## George

ACORDO E DOU DE CARA COM UMA IMAGEM com a qual ninguém deveria ter que se deparar tão cedo: papai, Oitava Tia, Nainai e Eleanor sentados na cama da minha irmã, me encarando. Eu me levanto num sobressalto, passando da sonolência para um estado de alerta induzido pela adrenalina num único segundo.

— O que... o que aconteceu? Está tudo bem? — Sinto o pavor subir por minha garganta, amargo e afiado. Alguém deve ter morrido. Alguém da família. Talvez uma tia ou um tio. Talvez até uma prima.

— George, como foi a noite passada? O que a família achou de Sharlot? — pergunta a Oitava Tia, sem se dar ao trabalho de dar bom-dia.

— O qu... — Esfrego o rosto com as mãos. — Por que vocês estão aqui no meu quarto?

— Olha, aqui também é meu quarto — intervém Eleanor. — Eu deixei que eles entrassem. Não que precisem da minha permissão, já que são mais velhos e eu os respeito com cada célula do meu corpo. — Ela abre um largo sorriso e é recompensada por Nainai com tapinhas carinhosos na cabeça e um sorriso cem por cento pegajoso de papai. Como eles não percebem que é tudo fingimento?

— Sim, é verdade, *meimei* — concorda Nainai com sua voz trêmula de idosa. — Você não deveria exigir permissão dos mais velhos para entrar no seu quarto, Ming Fa. A menos que tenha algo a esconder. — Suas numerosas rugas formam uma carranca.

— Não, eu não estava exigindo, só... — Suspiro. — Não importa. O que posso fazer por vocês?

As rugas de Nainai voltam à expressão terna de sempre.

— Bom menino. Conte para Nainai: como foi a tarde com Shi Jun?

Levo um segundo para lembrar que Shi Jun é o nome chinês de Sharlot.

— Ah... Foi normal... eu acho? Estávamos no jantar com todos vocês.

— Eu vi vocês descendo para a praia. Tiveram um momento romântico? — Nainai sorri para mim. Na verdade, estão todos com sorrisos enormes estampados no rosto.

Eu me encolho.

— Na verdade, não. Eu... bem... tenho a sensação de que Sharlot... quer dizer, Shi Jun, não gosta tanto assim de mim. Acho que é melhor sermos só amigos depois que esse evento todo acabar, então, por favor, não crie esperanças, Nainai — digo do modo mais gentil que consigo.

A única outra pessoa para quem a Oitava Tia contou a verdade é Nainai, mas ela ainda parece alimentar esperanças de que Sharlot e eu nos tornemos namorados de verdade. A probabilidade de isso acontecer é menor do que zero, mas não dá para dizer isso para Nainai.

Em resposta, todos conversam baixinho entre si, como se eu não estivesse bem na frente deles e pudesse ouvir cada palavra.

Papai:

— Vocês têm razão, ele não toma jeito.

Eleanor:

— Eu avisei.

Nainai:

— Ele vai ser celibatário a vida inteira. A linhagem da família está perdida!

— Posso só comentar que a Indonésia tem mais de duzentos milhões de pessoas? Várias famílias têm o nosso sobrenome. Não é como se o clã Tanuwijaya fosse acabar em mim. Além disso, esse nem é o verdadeiro nome da nossa família.

Quando meus avós imigraram para a Indonésia há muito tempo, mudaram os sobrenomes chineses para indonésios, pensando em se integrar melhor à população local.

— Lembram? — continuo. — Nosso verdadeiro sobrenome é Lin, e deve haver um zilhão de pessoas no planeta com o mesmo sobrenome, então nada de crise.

Eles me ignoram e continuam a falar entre si. Então se ajeitam e a Oitava Tia diz:

— George.

— Oitava Tia.

— Todos nós concordamos que você é... Bem, como devo dizer?

— Perdedor...? — sussurra papai em inglês. Ou pelo menos ele acha que está sussurrando, apesar de ser alto o suficiente para pessoas hospedadas no bangalô ao lado conseguirem ouvir.

— Valeu, pai.

— Falo isso com amor, filho — garante ele.

— Acho que não dá para chamar alguém de "perdedor" com amor.

Ele franze o cenho.

— Lógico que dá. Eu te amo, então tudo que eu digo é com muito amor.

— Só... — Aperto a ponte do nariz. — Pode continuar, Oitava Tia. Então, vocês concordam que eu não tenho jeito.

— Bem, veja só, George, a questão é que a equipe publicitária tem feito um ótimo trabalho esses anos todos para criar uma imagem incrível de você. Eles te transformaram em um dos rapazes mais cobiçados do país. Tem ideia de como foi difícil? É um trabalho que envolve muito mais do que simplesmente ser bonito — explica a Oitava Tia. — O público espera certa imagem de você. Forte, assertivo, másculo.

— A personificação da masculinidade tóxica — aponto.

— Não, não. Somos modernos. Não queremos que você seja agressivo ou maltrate as mulheres, é óbvio.

— Certo, aham.

— Mas você também não pode demonstrar fraquezas. Entende? — pergunta a Oitava Tia, inclinando-se mais para perto. Então ela franze o cenho e recua. — Nossa, seu hálito matinal é horrível.

Cubro a boca, me sentindo ainda mais constrangido.

— Desculpa. Então, tá. Preciso ser forte, mas flexível; assertivo, mas compreensivo; másculo, mas vulnerável. Saquei.

— Exato! — exclama a Oitava Tia, ignorando por completo o sarcasmo em minha voz. — Viu só? Sabia que nosso pequeno George Clooney ia entender.

— Pois é, quer dizer, eu tenho o discurso perfeito todo preparado para o evento. Vocês não precisam se preocupar...

— Não, George — interrompe a Oitava Tia. — Não estamos falando sobre o evento, embora, lógico, também seja muito importante. Mas veja, a questão é que a repercussão sobre você e Sharlot meio que... tomou grandes proporções.

— Vocês viralizaram — informa Eleanor.

Minha irmã tira o celular da bolsa e abre o ShareIt antes de esfregá-lo na minha cara.

Eu me afasto um pouco para poder focar na tela e, quando vejo, meu coração para por um momento. Eleanor tem razão. #GeorgeComprometido viralizou na Indonésia.

Nem sei como me sinto a respeito disso. Um pouco enjoado. Mordo os lábios, lembrando a mim mesmo que isso vai passar dentro de algumas horas. Hashtags no ShareIt nunca duram muito tempo.

— Vamos ter que nos certificar de que isso dure tanto quanto possível — diz a Oitava Tia.

— O quê? Por quê? — Pergunta idiota. No momento em que as palavras saem da minha boca, já sei a resposta: por causa do OneLiner. Por causa da empresa. Porque, óbvio, tudo é sobre melhorar a imagem da empresa e, portanto, os lucros.

— Está aumentando o engajamento do aplicativo — conta papai. — George, eu te ensino sobre reconhecimento de marca há anos. Vamos lá, filho, acompanha!

— Certo, aham. Desculpa, é que ainda não tomei café. Olha, Oitava Tia, se é publicidade que a senhora quer, tenho um monte de ideias para o OneLiner que com certeza vão aumentar a visibilidade do aplicativo e...

A Oitava Tia ergue a mão.

— Não, George. Você tem boas ideias, sim, mas publicidade desse tipo não se compra. Simplesmente acontece de forma orgânica. É um sonho de marketing realizado!

— E o que isso significa exatamente?

— Significa que demos permissão a uma jornalista muito bem selecionada para acompanhar você e Sharlot hoje o dia inteiro — revela a Oitava Tia. — A equipe dela vai filmar vocês dois passeando pela ilha.

— Faça imagens boas, Ming Fa — pede Nainai. — Não nos envergonhe.

— Espera, eu não... — Minha cabeça está girando. — Vocês não podem colocar a mídia na cola. Isso vai estragar tudo. Vai ser tão constrangedor!

— Bobagem — declara Nainai, categórica. — Eu tinha apenas dezesseis anos quando me casei com seu *yeye* e já sabia como passar uma boa imagem para a imprensa. Os jovens de hoje crescem com câmeras por todo lado. Vocês tiram fotos, fazem vídeos e postam em todo canto pra todo mundo ver! Qual é o problema de mais câmera?

— É diferente, Nainai. Além disso, é muito invasivo para Sharlot. Não podemos tomar decisões que a afetem sem consultá-la antes.

— Já a consultamos — comenta a Oitava Tia. — E ela concordou. Sob a condição de que a prima Kiki vá junto para dar apoio moral.

— Não se preocupe, *gege* — diz Eleanor —, eu também vou com vocês!

— Minha nossa. — Massageio as têmporas outra vez. — Então eu vou ter um dia romântico com Sharlot... e a imprensa, Kiki e minha irmãzinha.

— Aham — concorda a Oitava Tia com um sorriso.

— E nenhum de vocês vê nada de errado nisso? — pergunto, incrédulo.

Todos me encaram com expressões vazias.

— Quando eu estava cortejando sua mãe — começa papai depois de um instante —, sempre saíamos em um grupo com amigos ou parentes. É assim que se faz em nossa cultura, filho. De que outro jeito mostraríamos que vocês não estão fazendo nada *bu san bu si*?

*Bu san bu si* quer dizer literalmente "nem três, nem quatro". É uma expressão em mandarim que significa algo como "aprontando alguma coisa". A Indonésia é um país bem conservador quando comparada aos costumes ocidentais, mas a comunidade sino-indonésia é ainda mais. Não é nem uma questão de religião; é só algo bem estranho. Sinto que uma boa parte da cultura sino-indonésia é baseada nos antigos costumes da China, que a maioria dos chineses nem segue mais, mas nós nunca fomos avisados disso porque saímos de lá. Namorar com certeza é uma dessas coisas.

Não fazemos mais casamentos arranjados, porém temos algo pior: acompanhantes.

Embora chineses que moram na China e indonésios hoje namorem de acordo com os padrões ocidentais, os sino-indonésios ainda precisam aceitar acompanhantes. É comum ouvir falar de dois adultos indo a "encontros" acompanhados de vários membros da família — tios, primos, irmãos, pais e outros parentes. Esses acompanhantes julgam o pretendente e, em geral, se ele for reprovado (ou seja, se a pessoa não for tão rica quanto o esperado), os pais do casal são informados do fracasso, e os dois serão pressionados a terminar. Se não obedecerem, as famílias vão fazer todo tipo de chantagem emocional digna de novela para convencê-los. Variam de "Você vai nos envergonhar e acabar com nossa reputação para sempre!" a "Eu vou literalmente MORRER se você não fizer o que eu mando. LITERALMENTE".

— Isso mesmo, precisamos mostrar a todos que você é um cavalheiro, que corteja Sharlot de maneira apropriada — diz a Oitava Tia. — Vamos repassar as regras: segure a mão dela sempre que puder, mas não a toque em nenhum outro lugar, ouviu bem?

— Meu Deus — murmuro.

— Beijos apenas na testa e na bochecha. Nada de beijar na boca. E definitivamente *nada* de língua. E em mais nenhum outro lugar do corpo, lógico.

— Por favor, para.

Ela continua por um tempo, listando várias regras. Embora eu já saiba todas elas, é sufocante ouvi-las em voz alta. Quando a Oitava Tia termina, me sinto pronto para voltar a me enfiar na cama e dormir pelo resto do dia inteiro.

— Última coisa, George — avisa ela.

— Tem mais? — Solto um grunhido.

— Você precisa fazer Sharlot se apaixonar por você.

Paro de fazer careta e a encaro. Todas as outras coisas que ela mencionou já eram ruins o bastante. Mas isso é ultrapassar todos os limites.

— Os repórteres são muito profissionais e experientes. Se perceberem que Shi Jun está prestes a te largar, imagina como isso seria terrível para nossa imagem — diz Nainai. — *Aiya*, meu único neto levando um pé na bunda! Não consigo entender por que alguém faria isso. Você é perfeito.

Meu coração bate tão forte que sinto a pulsação na cabeça.

— Isso é muito errado. Sharlot é uma pessoa, pelo amor de Deus, não um troféu...

— Você é um bom menino, George — declara a Oitava Tia. — Sei que as circunstâncias por trás do namoro de vocês não são as melhores... — Ela estreita os olhos para papai, que se encolhe, cheio de culpa. — Mas isso não importa mais. Foque no aqui e agora. Trate Sharlot bem, seja gentil, e acredite que ela vai gostar de você pelo que você é.

— Ah, Ming Fa, ela vai te amar — garante Nainai, estendendo a mão trêmula e apertando minha bochecha. — Como não amar? Olha só, meu pequeno George Clooney! Você é igualzinho a ele, sabia? Só que mais bonito, porque você é chinês.

Finjo não ouvir o suspiro debochado de Eleanor. Peço licença e vou ao banheiro. Lá dentro, fico encarando o espelho por um longo tempo, me perguntando o que raios vou fazer.

# 17

## Sharlot

O DIA COMEÇA CEDO DEMAIS PARA UM MERO mortal, mas, lógico, Kiki já está com um look muitíssimo instagramável. Ou talvez eu devesse dizer um look ShareItável, já que estamos na Indonésia, afinal de contas. Calças de algodão cor de creme de produção nacional que realçam a bunda dela, *check*. Camisa branca impecável com um nó na cintura, mostrando a barriga chapada, *check*. Chapéu de praia, *check*. Óculos de sol poderosos, *check*.

— Vem, tira essa bunda da cama ou vamos nos atrasar.

A forte luz do sol que invade através da janela de parede inteira me faz piscar, sonolenta. Depois que Fauzi me contou que Rina nos acompanharia pelo passeio de hoje, fiquei acordada até muito tarde desenhando no tablet para conseguir me acalmar com a ideia do "encontro" com George. A última coisa que quero fazer é passar o dia com meu namorado de mentira e uma repórter em nosso encalço, mas pelo jeito não tenho escolha.

Enquanto escovo os dentes, Kiki entra e sai do quarto e do banheiro, e por fim anuncia que deixou uma roupa preparada para mim.

Na manhã de hoje, Kiki escolheu um vestido de verão lilás com uma estampa de papagaio amarelo. É uma peça ombro a ombro que termina logo acima dos joelhos e me faz parecer doce e bastante feminina.

— Uau — murmuro, passando uma escova no meu cabelo embaraçado. — Eu jamais teria escolhido esse vestido, mas ele fica muito bem em mim.

— Eu sei, levo jeito para essas coisas — comenta Kiki. — Aqui, fiz um café descafeinado para você.

— Descafeinado? — Solto um grunhido, tomando um gole do *espresso* morno mesmo assim.

— O café de Bali é um dos melhores da Indonésia. Não vamos nos encher de café ruim. A gente vai passar rapidinho numa cafeteria decente, por isso vamos tomar um descafeinado agora.

Nossa, ela realmente pensou em tudo.

— Pare o que quer que você esteja fazendo agora mesmo — ordena Kiki.

Minha prima arranca a escova das minhas mãos, borrifa alguma coisa com aroma de laranja em meu cabelo e passa os dedos pela bagunça. De alguma forma, ela penteia meu cabelo com as mãos com facilidade e depois faz uma trança embutida, na lateral. Em seguida, passa um pouco de BB cream em meu rosto e um lip tint em minha boca e bochechas. Quando olho para nós duas no espelho, lado a lado, é quase impossível desviar o olhar. É como se tivéssemos acabado de sair de um ensaio fotográfico.

— Odeio admitir, mas você é muito talentosa.

Kiki abre um sorrisinho convencido e saímos do quarto rumo à sala de estar. Logo de cara sinto um aperto no peito diante da expectativa de ver mamãe outra vez depois das farpas que trocamos ontem. Mas o cômodo está vazio.

— Acho que ela ainda está dormindo — observa Kiki, lendo minha mente. — Ela voltou bem tarde ontem à noite.

Assinto em silêncio, ainda com a culpa perfurando meu estômago. Por que mamãe e eu não podemos, pelo menos uma vez, ter uma conversa saudável em que nenhuma de nós tenta magoar a outra? Mas, espera aí, ela voltou tarde? A ideia de que ela está namorando o pai de George se esgueira pelas minhas entranhas mais uma vez. Lógico que não. Seria bizarro demais, certo? Certo. De qualquer forma, decido ter uma conversa com mamãe assim que eu voltar, à tardinha.

Quando saímos do bangalô, o aperto no meu peito se esvai. Como está bem cedo, o ar parece até mágico: fresco e perfumado com o orvalho da floresta e o sal do oceano. Fecho os olhos e respiro fundo. Juro que quase consigo sentir o ar limpando meus pulmões.

— Sabe — começa Kiki, caminhando ao meu lado —, sua mãe é bem mais legal do que você pensa.

— Você não a conhece. — Mordo os lábios. Não queria que as palavras soassem tão ácidas.

Kiki dá de ombros.

— Eu sei, só que... ela é tão melhor do que a minha mãe. — Kiki bufa, e lanço um olhar de soslaio para ela. É a primeira vez que noto um quê de vulnerabilidade em seus traços impecáveis.

— Sua mãe é bem rígida, né?

— Não é essa a questão — diz Kiki com um suspiro. — Ela é uma alpinista social. Tipo, ela insistiu tanto para que eu viesse com você nessa viagem. Não porque ela se importe com você ou com sua mãe, sem querer ofender, mas porque quer que eu passe um tempo com o *konglo*, sabe?

— O que é *konglo*?

— É a abreviação de *konglomerat*. — Ela pronuncia a palavra num sotaque indonésio.

— Não seria *conglomerate*, em inglês?

Kiki abre um pequeno sorriso.

— Aham. Os indonésios gostam de alterar palavras do inglês. Enfim, *konglo* é como chamamos os ricaços daqui, famílias que são donas de conglomerados e coisa do tipo. Resumindo, seu namorado e o clã dele.

— George não é meu namorado — rebato por instinto.

— Sério, cara, é melhor você se acostumar a se referir a ele assim. O país inteiro acha que vocês estão namorando, só entra na onda. Tem noção de quantas pessoas matariam para estar no seu lugar agora? Minha mãe, inclusive. Ela com certeza passaria por cima de você com um ônibus se achasse que tem alguma chance de eu e George namorarmos. De novo, sem querer ofender.

— Sabe que dizer que não quer ofender não lhe dá o direito de falar coisas ofensivas, né? — Mesmo assim, não consigo deixar de sorrir para Kiki. Ela me faz lembrar de Michie do melhor jeito possível: fala na lata, sem papas na língua. — E fique à vontade para tomar meu lugar como namorada falsa do George.

Kiki inclina a cabeça e me lança um olhar torto e cheio de significado que me faz querer beliscá-la com força.

— Enfim, só estou dizendo que, no geral, sua mãe poderia ser pior.

Aperto os lábios, odiando o fato de que ela está certa. Por sorte, Kiki logo perde interesse no assunto e começa a falar sobre outro: suas aventuras de moto aquática com Eleanor ontem, como ela queria ter uma irmã mais nova como Eleanor e se eu sabia que o nome de Eleanor é na verdade Eleanor Roosevelt.

Quando chegamos ao saguão do hotel, engulo em seco ao ver Rina e o operador de câmera.

— É, aqui vamos nós — murmuro.

— Começa a se acostumar, Meghan Markle. — Kiki é só simpatia. — E pare de mexer no cabelo. Vai estragar a trança.

Deixo os braços caírem na lateral do corpo de uma só vez.

— Ei, também não é para marchar. Qual é o seu problema? — sibila Kiki. — Ande como uma pessoa normal.

De alguma forma, consigo fazer minhas pernas continuarem se movendo em vez de se derreterem numa poça.

— Bom dia — diz George, vindo em nossa direção.

Odeio admitir isso, mas ele está lindo. Está com uma camisa de botão que ressalta os ombros largos e bíceps e uma bermuda cáqui que deixa as panturrilhas à mostra. Nunca pensei que fosse uma garota que curte panturrilhas, mas aqui estou eu, encarando as panturrilhas dele como uma esquisita obcecada por panturrilhas. Uau, quantas vezes uma pessoa consegue pensar na palavra "panturrilhas" no intervalo de dois segundos?

Engulo em seco e aceno, lembrando a mim mesma de sorrir. Acho que consigo sorrir de verdade, então apenas contorço a boca de um jeito forçado. Finjo não notar que a câmera gigantesca está apontada direto para o meu rosto.

Então George está bem de frente para mim e se inclina para um... beijo? Abraço? Minha mente entra em curto-circuito, porque, pelo visto, eu, Sharlot Citra, não sei agir como um ser humano. Conforme o rosto dele vem na minha direção, viro a cabeça e transformo o que deveria ser um toque casto de bochechas num beijo na bochecha dele. *Aff.*

George recua em um salto, as bochechas praticamente vermelho-neon. Juro que quase consigo ver meus lábios carimbados em sua bochecha. Ergo a mão depressa e tento limpar o batom do rosto dele com o polegar, mas acabo espalhando ainda mais.

— Não tem problema — garante George com um sorriso acanhado, as bochechas ainda ardendo em vermelho.

*Foi só um beijinho na bochecha*, é o que quero gritar para o universo. Já beijei de língua um montão de garotos — tá, não *um montão*, mas uma quantidade bem respeitável — e, de alguma forma, esse beijinho agora parece ser muito mais significativo. O operador de câmera está ajustando a lente para focar em nossos rostos. Eu me viro, não sem antes vislumbrar a expressão de Rina, que diz algo como "Nossa, é melhor o idiota do operador de câmera ter registrado *essa cena*". Tá, provavelmente não é isso que a expressão dela diz; não sou especialista em decifrar emoções no rosto das pessoas, mas Rina parece satisfeita. Como um gato que pegou o rato, esquilo ou seja lá o que os gatos gostam de pegar.

— Oi, futura cunhada! — cumprimenta Eleanor, saltitando até nós e me dando um abraço forte.

Ela prendeu o cabelo em dois coquinhos e vestiu uma blusa amarela vibrante e uma saia jeans curta; a garota parece a personificação da luz do sol.

— Humm... — Não faço ideia do que dizer ou fazer, além de dar tapinhas sem jeito no ombro dela.

— Eleanor — sibila George entre dentes.

— Que foi? Bem que você queria, *gege* — comenta Eleanor.

— Ele deveria querer mesmo. — As palavras escapam antes que eu possa impedi-las e, por uma fração de segundo, eu encaro os dois, horrorizada com o que acabei de dizer.

George sorri ao mesmo tempo que Eleanor ri, então suspiro de alívio. Ainda bem que eles não levaram na maldade, mas, sério, boca, não faça isso comigo!

Eleanor vai até Kiki e diz:

— Ci Kiki! Você está incrível. Sabe, eu queria que você fosse minha irmã mais velha em vez de *gege*.

— Ah, querida. Você não faz ideia de quanto eu queria que você fosse minha irmã mais nova.

Kiki passa o braço ao redor dos ombros magros de Eleanor e as duas vão em direção à entrada, onde outra minivan muito espaçosa nos aguarda.

— Vamos lá? — pergunta George, estendendo a mão.

Engulo em seco, e para ser sincera, não sei se estou nervosa por causa do namoro falso ou das câmeras. Vislumbro o sorrisinho dele e a expressão ansiosa em seus olhos, então percebo que George está tão nervoso quanto eu. A constatação me aquece e solto um suspiro ao segurar sua mão, notando com alguma surpresa que ela é bem maior do que a minha.

— Vamos — chamo, com mais confiança do que sinto.

LÓGICO, A PRIMEIRA PARADA QUE FAZEMOS, CONforme previsto por Kiki, é uma cafeteria. Gosto de cafeterias tanto quanto qualquer outra pessoa, mas, na Indonésia, percebo que o café não é apenas um passatempo, mas uma religião. A minivan nos deixa na frente de um lugar chamado Sejuk Coffee Studio, que do lado externo parece um prédio pequeno e um pouco degradado, mas fico boquiaberta ao entrar.

O lugar é uma dessas construções mágicas em que o interior é muito maior do que aparenta. Lá dentro, o Sejuk Coffee Studio é um espaço moderno que lembra uma galeria de arte requintada de Los Angeles. Venho notando que muitos lugares na Indonésia são assim: discretos e desinteressantes por fora, mas surpreendentemente deslumbrantes por dentro.

— Boa escolha — comenta Kiki com George. — Tenho vontade de conhecer este lugar desde que eles começaram a trabalhar juntos com o 5758 Coffee Lab.

— Eu também.

— Com licença, sem querer ser grosseira, mas por que nós estamos aqui? — pergunta Eleanor, séria. — Café é tão superestimado...

— Eles têm chocolate quente — avisa George, sorrindo para a irmã. — E também torram os próprios grãos de cacau.

Eleanor grunhe, apaziguada, mas não totalmente satisfeita.

— E não viemos aqui só para tomar café da manhã, mas também para uma aula rápida de como fazer arte em latte — conta ele, virando-se para mim também.

Eleanor fica boquiaberta.

— Ah! Vamos aprender a fazer aqueles ursinhos de espuma e tudo mais?

George olha para o barista, que saiu de trás do balcão para nos receber.

— Sim, sim — responde o barista. — Oi, pessoal, meu nome é Lukmi. É um prazer finalmente conhecer vocês. Venham até aqui, deixei tudo pronto.

Lukmi nos conduz pela bela cafeteria até o balcão, onde, conforme prometido, há várias xícaras e jarros dispostos para a aula. Não costumo ser louca por café, mas é impossível não se deixar levar pela atmosfera aconchegante. É evidente que eles têm muito orgulho da bebida. Lukmi conta que, ao longo da história, o café se tornou um produto de exportação da colonização e, em certo momento, a situação ficou tão ruim que quem cultivava os grãos não tinha condição de beber os frutos do próprio trabalho.

— O problema das grandes multinacionais de café — explica Lukmi — é que elas compram grãos de todo lugar: Indonésia, Colômbia, Brasil, entre outros. Depois misturam tudo, então é impossível distinguir um café do outro. — O barista diz "misturam" como se fosse algo ruim, mas acho que neste caso é mesmo. — As empresas importavam os grãos para usinas de beneficiamento, depois os exportavam de volta para a Indonésia e vendiam o café por um preço cem vezes mais alto do que o original. Foi preciso muito tempo, esforço e mudanças nas leis para garantir que os fazendeiros indonésios ganhassem proteção. Na verdade, George, a empresa de sua família foi uma das que ajudaram para que mudanças fossem feitas nessa indústria.

George assente.

— É, foi meu pai quem liderou o projeto.

O sorriso dele tem tanto orgulho que me vejo sorrindo de leve também. É quase impossível não sorrir.

— Ele é muito fã de cafeterias independentes como esta — comenta George comigo. — Herdei dele meu amor por café. — Seu sorriso esmorece um pouco. — Meu pai diz que aprendeu a gostar de café com minha mãe, que era obcecada. O preferido dela era o café Toraja.

— Ah, então sua mãe tinha bom gosto — diz Lukmi. — O Toraja é naturalmente doce e picante. Compramos o nosso direto de Sulawesi e fazemos o beneficiamento aqui mesmo.

Não fazia ideia do quão frágil era a indústria cafeeira. Ao ouvir Lukmi contar a origem deles — a minha origem —, fico dividida entre o orgulho e a vergonha. Orgulho por ter uma ligação de sangue com esta cultura rica e complexa que lutou com tanta paixão pelos direitos de seu povo. Vergonha porque fui muito ignorante. Quantas vezes fui à Starbucks e pedi uma bebida sem considerar os efeitos que essa grande empresa tem em fazendeiros de todo o mundo? Quem diria que eu aprenderia tanto sobre a Indonésia por meio do café?

— Só preparamos cafés locais — explica Lukmi. — E acredite em mim quando digo que a Indonésia tem o melhor café do mundo. Levamos todos os prêmios da Agência de Promoção de Produtos Agrícolas, na França, em 2019.

— Que incrível — elogio, e percebo que estou sendo sincera. Fico fascinada, de verdade. Eu me lembro do café que bebi no Kopi-Kopi e como o sabor era muito mais presente do que o café a que eu estava acostumada na Califórnia.

Sorrindo, Lukmi aciona o moedor de café e faz um Kopi Susu com grãos de Toraja para cada um de nós. É um café com leite simples, usando leite de uma fazenda de laticínios local. Tomo um gole cauteloso, sem saber o que esperar — em geral, encho meu café de açúcar — e caramba... uau. Que bebida.

— Minha nossa — sussurro para Kiki, que está inspirando profundamente como se tentasse encher os pulmões com o aroma rico e forte.

— Eu sei — concorda ela.

Kiki toma um gole e fecha os olhos, saboreando o líquido. Posso não ser uma especialista em cafés, mas até eu reconheço a complexidade deste café. Ele não precisa de açúcar. Seria uma vergonha encobrir este sabor incrível com qualquer adoçante. Na verdade, me irrita a ideia de acrescentar qualquer outra coisa a esta xícara de café, e agora entendo por que as pessoas ficam tão revoltadas por causa disso.

Com um susto, percebo que George está me observando.

— Gostou? — indaga ele.

— Sim. É incrível. Sua mãe tinha bom gosto.

Ele me lança um sorriso que é tão luminoso e inabalável que sinto as bochechas esquentarem.

— Ela tinha mesmo — diz ele, depois se inclina e abaixa a voz —, mas com certeza colocaria açúcar, então acho que Lukmi não aprovaria.

Solto uma risada e George leva um dedo aos lábios, como se essa pequena informação sobre sua mãe fosse nosso segredo.

Agora que já garantimos uma dose de cafeína, Lukmi começa a aula de arte com latte. Ele ensina a forma correta de vaporizar o leite para atingir a textura e o sabor perfeitos, depois entrega uma jarra cheia de leite vaporizado com espuma para cada um de nós e pede que o imitemos. Observamos enquanto ele despeja leite em uma xícara de café, balançando a jarra com a facilidade de um profissional até desenhar um gracioso cisne.

— Agora é a vez de vocês — declara ele.

Sigo as ordens, tentando me lembrar de todas as instruções, despejando leite da forma mais cuidadosa possível. Dou um passo para trás e admiro o resultado.

— Nada mau — murmura George, olhando para minha xícara. — Sempre quis um peixe-bolha no meu café.

Eu o fuzilo com o olhar.

— Então vamos ver o seu.

George inspira de um jeito lento e dramático e começa a despejar o leite. Ele balança a mão com naturalidade, como se já tivesse feito isso dezenas de vezes, e desenha círculos no café. Os círculos são sinuosos, lógico, mas pelo menos não são uma mancha disforme como a que eu fiz.

Kiki e Eleanor pegam colheres e trapaceiam com o utensílio, usando-as para colocar a espuma nas xícaras em vez de despejá-la. Kiki está fazendo... Minha nossa, é óbvio que ela está desenhando peitos. E Eleanor está tentando fazer um boneco de neve. Ou um boneco de espuma, acho.

— Kiki — sibilo. — Pare de desenhar peitos! Estamos sendo filmados.

Ela me lança um olhar inocente.

— Espera aí, isso é um ursinho de pelúcia. Não é culpa minha se você tem uma mente suja.

— Ah. — Faço uma careta diante da xícara dela. — Desculpa, não percebi...

— É brincadeira. São peitos mesmo.

George cai na gargalhada e, embora eu me esforce ao máximo para me conter, não consigo deixar de rir também. Lukmi apenas revira os olhos para a câmera, como se tivesse visto isso centenas de vezes.

— Venham cá, vocês dois — pede Lukmi para mim e George. — Arte em latte pode ser divertida... — Ele acena com a cabeça para Kiki e Eleanor, que agora estão ostentando bigodes de espuma de leite. — Mas também pode ser muito romântica. — Ele pisca para nós.

— Ah, bem... — Seja lá o que eu ia dizer, consigo engolir as palavras. Estou fingindo ser a namorada de George. Preciso ficar entusiasmada com a ideia de fazer uma atividade romântica com ele.

— Certo — diz Lukmi. — Sharlot, você segura isso. — Ele me entrega uma jarra cheia de leite vaporizado. — Agora,

George, você segura a mão dela... opa, o que está acontecendo? — questiona ele quando George toca minha mão com cuidado e eu me atrapalho, quase deixando a jarra cair.

— Desculpa — murmura George.

— Tudo bem, sério — garanto, lançando um sorriso discreto para ele.

George coloca a mão sobre a minha, envolvendo-a com seu toque quente e firme. Meu coração acelera. Apesar da nossa situação, meus hormônios traiçoeiros não param de lembrar que tem um garoto muito atraente segurando minha mão.

— Agora, despejem o leite juntos e eu vou ler a espuma.

— Como assim, ler a espuma? — pergunto.

— Sabe, tipo leitura de borra de café? — Lukmi sorri. — É só por diversão, mas as pessoas já afirmaram que minhas leituras são bem certeiras.

Eu me viro para George com uma expressão que diz "dá para acreditar nesse cara?", mas percebo que ele está tão perto de mim que mudo de ideia no mesmo instante. Dou as costas para ele, meu rosto inteiro em chamas. A proximidade de George é sufocante.

Juntos, guiamos a pequena jarra sobre a grande xícara de café que Lukmi preparou para nós. O operador de câmera maneja a lente para focar nossas mãos. George está tão perto que consigo sentir o calor que irradia de seu corpo e, quando ele se move, sinto seu peito — esse peitoral, minha nossa — tocando de leve os meus ombros. Faço um esforço para me concentrar no café. Nossas mãos se movem juntas e começam a despejar o leite vaporizado na xícara. Não sei bem quem está conduzindo. A mão de George cobre a minha com delicadeza, e despejamos o leite com bem mais confiança do que sinto.

Um monte de círculos concêntricos aparece. Sinto o entusiasmo percorrer meu corpo. Estamos conseguindo. Estou pegando o jeito do movimento necessário para fazer os círculos e, quando a bebida atinge a borda da xícara, George puxa minha mão de leve e eu deixo que ele conduza a jarra ao longo do meio dos círculos. É só quando erguemos a jarra que reparo que ele transformou os círculos em um coração. Ele sorri para mim, e fico sem ar por um segundo.

— Nós nos saímos bem — comenta ele numa voz tão baixa que fica óbvio que as palavras são só para mim. A boca dele está próxima da minha testa e sinto seu sussurro acariciar minha pele, lançando uma corrente elétrica por todo o meu corpo. Sério, me deixem em paz, hormônios!

Desvio o olhar depressa e pisco para o operador de câmera, que focou a lente em nossos rostos. Fico imaginando como devemos estar, como *eu* devo estar parecendo culpada. Nem sei por que estou me sentindo assim.

Todos nós observamos Lukmi enquanto ele analisa a xícara e caminha ao redor da mesa, inspecionando o desenho de vários ângulos. Ele é um verdadeiro artista, completamente confortável com a câmera e o público. Ele se endireita e comenta, solene:

— Hum. Vocês são um casal poderoso.

Kiki assobia e Eleanor dá risadinhas. Com as bochechas em chamas, não ouso encarar ninguém, muito menos George.

— Olha, estas linhas me dizem que vocês dois nutrem sentimentos muito fortes um pelo outro. Ah, eu lembro muito bem como era ser um adolescente apaixonado!

Engulo o ímpeto de corrigi-lo e dizer a ele que George e eu definitivamente não estamos apaixonados.

Lukmi espia a xícara outra vez.

— Mas esta linha revela que o relacionamento de vocês é muito recente.

Meu coração palpita com força, meu estômago se revira e se retorce como uma camisa molhada sendo torcida para secar. Não acredito que uma leitura de arte em latte está entregando nossa mentira.

— Deve ser porque eles namoravam a distância e só agora começaram a se ver pessoalmente — intervém Kiki.

Lanço um olhar de gratidão para ela.

— Ah, sim, isso explica — concorda Lukmi. — Isso demonstra respeito mútuo, uma amizade cada vez mais profunda e... aaah. — Ele sorri diretamente para a câmera. — Uma forte atração física.

Todos assobiam e urram. George fica vermelho feito um tomate. Tenho certeza absoluta de que meu rosto inteiro está pegando fogo. Porque, droga, apesar de eu não acreditar em nada dessa baboseira, com certeza existe uma "forte atração física" da minha parte. Eu me sinto muito, muito exposta.

Lukmi ri de nosso constrangimento e declara:

— Só estou brincando com vocês. A aula já acabou. Vamos tomar um café, *ya*?

Ele nos conduz até uma mesa onde serve mais xícaras de café e nasi bakar — arroz aromático recheado com carne de porco assado e enrolado em folhas de bananeira antes de ser grelhado. Esse prato é coberto por sambal matah, que é um chili balinês feito com chalotas fatiadas, capim-limão e pimenta chili e embebido em óleo de coco. O arroz grelhado é delicioso, mas o sambal matah é divino. Quando termino o arroz, acabo comendo o sambal matah com uma colher.

— É melhor você tomar cuidado com isso — alerta George.

— Sei que sou metade *bule*, mas aguento a pimenta.

— Eu sei, mas lembra a conversa de ontem à noite com minhas primas?

Por um segundo, eu o encaro sem entender. Depois me recordo de quando me perguntaram se eu já havia sofrido intoxicação alimentar.

— Ah — digo, assentindo. — Saquei.

— Aqui, é melhor você tomar uma pílula de carvão, só por precaução. — Ele me entrega um tubo de pílulas de carvão ativado chamado Norit.

— Obrigada.

Fico me perguntando se ele trouxe o remédio só para mim. A ideia é surpreendentemente legal e me pego sorrindo para George ao sairmos da cafeteria e entrarmos na minivan.

— Próxima parada: rafting em corredeira no rio Ayung! — exclama Eleanor. — Mal posso esperar. Você já fez rafting, cunhadinha? Eu fiz duas vezes, e foi *muito* maneiro. Não se preocupe, vou te ajudar se for sua primeira vez.

George me lança um olhar divertido, depois se inclina na minha direção e murmura:

— Não devia ter deixado ela tomar café.

Contenho um sorriso. É impossível não amar a irmãzinha serelepe de George.

— Na verdade, já fiz rafting uma vez, em Los Angeles. Mas foi na época errada. Era um período de seca, então o nível da água estava muito baixo e não tinha correnteza. Acabamos tendo que remar rio abaixo porque estávamos contra o vento.

Kiki ri e diz:

— Tá, isso com certeza não vai ser um problema em Ayung.

Ela tem razão. Quando chegamos ao local de rafting e vejo o rio, sou tomada pela incerteza. Parece... rápido pra caramba. Viro a cabeça para encarar os outros e noto com certo alívio que Rina também demonstra hesitação. Ela está dizendo alguma coisa para o operador de câmera, que parece preocupado.

— ... molhar o equipamento — diz ele.

Ah, lógico. Faz sentido eles estarem preocupados.

— Não esquenta! — grita o dono da estação de rafting. — Pode deixar o equipamento aqui. Temos a coisa certa para a situação. — Ele sai de trás do balcão carregando uma caixa enorme.

Um drone. Que ótimo. Bem o que eu precisava: uma câmera de alta definição pronta para capturar minhas caretas de horror.

## 18

## George

O PROBLEMA DE FAZER RAFTING EM CORREDEIRA é que parece bem mais divertido do que realmente é. Tipo, eu via fotos e vídeos dos meus amigos nas redes sociais descendo o rio Ayung, com uma água dramática em movimento, e pensava "Puxa, parece divertido". Depois lembro que já fiz isso uma ou duas vezes, quando tinha mais ou menos a idade de Eleanor, e penso na adrenalina e em como havia sido muito divertido.

Mas o que eu esqueci completamente foram as partes não divertidas: tudo muito molhado, a água explodindo bem na minha cara, entrando no meu nariz e me cegando, e também como a coisa toda é apavorante. E lógico, com o drone nos seguindo, preciso me esforçar ao máximo para parecer estar me divertindo. Só consigo imaginar a Oitava Tia e papai discutindo como as ações da empresa da família despencaram depois que um vídeo meu gritando de pavor viralizou.

A guia, Sita, deve ter uns vinte e cinco anos. Seus braços musculosos são cobertos por tatuagens tradicionais balinesas, e ela fala com a autoridade de quem é a melhor pessoa para o trabalho. Depois de explicar as regras de segurança — devemos usar os coletes salva-vidas e os capacetes o tempo todo, não fazer a idiotice de ficar de pé e coisas assim —, ela nos ajuda a entrar no bote.

E tem mais uma peculiaridade sobre rafting em corredeira: é muito difícil manter o equilíbrio no bote. Isso acontece porque ele balança de um lado para outro e cada movimento produz um barulho muitíssimo alto e agudo de borracha. Nunca me senti tão grande e desajeitado quanto quando estou em um bote. É óbvio que Eleanor, com anos de treino em ginástica, praticamente entra no bote dando estrelinha, pisando leve e se sentando no meio com facilidade. Kiki desfila como se estivesse caminhando em uma passarela, seguida por Sharlot, que, diga-se de passagem, parece tão insegura quanto eu.

Sharlot entra no bote com bem menos graciosidade do que as outras duas garotas, o que faz com que eu me sinta um pouco melhor. Ainda bem que nós dois somos desajeitados e descoordenados. Sem pensar, estendo a mão para ajudá-la. Sharlot a segura de imediato, mas, no segundo seguinte, o bote balança e ela desaba com tudo nos meus braços. Sinto primeiro o cheiro de seu xampu, o aroma preenchendo meus sentidos, e no momento seguinte, lembro que estou segurando uma garota muito atraente em meus braços. Ai, que constrangedor. De alguma forma, minhas mãos estão ao redor da cintura de Sharlot. Assim que me dou conta disso, eu as retraio e a ajudo a ficar de pé antes de me sentar na lateral do bote. Não conseguimos olhar um para o outro, embora eu esteja muito consciente da forma como Eleanor e Kiki nos encaram e soltam sorrisinhos maliciosos.

Rina e o operador de câmera entram também; ele está com uma câmera menor, que foi colocada em uma bolsa à prova d'água. Com todos a bordo, partimos.

O rio Ayung é o rio mais extenso em Bali e corre por quase setenta quilômetros. Ele nasce nas cadeias montanhosas ao norte, passando pelos campos de Gianyar antes de chegar a Denpasar, que é onde começamos. O rio Ayung tem corredeiras de classes 2 e 3, o que, em termos de dificuldade em rafting, significa que o trajeto possui algumas partes complicadas, mas não é perigoso.

Lógico que "não é perigoso" não significa merda nenhuma assim que atingimos a primeira área pedregosa e as ondas ganham cristas brancas. O bote oscila por todo canto, conduzido com a expertise de Sita, e todos gritamos quando passamos por uma queda.

— PUTA MERDA! — berra Kiki. — É a porra de uma cachoeira! Meu Deus! A gente acabou de descer uma cachoeira de verdade!

Até esse ponto, eu vinha segurando o remo como se minha vida dependesse disso, mas a queda desfez algo dentro de mim e, de repente, lembro por que amava tanto praticar rafting. É como voar. Lanço um olhar rápido para o lado e encontro os olhos de Sharlot.

Seu rosto inteiro está iluminado. Ela abriu um sorriso tão largo, os olhos estão brilhantes e cheios de vida. Tenho certeza de que estou com a mesma expressão, a constatação de que amo esse esporte que achei que odiaria por completo. Nossos corpos se transformam, e o modo como seguramos os remos muda. Antes, eram coisas que agarrávamos por medo. Agora são instrumentos que empunhamos conforme abrimos caminho pela água. Atrás de nós, Kiki e Eleanor não param de gritar — acho que estão fazendo isso só para irritar Rina e o operador de câmera, que não estão nem um pouco impressionados.

Sharlot e eu mergulhamos com vigor os remos na água. O bote voa, salta e vira de lado sobre o rio, meu coração palpitando a cada instante. A água espirra em mim e eu grito de alegria. É uma ótima sensação estar vivo. Eu tinha esquecido sobre como é estar tão presente — não pensar sobre o futuro nem refletir sobre o passado. Somos só eu, o rio Ayung e Sharlot ao meu lado, e estou cem por cento aqui. Pensava que jogar *Warfront Heroes* causava a mesma sensação, mas o jogo não é nada em comparação a essa viagem louca que faz o coração acelerar e embrulha o estômago. Não quero que isso termine nunca.

Ao meu lado, Sharlot olha para mim e sorri logo antes de uma enorme onda nos ensopar. Ela ri, desinibida, e sinto como se estivesse finalmente vendo a verdadeira Sharlot — muito diferente da garota com que papai e Eleanor conversaram no ShareIt. É quase impossível reconciliar a Sharlot real e a Sharlot virtual.

A parte pedregosa do rio é seguida por uma seção de águas relativamente calmas.

— Podem relaxar um pouco — diz Sita. — Aviso quando as coisas começarem a ficar emocionantes de novo.

Todos suspiramos de alegria e nos recostamos, remando a um ritmo mais lento.

O bote flutua ao longo do rio, e ouço a conversa entre Kiki, Eleanor e Rina, que parecem ter se tornado amigas, sem prestar muita atenção. Elas estão debatendo se Millie Bobby Brown atuou melhor em *Stranger Things* ou em *Enola Holmes*. Uma coisa na qual todas elas concordam: a atriz é incrível e precisa aparecer em mais produções. Assinto, pensando em quão bons são a série e o filme, embora *Enola Holmes* tenha sido um pouco doloroso demais por causa da forma como a mãe simplesmente abandonou a protagonista. Não me importa quão fortes fossem os motivos dela; fiquei tão chateado que passei a maior parte do filme com o estômago revirando. Eu não parava de espiar Eleanor, me certificando de que ela estava bem, que o desaparecimento da mãe da personagem não estava provocando nenhuma emoção negativa, mas Eleanor é mais forte do que eu. Ela só continuou enchendo a boca de pipoca caramelizada enquanto falava: "Dã, não são os crisântemos de verdade, Enola, são os que a sua mãe pintou!"

— Você está bem? — pergunta Sharlot, me arrancando do meu devaneio sobre o filme.

Assinto e olho para ela. Sharlot está encharcada, a trança pendendo pesada sobre suas costas. Suas bochechas estão coradas e ela sorri de um jeito tão tranquilo que faz meu coração parar. Desvio os olhos rapidamente, fingindo focar nos remos.

— E você? — pergunto, mais para o remo do que para ela.

Sharlot ri.

— Aham. Isso é tão divertido! Para ser sincera, depois da minha primeira vez fazendo rafting em corredeira, achei que seria megachato, então nunca tentei de novo. Não imaginei que poderia ser assim.

*Também nunca imaginei que poderia ser assim*, penso em dizer. Em um K-drama, isso é com certeza o que o interesse romântico diria, enquanto olha fundo nos olhos da mocinha para que ela perceba que, na verdade, ele não está falando do rafting. Mas isso não é uma novela coreana e eu com certeza não consigo fazer declarações tão dramáticas. É provável que Eleanor escute e faça o ruído de vômito. Além disso, minha imaginação está indo um pouco longe demais. Não conheço Sharlot tão bem assim.

— Fica ainda mais radical durante a temporada de chuvas — digo, por fim. — Aí o nível de dificuldade vai de classe 2 para, sei lá, classe 4.

— Uau. Parece insano. — O sorriso dela aumenta. — Mas também *divertido*.

Outra vez, essa estranha incongruência entre a Sharlot real e a Sharlot virtual.

Não consigo me conter:

— Você é tão diferente das mensagens. — Tarde demais, lembro que dizer isso sempre parece azedar as coisas entre nós, então acrescento: — Quer dizer, de um jeito muito positivo. Tipo, tudo a seu respeito tem sido uma surpresa no melhor jeito possível.

Os cantos de sua boca se erguem de leve.

— Acho que eu poderia dizer o mesmo de você.

— Sério? — Fico muito surpreso ao ouvir isso, ainda mais considerando quão ávida e alegre ela parecia nas mensagens. Sharlot até disse que eu era "perfeito". Mas, de alguma forma, minha versão real é melhor do que perfeita. Ha-ha-ha-ha!

Ela dá de ombros, inclinando-se na minha direção e baixando a voz. Estamos perto o bastante para que eu enxergue as pequenas gotas d'água em seus cílios, e preciso resistir ao ímpeto de tocar seu rosto.

— Sério. Prefiro essa versão sua.

Minha nossa. Não faço ideia do que responder, então digo a coisa menos sensual e descolada de todas:

— Você deve estar com sede. Quer água?

Obviamente eu mereço ser humilhado.

Sharlot ri.

— Não mesmo, cara. Tem ideia de quanta água de rio eu engoli? Eu me esqueci de fechar a boca entre um grito e outro.

— Eu também. Só que no meu caso não eram gritos, eram brados masculinos, sabe? Tipo um rugido, na verdade.

— Ah, sim, aham. Eu nem reparei em você berrando feito um bebê.

— O quêêê? Eu?! Nunca.

Sorrimos um para o outro.

Então Sharlot vê algo a distância e arregala os olhos. Ela agarra meus braços e eu olho para onde ela está apontando, em parte me perguntando se estamos prestes a despencar de uma cachoeira de verdade. Em vez disso, o que vejo é um menininho na margem do rio, de costas, agachado, o traseiro nu sobre a água.

Ele está literalmente cagando na água. A água que está espirrando em todos nós. A água que acabamos de admitir ter engolido aos montes.

Sharlot e eu nos encaramos e perdemos tudo. Nós nos inclinamos para a frente, rindo feito loucos e, embora Kiki e Eleanor não parem de gritar "O quê? Qual é a graça?", nem eu nem ela temos fôlego o suficiente para responder.

# 19

## Sharlot

QUANDO CHEGAMOS AO FIM DO PERCURSO DE rafting, já se passaram duas horas e estamos todos exaustos, batendo os dentes de frio por termos ficado encharcados. Mesmo no calor tropical, a água do rio, que flui das montanhas ao norte, é gelada. De volta ao solo fértil, somos recebidos por um funcionário que, de alguma forma, está com nossos pertences e roupas secas. Pego meu vestido e uma das toalhas felpudas que o estabelecimento oferece e vou para o vestiário feminino, onde há duchas. Me secar com essa toalha é simplesmente o paraíso; depois, Kiki e eu passamos um tempo desembaraçando o cabelo de Eleanor.

Eleanor nos encara no espelho com seu sorrisinho de sabichona enquanto mexemos em seu cabelo grosso e longo.

— Eu amo muito vocês — declara ela. — Vocês são as irmãs mais velhas que eu sempre sonhei. Quer dizer, sem querer ofender o George, mas meninos são tão sem-noção. Sou sofisticada; preciso de mais do que meu irmão mais velho esquisito e meu pai para me tornar uma dama.

Contenho um sorriso, sentindo um pouco de pena de George. Ele não é nada perto de Eleanor. Poxa, *eu* não sou nada perto de Eleanor. Então me dou conta do que ela quis dizer. Lembro que ela perdeu a mãe muitos anos atrás e que essa garota maravilhosa tem apenas o pai e o irmão mais velho a seu lado. Envolvo seu pequeno corpo num abraço apertado.

— Você é maravilhosa, Eleanor.

— Eu sei — responde ela.

Kiki e eu rimos.

— Embora sejam quase da família — continua Eleanor —, vocês deveriam me chamar pelo meu verdadeiro nome: Eleanor Roosevelt.

— É um bom nome.

— Pois é. Gosto dele. É motivador. Se bem que, na minha opinião, existem figuras muito melhores nas quais meus pais poderiam ter se inspirado. Tipo Ching Shih, a pirata que tomou mais navios do que Davy Jones. Seria demais ter o nome de uma pirata.

Fungo diante da ideia.

— Você teria sido a melhor pirata. O terror dos mares.

Eleanor assente, solene, me olhando de soslaio pelo espelho.

— O que aconteceu? — pergunto.

— Tem uma coisa me incomodando, cunhadinha.

Não me dou ao trabalho de corrigi-la.

— E o que seria essa coisa?

— Por que sua personalidade na vida real é tão diferente da sua personalidade no ShareIt?

Meus dedos congelam no cabelo dela; levanto a cabeça e encontro os olhos de Kiki, que se arregalam por um segundo. Um alerta: tenha cuidado.

— Ah, bem... Na verdade, isso é bem comum. A versão on-line é sempre diferente da pessoa real. Fique atenta a isso quando tiver idade para conversar com estranhos na internet. Você não faz isso, né?

— Não mude de assunto, cunhadinha.

Droga, essa garota é esperta demais.

— Olha — começa Eleanor —, eu sei que as pessoas são diferentes na internet, mas na maioria das vezes é por causa da aparência. Tipo, elas editam as fotos para ficarem mais bonitas ou algo assim. Ou parecem bem mais legais e extrovertidas, mas na vida real são tímidas. Mas, com você, é o contrário. Virtualmente você é meio esnobe, mas pessoalmente você é... — Ela gesticula para mim.

Kiki e eu encaramos Eleanor, sem palavras. Não acredito que, depois de todo o esforço, vou ser desmascarada por uma espertinha de treze anos.

— Eleanor...

— Não tem problema — garante ela. — Gosto muito mais dessa sua versão. E não precisa me dar satisfação. Saiba que fico feliz de você reconhecer que as pessoas nem sempre são honestas on-line.

Hum.

Kiki e eu nos entreolhamos e damos de ombros. Que raios foi isso? Eleanor disse que fica feliz de eu reconhecer que as pessoas nem sempre são honestas na internet. Será que ela está tentando me contar alguma coisa?

— Eleanor... — começo.

— Estou morrendo de fome — resmunga ela, pressionando a barriga. — Vamos almoçar? Meu cabelo já está maravilhoso o suficiente.

— Ah... Tudo bem, então — respondo.

Eleanor saltita para fora do vestiário rumo à luz ofuscante do sol, deixando Kiki e eu para trás, trocando olhares curiosos.

Quando saio do vestiário, quase esbarro em Rina, que está parada ao lado de fora da porta com uma expressão intrigada. Sinto o coração acelerar outra vez. Merda, será que ela ouviu o que Eleanor disse? Mas Rina está ocupada digitando no celular e mal olha para mim. Talvez ela não tenha ouvido no fim das contas. Tomara.

* * *

**O COMPROMISSO SEGUINTE É O ALMOÇO. DESTA** vez, vamos a um lugar chamado Bebek Tepi Sawah, que significa "patos em um campo de arroz". O restaurante fica literalmente no meio de um arrozal, e é um dos lugares mais lindos em que já estive. Consiste basicamente em bangalôs espaçosos de céu aberto com tetos tradicionais de palha, com arrozais ao redor e um riacho repleto de ninfeias e flores. Parece mais um spa chique do que um restaurante, e mesmo assim há uma simplicidade na arquitetura que não o faz parecer um spa glamoroso como os de Los Angeles.

Ao que parece, eles estavam nos esperando, porque, logo que chegamos, somos conduzidos a um espaço reservado onde tiramos os sapatos e logo em seguida subimos e nos sentamos de pernas cruzadas sobre o piso macio de vime trançado. Minutos depois, as bebidas chegam — cocos inteiros com o topo recém-cortado. Bebo um pouquinho, mas logo estou tomando um gole atrás do outro e, antes que eu perceba, a água de coco acabou. Eita.

— Quer mais um? — pergunta George, sentado ao meu lado.

Abro um sorriso acanhado quando reparo que ele estava me observando sugar o coco feito um bárbaro.

Balanço a cabeça. Na verdade, eu quero, mas seria considerado gula.

George se aproxima e revela:

— Também bebi tudo e quero mais, mas não quero parecer guloso, então você precisa pedir outra bebida também.

Contenho um sorriso. Desde o rafting, sinto que algo mudou. A energia entre nós não é mais tão pesada, tão negativa. E tudo isso graças ao menino que estava cagando no rio Ayung. Quem diria?

— Tudo bem, mas só porque você insiste.

— Beleza — diz ele. — Ou, devo dizer, supimpa!

Franzo o nariz e solto uma risada.

— Supimpa? Desde quando você é um senhor de sessenta anos?

Ele franze a testa.

— Foi você quem falou primeiro, lembra? Nas mensagens?

Ai, droga. Minha barriga embrulha. As mensagens entre mamãe e George. Por que eu não me dei ao trabalho de ler com cuidado? Só li as primeiras e depois pulei o resto, com raiva. Aff!

Algumas cadeiras à frente, Rina está nos observando com olhos de águia. Consigo quase ver suas orelhas atentas a esta conversa esquisita.

— Ah, sim. Foi mesmo. Usei. Supersupimpa. Supimpa demais — respondo, depressa.

Tento dar uma risada, mas ela soa estranha. George sorri e procuro um sinal de que está desconfiado, mas, como sempre, o sorriso dele é genuíno. O que, de alguma forma, faz com que eu me sinta ainda pior.

Ele se aproxima, deixando minha pele arrepiada, e pergunta:

— Quer experimentar minha bebida preferida no mundo todo?

Acho que ele não reparou no clima suspeito causado pelo "supimpa", ainda bem. Sinto meus músculos se derreterem e solto um suspiro.

— Como se eu pudesse dizer não para isso.

Ele levanta a mão. Um garçom aparece no mesmo instante, e George pede um drinque chamado Soda Gembira para nós dois. Eleanor pede um milk-shake de chocolate, Kiki pede um café com abacate, e Rina e o operador de câmera pedem um café, porque eles evidentemente saíram das profundezas do inferno. Não faço ideia de como Kiki, Rina e o operador são capazes de ingerir mais cafeína; ainda estou elétrica com o Kopi Susu de Sejuk.

Eu me viro para George.

— Você acabou de pedir um drinque chamado "soda feliz"?

— Aham. — Ele se aproxima um pouco mais de mim. — Eu tinha uns quatro anos quando minha mãe deixou que eu desse um golinho pela primeira vez num restaurante. Ela disse que era a bebida mais feliz do mundo. Pra mim, tinha o sabor de jardim de rosas, e desde então sempre o associo a minha mãe.

Sinto o coração apertar com esse pequeno vislumbre do passado de George e a mãe.

— Amo que ela chamou de bebida mais feliz do mundo. É como um parque da Disney em um copo. Ela parece uma pessoa incrível.

— A melhor.

— Você não acha que é uma bebida de menininha? — pergunta Rina, fazendo uma expressão que batizei mentalmente de "Repórter Tentando Arrancar uma Reação".

George dá de ombros com desenvoltura, e lembro que ele está acostumado com esse tipo de situação, por isso fica tão confortável diante das câmeras e de perguntas idiotas pensadas para provocá-lo.

— Na verdade, nunca pensei assim. Por acaso garotos não podem tomar bebidas deliciosas? — questiona ele, rindo.

— Achei que já tínhamos superado essa baboseira de coisa de menino e coisa de menina — disparo para Rina.

Ao contrário de George, não me sinto confortável com perguntas sensacionalistas, mesmo quando não são dirigidas a mim. Além disso, atitudes machistas, ainda mais vindas de outra mulher, são o tipo de coisa que me faz perder a cabeça.

Em vez de corar de constrangimento como eu meio que esperava, Rina curva os lábios de leve, uma expressão satisfeita atravessando seu rosto. Então ela volta a atenção para mim. Seu semblante está vivo, parece. Ai, merda.

— Tem razão, Sharlot — concorda ela. — Desculpe, eu deveria ter pensado um pouco antes de falar. Você sempre foi uma ativista pela igualdade de gênero?

Beleza, isso está indo longe demais. Sinto o estômago revirar, porque, embora eu critique situações de machismo, racismo e outros tipos de preconceito, não sou exatamente uma ativista. Além disso, ser questionada desse jeito faz com que eu me sinta uma verdadeira hipócrita. Bem, mais hipócrita do que já sou, na verdade.

Dou de ombros.

— Não sei se me chamaria de ativista.

— Ah, tenho certeza de que você deve viver ocupada com a escola e tudo — diz Rina, assentindo, em seguida se vira para George. — Deve ter sido uma surpresa enorme conhecer Sharlot pessoalmente e perceber que ela é tão diferente da versão on-line, imagino.

O sorriso educado e treinado de George congela.

— Desculpa, como assim?

— Ah, ouvi dizer que Sharlot pela internet era muito diferente, mais... ah, eu ia dizer "recatada", mas acho que isso deve ser um termo machista — observa Rina, dando uma risada como um pedido de desculpa. — Vamos dizer... mais tradicional? Muito mais tradicional do que ela é pessoalmente.

Ai, caramba. Ela ouviu mesmo a conversa no banheiro. Rina sabe que tem algo de errado. Sinto uma náusea me invadir. É como se minhas entranhas estivessem se contorcendo feito enguias, formando nós dolorosos.

George faz uma careta, sem entender o que a repórter está querendo dizer.

— Bem, acho que todo mundo é um pouquinho diferente na internet, não é? Sei que eu sou.

— Sim, mas, na maior parte do tempo, o que ocorre é justamente o contrário. Em geral as pessoas são muito mais abertas na internet e mais reservadas pessoalmente. É interessante que, no caso da Sharlot, aconteça o oposto. É possível que Sharlot não seja quem ela diz ser?

É como se, nesse instante, minha pele fosse radioativa; estou tremendo de ansiedade e de medo. Preciso dizer alguma coisa. Algo para me defender. Ou talvez algo que a distraia. Qualquer coisa seria melhor do que só ficar de boca aberta como um peixe fora d'água!

Kiki e Eleanor devem ter escutado a conversa, porque estão nos encarando com a testa franzida. *Vamos, gente*, eu as incentivo mentalmente, *digam alguma coisa*. Intervenham com uma das suas respostas sarcásticas!

— Bem, isso faz sentido — concorda George. — Por acaso alguém é cem por cento o que diz ser na internet? Na verdade, deveríamos todos ser mais cuidadosos, porque tudo que postamos fica na internet para sempre.

— Sim, exatamente — intervém Kiki, por fim. — Depois que alguém posta alguma coisa, fica lá para sempre. Dá até pra deletar um tuíte idiota, mas é provável que alguém tenha tirado *print*, então é um rastro eterno.

— Pois é — comento. — É por isso que sou mais reservada na internet. Acho que as consequências do que dizemos e fazemos on-line são ainda maiores do que na vida real. — Minha mente tenta acompanhar as palavras que jorram da minha boca, repassando-as para me certificar se o que eu disse faz sentido. E olha só! Acho que faz um pouco de sentido, sim.

— Ótima observação, Shar — declara George.

Ele estende o braço e aperta minha mão de leve, bem na frente da câmera. Consigo quase sentir as lentes enquadrando nossas mãos. O gesto funciona; a atenção é desviada do assunto delicado.

Rina sorri e comenta:

— Ai, vocês são muito fofos!

As bebidas chegam neste exato momento, e todos se recostam nas cadeiras. Solto um suspiro e relaxo o corpo, aliviada. Ainda bem que o momento estranho e tenso com Rina passou. A mulher ficou tão silenciosa e discreta a manhã inteira que uma parte de mim esqueceu que ela está aqui a trabalho. Porém, depois dessa conversa, já levantei a guarda e todos os meus instintos estão em alerta.

George encontra meus olhos e abre um pequeno sorriso. "Você está bem?", ele move os lábios sem emitir som. Assinto, me sentindo muito grata por sua intervenção. Ele deu seu melhor para salvar aquela situação espinhosa sem falar por mim, e agora eu o enxergo de um jeito diferente.

Então percebo que ainda estou segurando a mão dele. Eca. Afasto a minha como se ela tivesse acabado de pegar fogo. Posso jurar que meu braço inteiro está em chamas. George parece tão constrangido quanto eu. Lógico, assim que me distancio, percebo que devia ter continuado a segurar a mão dele, porque é isso que qualquer casal faria. Olho de soslaio para Rina, me perguntando se ela notou. Mais uma vez, porém, ela está ocupada digitando no celular. Certo, vamos torcer para ela não ter visto aquilo.

O garçom traz a bebida. É um drinque lindo, com camadas brancas e cor-de-rosa e pedacinhos de coco fresco.

George se anima ao vê-la.

— A camada branca é leite condensado — diz ele, misturando a Soda Gembira. — E a parte rosa é uma mistura de água com gás e xarope de rosas.

Misturo até o líquido ficar num tom rosa-claro e dou um gole. Nossa! O drinque não podia ter um nome melhor, porque é impossível tomar essa bebida borbulhante com gosto de rosas sem se impressionar com o sabor refrescante e ao mesmo tempo deliciosamente doce.

— Caramba, é *delicioso*. — Solto uma risada e dou outro gole. — Puta merda, esse é o melhor drinque do mundo.

Olho para George e percebo que ele me observa com uma expressão tão terna, tão natural, que me faz derreter por dentro.

Ele sorri e concorda:

— É mesmo. Até o cheiro lembra minha mãe.

Juntos, apreciamos o aroma de nossas bebidas, e fecho os olhos ao sentir a doçura. Cheira como a própria cor rosa.

— Uma vez li que o cheiro é a única coisa que pode nos fazer voltar no tempo — comento.

George assente.

— Sempre que sinto o cheiro de xarope de rosas consigo praticamente vê-la — revela ele.

Ele toma um gole da bebida. Na verdade, é quase impossível tirar os olhos dele. George parece tão feliz quanto uma criança que ficou sabendo que o Natal chegou mais cedo. É estranho, mas é cada vez mais difícil odiá-lo, e para ser sincera, não odeio não o odiar. É uma sensação esquisita descobrir que gosto de George como pessoa. Nunca me senti assim. Lá em Los Angeles, eu sentia atração por Bradley, lógico, afinal de contas, quem não sentiria? Mas nunca me conectei com ele num nível mais profundo. Nunca pensei muito sobre o assunto, acho que só presumi que é assim que acontece na maioria dos relacionamentos: nos interessamos apenas pela aparência ou apenas pela personalidade de uma determinada pessoa. Agora, olhando para George, chego à conclusão de que ele não só é lindo, como também é engraçado, gentil e inteligente, muito inteligente. Nossa, esse é um combo letal.

Por sorte, a comida chega. Uma distração bem-vinda no meio dessa nova e estranha sensação que se espalha por mim. Nós pedimos uma quantidade absurda de comida.

Há pato frito acompanhado de arroz com especiarias e três tipos diferentes de pimenta, incluindo o viciante sambal matah. Um prato enorme com folhas de bananeira dispostas em camadas serve uma porção generosa de sate lilit, que é uma carne de frango moída e temperada, enrolada em volta de talos de capim-limão e grelhada até ficar perfeitamente crocante. Há também um prato chamado bebek betutu, que é um pato inteiro temperado com um molho espesso de especiarias e enrolado em folhas de bananeira antes de ser assado. Diferente do pato frito, cuja carne é bastante fibrosa, o assado é tão macio que nem preciso cortá-lo com uma faca, porque a carne desfia facilmente. Minha boca está ardendo com todas as diferentes pimentas de Bali, mas não consigo parar de comer.

Ao fim da refeição, estamos todos derrotados, esparramados nos assentos e massageando a barriga com expressões vazias. Kiki chama um garçom e pede uma rodada de café com abacate para todo mundo e um achocolatado com abacate para Eleanor.

— Não consigo ingerir mais nada — protesto, mas Kiki diz que eu preciso da bebida. Tipo, preciso *mesmo*. — Ei, você já não tomou café suficiente? — resmungo para ela. — Se eu te cortar, aposto que vai sair café em vez de sangue.

Ela ri.

— Acho que você tem razão.

Quando as bebidas chegam, elas são tão lindas quanto esperado. A parede dos copos é manchada com uma calda grossa de chocolate, e no interior há um creme de abacate coberto com uma dose de café *espresso*. A bebida é tão densa que preciso da ajuda de uma colher; está mais para uma sobremesa do que uma bebida. E é deliciosa. Não consigo pensar em tomar o café dos Estados Unidos depois de tudo que experimentei aqui na Indonésia.

Bem como Kiki havia previsto, a bebida nos ressuscita — é impossível um café indonésio não reviver alguém, nem mesmo um cadáver — e saímos do restaurante prontos para a próxima aventura.

A parada seguinte é o Mandala Suci Wenara Wana, mais conhecido como Área de Conservação da Floresta Sagrada dos Macacos, em Ubud.

— É um zoológico? — pergunto assim que nós saltamos da minivan.

George balança a cabeça.

— É um templo hindu que também serve como habitat natural para os macacos. Na verdade, é o oposto de um zoológico.

E ele tem razão. A primeira coisa que vejo quando piso no lugar é um macaco na lateral da rua, bebendo água de uma garrafa de plástico. É uma visão tão surpreendente que fico parada por um segundo, imóvel. O macaco está tão perto de mim que eu poderia estender o braço e cutucar sua cauda. Isso é surreal. O macaco ergue a cabeça ao perceber que o estou encarando e me deparo com um olhar perturbadoramente humano. Posso jurar que o animal sabe o que estou pensando. Ele me olha de cima a baixo e volta a beber a água.

— Parece que ele não te achou muito interessante — murmura George.

Dou uma risada. Caramba, este lugar. Esta ilha inteira! É como entrar num lugar mágico onde cada canto é imbuído de segredos milenares.

Antes de entrar na floresta sagrada dos macacos, recebo pedaços coloridos de tecido para amarrar ao redor da cintura em respeito à religião hindu, já que meu vestido é considerado muito curto. Em qualquer situação, eu teria ficado irritada, mas algo nesse lugar me acalma. A maior parte das pessoas, tanto homens quanto mulheres, está usando os panos amarelos e roxos vibrantes, sejam como saias ou como xales para cobrir os ombros nus. É uma lição de humildade. Amarro o tecido com firmeza e, uma vez prontos, adentramos a floresta.

O santuário é como um parque nacional, com várias trilhas que atravessam a área arborizada. Ao nosso redor, macacos de todos os tamanhos escalam e saltam de árvore em árvore. Vejo macaquinhos agarrados às costas das mães e não posso deixar de apontar para cada um deles, com o entusiasmo de uma criança. Eu deveria me conter, já que nem Eleanor está tão empolgada assim, mas é como se a mágica do lugar tivesse me contagiado. Ou talvez seja efeito do açúcar e da cafeína.

Conforme andamos pelo santuário, tiro fotos e mando para Michie, mas agora já são duas da madrugada em Los Angeles e ela deve estar dormindo. Mesmo assim, continuo enviando várias fotos. Ela vai ver tudo quando acordar e mal posso esperar para ouvir os comentários dela sobre este lugar incrível.

Quando um macaquinho solta a mãe e caminha na minha direção, paro abruptamente e dou uma risada alta. De repente, ele dá um pulo. Nem tenho tempo de gritar, muito menos de agachar, antes de o animal enfiar as patinhas em meu cabelo e agarrar meus óculos de sol. Em seguida, ele pula do meu ombro e escala uma árvore que estava ao lado.

— Puta merda! Vocês viram isso? Minha nossa!

Kiki e Eleanor dobram o corpo para a frente de tanto rir. Fala sério!

— Rainhas da empatia, como sempre — resmungo para elas, massageando a cabeça com cuidado.

— Você está bem? — pergunta George, parando na minha frente para examinar minha cabeça. — Deixa eu ver.

Ele levanta a mão e toca a lateral do meu rosto com tanta delicadeza que faz minha boca secar.

De alguma forma, consigo encontrar minha voz e respondo:

— Estou bem.

George ajeita uma mecha do meu cabelo atrás da minha orelha, os dedos deixando um rastro de chamas na lateral da minha cabeça.

— É, parece que sim — concorda ele.

Não consigo suportar a expressão de George, como se eu fosse a única pessoa no mundo digna de receber sua atenção, como se tudo ao nosso redor desaparecesse em meio ao silêncio até só restarmos eu e ele nesta ilha inteira. Por favor, sosseguem, hormônios.

— Acho melhor pegarmos aqueles óculos de volta — aconselha Kiki. — São da Gucci, sabe.

George e eu piscamos e nos afastamos.

— Ah, sim. Sei exatamente o que fazer — garante ele.

George leva a mão ao bolso e tira de lá, de todas as coisas, uma pequena banana.

— Isso aí no seu bolso é outra banana ou você só está feliz de me ver? — pergunto sem pensar. Meu Deus, por que você faz isso comigo, boca?

Eleanor solta um grito estridente, e as bochechas de George ficam vermelhas.

— Desculpa, não resisti — digo. — Mas, sério, por que você carrega bananas no bolso?

— Porque eu sabia que a gente vinha para cá! — explica ele, balançando a cabeça. — Nossa, como vocês são infantis. Minha banana está prestes a salvar o dia!

Ele se vira e olha para o topo da árvore, onde o macaquinho está sentado. O animal colocou os óculos de sol na cara, mas eles são grandes demais e não param de escorregar. George ergue a fruta com cuidado e chama o macaquinho, que se anima, os óculos grandes deslizando e indo parar nos ombros.

— Se você devolver os óculos — grita George devagar, enunciando cada sílaba —, eu lhe dou uma banana. Hummmmm, banana, que delícia.

O macaquinho desce sem pressa, cauteloso, e George balança a fruta para ele. Porém, assim que o macaquinho chega ao galho mais baixo, há um movimento num arbusto próximo. Um macaco enorme salta de lá, pega a banana e escala outra árvore em disparada. Não sei se algum dia vou parar de rir da mistura perfeita de choque e medo no rosto de George.

# 20

## George

ESTAMOS FAZENDO A TRILHA DA FLORESTA HÁ cerca de dez minutos, todos conversando amigavelmente. Eleanor e Sharlot ainda estão rindo por causa do meu episódio com o macaco, mas então minha irmã anuncia, bem alto:

— Aí escutei uma conversa do Herry, sabe, o Herry Kusuma? Ele estava dizendo que vai sentir muita saudade da gente quando sua família inteira se mudar para a Suécia.

Deu para ver o corpo inteiro de Rina se despertar; juro, até as orelhas dela ficaram em pé. Com certeza até os pelinhos de sua nuca se arrepiaram.

— Herry Kusuma? — indaga ela, gesticulando para o operador de câmera segui-las a alguns passos de distância, talvez para não assustar Eleanor.

Não faço a menor ideia do que minha irmã está tentando fazer. Herry Kusuma é o filho mais novo do dono do Grupo Sanu, nossos maiores rivais de negócios.

— Bem, eu não diria que somos amigos — explica Eleanor. — Somos colegas de turma. Nós dois estudamos na Escola Internacional de Singapura. Falando nisso, fiquei sabendo que Herry tinha ficado na lista de espera porque não passou na prova de admissão, então a família dele teve que fazer uma doação para a escola. Sabia disso?

Rina franze o cenho.

— Você tem algo que corrobore essa afirmação? — pergunta ela.

Eleanor examina as unhas e diz:

— Humm, provavelmente vou precisar pensar no assunto. Enfim, Suécia...

Ao lado de Eleanor, Kiki está mordendo os lábios com força, provavelmente para conter o riso. Olho para Sharlot e percebo que ela não está ouvindo. Em vez disso, está ocupada demais tirando fotos dos macacos, tentando chamar a atenção deles.

— Gostou mesmo dos macacos, hein? — comento, estremecendo por dentro. Será que a pergunta soou tão idiota quanto na minha cabeça?

Ela tira outra foto de uma mamãe macaca que parece incomodada com seu filhote balançando em sua cauda.

— Pois é, mal posso esperar para desenhá-los. O tônus muscular e as linhas do corpo deles... é tudo incrível.

— Ah... Não sabia que você desenhava.

Ela me olha de relance antes de se voltar para o celular.

— Um pouco.

— Que legal. Você pretende cursar algo relacionado a isso na faculdade?

Dessa vez, ela me dirige um olhar que dura um pouco mais e não tem farpa alguma. Um lado de sua boca se curva para cima.

— Que foi? — pergunto.

Ela dá de ombros.

— Nada. É só que... você não presumiu ser apenas um passatempo como a maioria das pessoas.

— Ah. Pois é, acho que foi o jeito como você falou "tônus muscular". Meio intenso e assustador. Então achei que fosse algo maior.

Ela ri.

— Intenso e assustador, é? Legal. — Passamos a andar no mesmo ritmo, e ela começa a falar de arte. — É, eu desenho desde que aprendi a segurar um giz de cera. Mas, para ser sincera, é meio que um tiro no escuro porque sabemos que artistas não ganham bem. Esperam sempre que a gente trabalhe em troca de exposição, ou seja, de graça. Então minha mãe é megacontra. Ela quer que eu faça algum curso que ofereça mais estabilidade, tipo Direito ou Medicina.

— Ah, sei, é o típico emprego dos sonhos dos asiáticos-estadunidenses — observo.

— Não é assim por aqui também? — pergunta ela, me encarando com uma expressão confusa.

Dou de ombros.

— Não muito, porque ser advogado ou médico não é o tipo de trabalho que mais dá dinheiro na Indonésia. O foco são os negócios. Somos todos criados para assumir a empresa da família.

Ela assente devagar.

— Ah, sim, você falou disso no ShareIt.

Aff. Sinto o peito apertar. As "minhas" mensagens que Eleanor e papai não paravam de falar sobre quanto eu amo finanças.

— Pois é, falando nisso... — Respiro fundo. É hora de mostrar a ela ao menos um vislumbre do meu verdadeiro eu. — Talvez eu estivesse, hã, tentando impressionar você. — Caramba, dizer isso é doloroso. Mas, de alguma forma, sigo adiante. — Pra ser sincero, não tenho tanto interesse assim na empresa da minha família.

— Ah, é? — retruca Sharlot, me olhando de soslaio antes de tirar outra foto de um macaco.

— É. Nunca cheguei a pensar muito no que queria fazer da vida. Minhas primas e eu sempre ouvimos que assumiríamos os negócios da família e só. Desculpa, não queria soar assim tão mimado. Sei que sou muito privilegiado — acrescento, depressa. — E sou grato por tudo que tenho.

— Eu entendo. Quer dizer, até certo ponto. Não sei como é ser bilionária — diz ela com um sorriso torto —, mas sei como é se sentir meio "meh".

— Pois é. Se sentir meio "meh" descreve a situação perfeitamente. Com exceção do OneLiner, na verdade.

Ela ergue uma sobrancelha.

— O aplicativo para ensinar a tratar garotas como coisas "preciosas"?

Minha nossa. Jamais vou entender como Eleanor deixou papai dizer isso sobre garotas.

— Eu definitivamente não quero tratar garotas nem ninguém como coisas preciosas. Desculpa, eu sou muito ruim nas conversas on-line.

Sharlot assente devagar.

— É, estou começando a desconfiar.

— O OneLiner é mais sobre garotos do que sobre garotas. A intenção é abordar a masculinidade tóxica e impedir que os garotos perpetuem toda aquela bobagem de "menino é assim mesmo". O conceito de masculinidade ainda é carregado de ideias sexistas aqui na Indonésia. Tipo, você ouve os pais mandando os filhos não chorarem porque "homem não chora" e coisa do tipo. — Enfio as mãos nos bolsos, me sentindo estranho e vulnerável ao revelar tudo isso para Sharlot. — Eu só... Quando eu comecei a desenvolver o OneLiner, pela primeira vez na vida me senti interessado no negócio da família. Tipo, uau, talvez eu esteja mesmo fazendo a diferença. Sei lá, isso deve parecer idiota.

— Na verdade, não. — Sharlot para de andar e se vira para me encarar. — Não é idiota, de jeito nenhum. Pra ser sincera, deve ser a primeira coisa não idiota que você já me disse.

Abro e fecho a boca, mas nenhuma palavra sai. Há emoções demais se revirando dentro de mim. Antes que eu consiga responder, uma pequena criatura passa depressa por minha cabeça e arranca o celular da mão de Sharlot.

— Macacos me mordam! — grita ela.

Corremos atrás do macaco. Tiro outra banana do bolso e aceno para ele, gritando:

— *Pisang*! *Pisang*! — Imagino que seja melhor gritar "banana" em indonésio, já que os macacos daqui devem entender a língua.

Em algum momento enquanto corremos atrás do animal, algo estala dentro de nós e começamos a rir floresta adentro. Sharlot está gargalhando tanto que suas bochechas ficam vermelhas, e seu cabelo se soltou da trança, adornando seu rosto em ondas volumosas. A aparência dela é como me sinto: quente, vivo e invencível. Macacos gritam e tagarelam ao nosso redor, voando de árvore em árvore, e dou mais uma risada. Estamos voando junto com eles.

Irrompemos para fora da escuridão das árvores e rumo à repentina luz do sol, então Sharlot solta um suspiro de espanto com a vista diante de nós. Chegamos à lateral de um templo que dá para um penhasco. Lá embaixo, o mar se move sobre as rochas e, a nossa frente, o horizonte é infinito; a água, um tapete de seda azul-safira. Macacos e turistas passeiam ao longo do beiral do terraço de pedra, relaxando e aproveitando a vista. Todos nós estamos felizes, é como se a tranquilidade do templo tivesse impregnado nossos espíritos.

O macaco com o celular de Sharlot subiu o terraço de pedra com o aparelho enrolado na cauda. Ele vira a cabeça e nos lança um olhar travesso, que faz Sharlot rir. Estendo a banana para ele, me aproximando o mais devagar que consigo. Posso jurar que o macaco revira os olhos para mim antes de mover a cauda para cima. O celular gira no ar de um jeito gracioso. O tempo para; tudo se move em câmera lenta. Tento pegá-lo, esticando os braços o máximo que consigo...

O celular aterrissa em minhas mãos com sucesso.

— Puta merda! — exclama Sharlot.

Eu e Sharlot ficamos nos encarando por um momento. O macaco guincha, impaciente, e percebo que ainda estou segurando a banana. Jogo-a com delicadeza para o animal, e ele a pega sem dificuldade e sai correndo.

Sharlot e eu dobramos o corpo para a frente de tanto rir.

— Caramba, não acredito que isso aconteceu mesmo. — Arfo entre risos.

Devolvo o celular para Sharlot, ignorando a faísca quando as pontas dos meus dedos roçam em sua mão, e ela o guarda no bolso.

— Nossa, esse lugar — murmura ela, secando as lágrimas de riso.

Sharlot caminha devagar e se debruça sobre o beiral de pedra, contemplando o horizonte distante.

Será que é sensato tentar segurar a mão dela? Talvez não. Mas essa é a questão: não quero mais ser sensato. Ao menos uma vez, quero ser como a família do meu pai: quero ser levado completamente pelas emoções, fazer grandes gestos românticos e seguir meus sonhos.

Sharlot se vira para mim, e seu semblante está tão suave e tão aberto que meu coração se abre um pouco também.

— Não acredito que eu não quis vir pra cá — comenta ela, voltando a olhar para a água. — Eu era tão convencida, pensava... Minha nossa. Eu pensava que a Indonésia era um país de Terceiro Mundo. Sei como isso soa.

Assinto. Há algo feroz em sua voz que me faz pensar que é melhor não interromper, que preciso deixá-la desabafar.

— Eu desdenhava daqui, sabe? Debochava sempre que minha mãe falava sobre a Indonésia. Revirava os olhos. E eu só pensava em tipo, sei lá, cabanas? — Ela solta um riso sem graça. — Sou uma ridícula.

— Não é — digo automaticamente.

Sharlot assente.

— Sou, sim. Não sou diferente dos estadunidenses arrogantes que insistem que os Estados Unidos são o melhor país do mundo sem nunca ter colocado os pés fora de lá. — Sharlot solta o ar. — Você não faz ideia de como me sinto péssima pela forma como tratei minha mãe esse tempo todo, ainda mais quando se trata de qualquer coisa relacionada à Indonésia.

A expressão no rosto dela é tão sincera, tão vulnerável, que sinto uma vontade inexplicável de abraçá-la. Preciso me esforçar para manter as mãos imóveis.

— Para ser honesto, eu também não sou exatamente o melhor filho. — Penso em papai e no quanto ele se esforça para me transformar numa pessoa melhor, e a ideia me enche de sentimentos conflitantes. — Desde que minha mãe faleceu, meu pai se esforça muito para... sei lá... garantir que eu fique bem, acho. Ele fez terapia comigo por um tempo, o que é muito raro por aqui. Ainda existe o estigma sobre buscar ajuda para saúde mental, ainda mais naquela época, então o fato de ele ter ido comigo é, tipo, uau. — Estremeço ao me lembrar do alvoroço na mídia que aquilo causou.

— Caramba, isso parece horrível, George.

— É, foi bem ruim. Os sites de fofoca publicaram muitas matérias sobre como meu pai devia ser emocionalmente instável e o que aquilo podia significar para a empresa.

— Nossa, deve ter sido muito difícil.

— Na verdade, não me lembro de muita coisa. Só descobri porque joguei meu nome no Google alguns anos atrás e encontrei várias notícias sobre o assunto.

— Que horror!

— Não tem problema, meu pai e eu tivemos uma longa conversa sobre isso. Acho que ele fez o melhor que podia. Ainda bem que a família o apoiou. Principalmente a Oitava

Tia. Ela cuidou de tudo por um período. Isso nos deu o tempo de que precisamos para... bom, para desmoronar, basicamente.

Sharlot assente e diz:

— Sem querer comparar minha situação com a sua, lógico, porque isso parece um milhão de vezes pior, mas... também sinto que preciso de tempo e espaço para desmoronar.

— Algum motivo especial para você desmoronar? — Tento ser cauteloso com as palavras, porque sinto que estamos entrando num assunto delicado para ela, e quero poder apoiá-la.

— Um monte. — Sharlot bufa. — Só o motivo de termos vindo para cá foi... hum... — Ela hesita, franzindo a testa, depois completa rapidamente: — Esquece, é bobagem. Eu te conto outra hora. A única coisa que você precisa saber é que eu fiz besteira, e aqui estou eu. E tudo se tornou um redemoinho interminável e eu queria ter tempo de parar e só... respirar. Acho que é por isso, em parte, que tenho sido tão horrível com a minha mãe.

— Acho que, no fim das contas, nossos pais sabem que estamos dando o nosso melhor, assim como eles.

— Eu não. Nem cheguei a tentar com a minha mãe. Lá em casa, sempre grito com ela por causa das coisinhas mais bobas. — Ela bufa e faz uma careta. — Gritei com ela até por causa de um suco, dá para acreditar? Um suco!

Penso em todas as coisas pelas quais já impliquei com papai.

— É ridículo, mas é exatamente o tipo de coisa sobre a qual meu pai e eu discutimos, então, sim, dá para acreditar.

Ela ri.

— Não consigo imaginar você discutindo com seu pai.

— Ah, vai por mim, a gente com certeza discute.

Sorrindo, contemplamos a vista diante de nós, observando as ondas quebrarem nas falésias. Observo Sharlot de canto de olho e fico maravilhado com a força do laço que sinto ter construído com ela agora, depois de apenas um dia de conversa. Ela tem sido uma das melhores surpresas da minha vida.

Depois de um tempo, Sharlot solta um suspiro de alívio.

— Obrigada por me deixar desabafar com você. Não tinha percebido quanto essa história toda com a minha mãe me incomoda.

— Imagina.

Nós nos encaramos e é como se o último muro tivesse finalmente desabado, e eu estivesse enxergando Sharlot pela primeira vez. Ela é imperfeita e está mais linda do que nunca. Minha garganta fica seca. Tudo congela. O mundo para de girar e de respirar só para nós dois. O ar está carregado de expectativa, pesando sobre minha pele. Nossas mãos repousam sobre o muro baixo de pedra. Levo a minha para a frente e Sharlot aproxima a dela também. Mais um centímetro e as pontas de nossos dedos se tocam. É um toque sutil e inocente, mas faz meu corpo inteiro arder em chamas. Sinto meu coração palpitar com tanta força que tenho certeza de que Sharlot pode senti-lo nas pontas dos meus dedos. Então — um grande milagre — Sharlot segura minha mão e entrelaça nossos dedos. Ela me olha com um sorriso tímido e volta a contemplar o horizonte, aí ficamos parados lá por um longo tempo, em silêncio, mas, de alguma forma, muito mais conectados.

Depois de um tempo, caminhamos ao longo da beira do penhasco, ainda de mãos dadas, e é como se algo tivesse desabrochado. Nossa conversa flui de um jeito tão natural que mal consigo me lembrar do que quero dizer a ela. Falo sobre tudo, sobre mamãe e sobre quanto sinto saudades dela, sobre como me sinto culpado por não ser o melhor exemplo de único herdeiro homem que minha família sempre quis.

Bem, quase tudo.

Tudo, exceto a única coisa que mais importa, a verdade sobre como nós dois nos conhecemos. O verdadeiro começo, o alicerce da nossa amizade. Eu deveria contar para ela. Sinto a verdade se contorcendo em minha cabeça como uma minhoca pálida, as cerdas roçando meu crânio, querendo ser revelada. É só uma questão de tempo até eu ceder, então por que não agora? Algo me diz que ela vai ser compreensiva, que vai entender o quão sufocantes papai e Eleanor são, ainda mais quando unem forças contra mim. Ela vai saber que não fiz isso com má intenção.

— Shar, preciso te contar uma coisa.

As palavras passam por meu cérebro e saem pela minha boca como se outra pessoa tivesse dito. Sequer reconheço minha voz.

Sharlot para de andar e se vira para mim, o sol batendo em suas costas produzindo uma aura ao seu redor. Ela está tão incrivelmente linda. Tiro uma foto mental dela, tentando memorizar este momento que estou prestes a arruinar com minha mentira vergonhosa. Pigarreio.

— O que é? — pergunta ela depois de um silêncio carregado de expectativa, sorrindo para mim.

Dói saber que ela não está esperando nada ruim. Dói saber que vou magoá-la.

— Hã... Sabe como a gente se conheceu no ShareIt?

O sorrisinho dela congela por um segundo.

— O que é que tem?

Ela desvia o olhar e volta a contemplar o mar, depois a floresta. Então ela ergue a sobrancelha e começa a acenar loucamente.

— Ei! Ei, pessoal! Estamos aqui!

Dito e feito, o restante do grupo aparece. Eleanor e Kiki dão risadinhas e vêm correndo em nossa direção, com Rina e o operador de câmera em seu encalço, com expressões rabugentas.

— O que aconteceu? — questiona Rina entre dentes. — Estávamos procurando vocês.

— Ah! — exclama Shar. — Desculpa, eu estava tirando fotos dos macacos e não percebi que havíamos nos separado.

— Nós teríamos ligado... — começa Rina, os dentes ainda cerrados em um sorriso tão raivoso que mais parece que ela está exibindo os dentes. — Mas Kiki e Eleanor estão sem celular, e eu não tenho os números de vocês.

— Pois é, desculpa, deixei meu celular no carro porque não queria que os macacos o pegassem — explica Kiki.

— E eu tenho treze anos, então não tenho celular — diz Eleanor com um sorrisinho.

Rina as encara com os olhos semicerrados. Assim como eu, ela provavelmente não acredita nem um pouco que Kiki deixaria o celular no carro.

Percebo que Sharlot e eu não estamos mais de mãos dadas. Fui eu que soltei a mão dela ou ela a afastou quando o resto do grupo nos encontrou? Parando para pensar, eles não nos encontraram; Sharlot é quem chamou a atenção deles. Sinto um nó de preocupação no estômago: por que Sharlot estava tão ansiosa para encontrá-los? Estávamos curtindo o momento sem eles, né? Ou será que eu interpretei tudo muito, muito errado, e ela na verdade estava louca para se livrar de mim? O nó em meu estômago se transforma numa pedra, pesada e impossível de mover, dificultando tudo. Deve ser isso. Ela deve me achar insuportável.

Confirmando a suspeita, durante o restante do trajeto até o carro Sharlot caminha firmemente com Kiki e Eleanor, entrelaçando os braços nos delas de modo que me impede de acompanhá-la ou algo parecido. Enfio as mãos nos bolsos, as bochechas ardendo de vergonha. Queria desaparecer; queria me esconder no quarto e fingir que este dia inteiro nunca aconteceu. Como é que eu pude entender tudo tão errado? Achei que estávamos nos divertindo, que estávamos de fato formando uma conexão um com o outro.

*Você é péssimo com garotas*, diz uma voz em minha cabeça. *Você é um nerd; fica jogando o tempo todo. Aceite isso, George, você não faz o tipo conquistador, só atrai garotas que estão interessadas na fortuna da família.*

Nossa, eu quero me enfiar num buraco e desaparecer. Fico em silêncio em todo o caminho de volta para o carro, sem me dar ao trabalho de bater papo com ninguém. Kiki e Eleanor estão contando para Sharlot histórias sobre a trilha que fizeram, e percebo que Rina está gesticulando para o operador de câmera focar em mim; devo estar parecendo chateado. Com certo esforço, mantenho a cabeça erguida em vez de me mostrar cabisbaixo, na tentativa de não demonstrar que meu mundo inteiro está desmoronando.

Tá, talvez eu tenha o drama da família do papai correndo pelas minhas veias no fim das contas.

Já no carro, finjo cochilar, encosto a cabeça no banco e fecho os olhos. Até deixo a boca um pouco aberta, só para ser mais convincente. As garotas conversam por alguns minutos, tagarelando sobre como a floresta dos macacos foi divertida, mas depois de um tempo elas se calam, provavelmente absortas em seus celulares (com exceção de Eleanor, que deve estar aproveitando o momento de silêncio como uma oportunidade para pensar nos seus planos de dominação mundial). Agora entendo papai por se lamuriar e sair correndo toda vez que fica chateado, porque estou com vontade de me lamuriar também.

Finalmente, *finalmente*, chegamos ao hotel. Quase tropeço para fora da minivan assim que ela estaciona. Então me recomponho e fico lá parado como um bom cavalheiro e ajudo as pessoas a saírem. Sinto o coração apertar dolorosamente quando Sharlot, ao ver minha mão estendida, morde os lábios e a toca por um breve segundo ao descer. Assim que seus pés tocam o chão, ela solta minha mão, como se tivesse se queimado.

Por quê?

Ou algo menos birrento e dramático. Entre outros porquês: por que todo o talento para o drama, que pelo visto jazia dormente dentro de mim, escolheu este momento específico para emergir?

Agradecemos Rina e o operador de câmera pelo trabalho. Depois, nós quatro caminhamos em um silêncio angustiante em direção aos bangalôs. Eleanor ergue a cabeça para mim e arregala os olhos numa expressão carregada de significado. *O que diabos você fez, gege?*

Arqueio as sobrancelhas e dou de ombros.

*Nada, eu juro!*

Atrás de seus óculos, ela estreita os grandes olhos. *Tá, sei. Quando voltarmos para o bangalô, vou dissecar cada momento que vocês passaram juntos e vou descobrir a besteira que você fez, porque com certeza você fez besteira.*

Paramos em frente ao bangalô de Sharlot e Kiki.

— Vemos vocês no jantar! — exclama Eleanor.

— Mal posso esperar — responde Kiki com um sorriso afetuoso para minha irmã. As duas se dão bem mesmo, são como carne e unha.

Enquanto isso, Sharlot e eu estamos parados um de frente para o outro no que é possivelmente o momento mais constrangedor testemunhado pela humanidade. Prova disso: estamos encarando nossos pés. Até nossos pés estão envergonhados; como estamos de sandálias, dá para ver os dedos curvando para dentro, como se quisessem se esconder desse momento constrangedor.

— Hã... Vejo você mais tarde — digo, por fim.

O clima está tão pesado que é como se eu tivesse acabado de falar debaixo d'água, as palavras atravessando o líquido para chegar até Sharlot.

Ela assente, me encarando por uma fração de segundo antes de desviar o olhar outra vez.

— Aham. Até.

Eu me viro para deixá-la. Sei quando não sou bem-vindo, e não sou um desses caras que acha que "não" é um desafio para insistir.

— George!

Há tanta urgência na voz de Sharlot que me viro de supetão, o coração martelando com tanta força que sinto as batidas nas mãos.

— Sim? — Odeio a esperança evidente que salta de minha boca, fazendo o "sim" parecer tão desesperado.

Ela encontra meus olhos, e sua expressão é um espelho de todas as coisas que estou sentindo. Tenho certeza disso. Sharlot retribui o sentimento. Ela também gosta de mim, posso ver isso claro como o dia, mas algo a está contendo.

— Eu... — Ela morde o lábio inferior. — Eu me diverti muito hoje. De verdade.

Sinto minha mão estremecer, desejando muito tocá-la. Mas eu me controlo.

— Obrigado por isso. Eu me diverti muito também.

Os lábios de Sharlot se curvam em um pequeno sorriso.

— E, bem... — Ela hesita por um segundo antes de balançar a cabeça. — Enfim. Pois é. Vejo você no jantar mais tarde.

Só isso? Isso é tudo que ela queria dizer? Tenho a impressão de que há mais coisas, mas já interpretei errado os gestos de Sharlot tantas vezes que não ouso insistir. Apenas assinto e vou embora.

# 21

## Sharlot

NO MOMENTO EM QUE A PORTA SE FECHA, KIKI grita:

— QUE MERDA FOI AQUELA, SHAR?

Finjo não saber do que ela está falando e passo por Kiki, me sentindo grata pelo ar-condicionado do bangalô que refresca minha pele queimada do sol. Vou até o frigobar, encho um copo com água e gelo e bebo de uma vez. Paraíso. Encho o segundo copo e bebo devagar enquanto minha mente bagunçada tenta ordenar os pensamentos.

— Alô? — diz Kiki, parada bem na minha frente, com as mãos nos quadris.

— Que foi?

Ela ergue as mãos.

— Não venha com esse teatrinho, Shar. Você sabe do que eu estou falando. O que aconteceu entre você e George? As coisas estavam indo tão bem, aí nos separamos por, tipo, uma hora e, quando nos encontramos, vocês estavam estranhos pra caramba! — Ela suspira e suaviza a voz. — Vocês se beijaram? Ele beija mal? Só dentes e língua?

— O quê? — pergunto, o choque das palavras de Kiki me arrancando uma risada. — Não, não foi nada disso. Nós só estávamos... conversando. — E de mãos dadas. Mas não conto essa parte. E, de qualquer forma, quem ficaria empolgado por dar as mãos? Mesmo que tenha sido o gesto mais intenso na história dos gestos.

Ela sorri para mim e coloca os cotovelos sobre o balcão, apoiando o queixo nas mãos.

— Ah, é? Então me conta sobre essa conversa.

E, mesmo contrariada, com todas as coisas ruins se retorcendo dentro de mim, há uma parte não tão pequena que de fato quer revelar tudo em meio a um festival de risadinhas. E assim eu faço. Conto a ela sobre como nos conectamos em um nível ainda mais profundo do que se tivéssemos apenas nos beijado, como compartilhamos nosso passado, como ele me falou sobre a mãe de forma tão aberta.

— E aí ele estava prestes a revelar algo importante. Algo... Não sei, ele disse que precisava contar uma coisa, e pensei que ele fosse me perguntar por que eu sou tão diferente da Sharlot virtual. Achei que talvez ele tivesse descoberto tudo, e meio que surtei.

Kiki faz uma careta.

— Ah, não. Surtou como?

— Avistei vocês e chamei.

— Ah. — Ela assente. — É mesmo, você queria muito chamar nossa atenção. Fiquei me perguntando por que você estava acenando tanto. Mas, para um surto, até que não foi tão ruim.

Solto um grunhido e me jogo sobre o balcão, repousando o rosto corado sobre o mármore frio.

— Foi ruim. Você devia ter visto a cara dele. Foi como se eu tivesse estrangulado um cachorrinho com minhas próprias mãos ou algo parecido.

— Interessante você ter ido direto para uma analogia sobre matar cachorrinhos. Nada estranho ou perturbador.

Contrariada, bufo. Repouso o queixo sobre o balcão e olho para Kiki.

— Sabe o que é estranho e perturbador?
— Você vai falar algo maldoso, tipo "sua cara", não vai?
— Não! Nossa, você pensa muito mal de mim.
Kiki suspira.
— Beleza, o que é estranho e perturbador?
— Tirando a sua cara?
Ela solta um grunhido, e nós duas rimos.
— Desculpa, não deu pra resistir. Mas, sério, o estranho *mesmo* é quanto eu não odeio tudo isso. — Gesticulo para nós duas.
O olhar de Kiki se suaviza.
— É.
— Quer dizer, quando nós nos conhecemos, você era *demais*.
— Eu? — pergunta ela, indignada. — E você? Srta. Sou--Incrível-Demais-Para-Este-Lugar?
— Eu não era assim!
— Nossa, você com certeza era.
Kiki salta da banqueta e endireita a postura, erguendo o queixo e olhando ao redor com um deboche sutil, curvando o lábio superior. Ela franze o nariz e diz com um sotaque estadunidense forçado:
— Eca, as pessoas, tipo, vivem mesmo neste barraco? Tipo, que nojo.
— Bem, quando nós nos conhecemos *você* era assim. — Eu também me levanto e olho de cima a baixo do jeito mais exagerado possível. Levanto o braço direito, deixando minha mão pender de forma preguiçosa. Então adoto um falso sotaque britânico e continuo: — Será que esses caipiras dos Estados Unidos sabem usar os talheres apropriados ou comem direto do prato como os animais pavorosos que são?
— Tipo, nos Estados Unidos, que é o centro do mundo, você ganha um cachorrinho de graça, tipo, a cada esquina.

— Na sua casa não tem um lustre em cada cômodo? Pelos céus! Pobrezinhos!

A essa altura, estamos ambas rindo tanto que preciso cruzar as pernas para não fazer xixi nas calças.

— Eu não era assim!

— Era, sim!

— Você também!

Nós nos jogamos no sofá, ainda rindo, e Kiki abre uma caixa de madeira entalhada que foi colocada com cuidado na mesa de centro. Dentro dela há requintados bombons, que nos fazem suspirar de espanto, e examinamos a seleção. Quando mordo um, a crosta dura de chocolate dá lugar a um recheio cremoso de café.

— Minha nossa, isso é bom demais — gemo, me recostando no sofá confortável.

Kiki assente de boca cheia; ela colocou dois bombons inteiros na boca e parece um hamster com comida demais nas bochechas. Sorrio para ela, que devolve uma piscadela.

Quando finalmente termina de engolir o chocolate, Kiki diz:

— Você tem razão, sabe. Eu... eu também não odeio isso. Não sabia bem o que esperar quando meus pais me contaram que vocês vinham nos visitar. Fiquei muito nervosa.

— Você? Nervosa? — Eu a encaro, boquiaberta.

— Sim, lógico! Você é estadunidense!

— E daí?

— A gente vive assistindo a séries e lendo livros dos Estados Unidos, e eles sempre fazem os adolescentes de lá parecerem tão legais. E eu tinha certeza de que você ia chegar e esnobar tudo. Sei lá. — Ela pega mais um bombom, desta vez mordiscando. — Achei que você ia me achar chata e reclamar de tudo. Pra ser justa, quando você chegou, com certeza passou essa impressão.

— Só porque eu estava intimidada! — argumento.

Kiki ergue as sobrancelhas.

— Você era, tipo, megaestilosa...

Ela joga o cabelo por cima do ombro e move as sobrancelhas para mim.

— É óbvio.

Reviro os olhos.

— Tudo em você é tão elegante e maduro, e lá estava eu com uma calça jeans rasgada e uma camiseta. Eu me senti tão, tão... — Procuro pela palavra certa. — Desleixada.

— Rá! Eu pensei o oposto. Eu me senti tão idiota com minhas roupas sob medida e achei que você parecia incrivelmente descolada de um jeito natural e rebelde. Acho que é meio que como sempre enxergamos os adolescentes estadunidenses. Tipo, nós somos tão sem graça e previsíveis aqui, mas vocês não. Vocês são ousados, não baixam a cabeça, quebram todas as regras.

Termino de comer o bombom e penso sobre a primeira vez que nos vimos, encarando agora o encontro sob uma nova perspectiva. Que estranho eu ter me fechado em um casulo por causa das minhas inseguranças e invejado a elegância de Kiki, quando ela estava fazendo a mesma coisa. Quando encontramos os olhos uma da outra, sorrimos.

— Fico muito feliz de vocês terem vindo nos visitar — comenta ela.

E, apesar das circunstâncias da visita, percebo que também estou feliz.

— É. Fico feliz de ter conhecido uma parte da minha família.

— Enfim, voltando a George... — Ela pausa para dar outra mordida no chocolate. — Olha, esse aqui é de framboesa. Humm. Então, você estava falando... ele te olhou como se você tivesse matado o cachorrinho dele?

— Ai, nossa. Aham. — Um lampejo do semblante de decepção e mágoa de George atravessa minha mente, e eu estremeço. — Eu não o julgo. Quer dizer, lá estava ele, prestes a dizer algo importante, aí eu fui lá e estraguei tudo. Mas eu simplesmente não consegui, não consegui ficar lá parada e deixá-lo compartilhar seus segredos comigo quando eu estou mentindo para ele esse tempo todo.

Kiki assente.

— O que você acha que ele estava prestes a te dizer?

— Não sei, mas parecia importante.

— Ah, ele provavelmente ia dizer que gosta muito de você, Sharlot.

Sinto as bochechas arderem.

— Não. Sem chance. É cedo demais. — Sinto que meu estômago está praticando ioga avançada. — Não. A gente só se conhece há, tipo, uns *dias*.

— Olha, na verdade, ele acha que vocês vêm conversando com certa frequência antes do encontro na cafeteria — observa Kiki, prestativa como sempre.

Solto um grunhido.

— É exatamente por isso que eu não consegui deixar que ele continuasse com o que quer que ele fosse me dizer. Essa coisa toda é uma farsa! Além disso, ele gostou daquela versão de mim que minha mãe inventou. Aquela versão horrorosa, machista, esnobe, chata...

— Acho que ele gosta bastante dessa versão de agora — comenta Kiki.

Minha boca se fecha. George havia dito que também gosta da verdadeira Sharlot, mas simplesmente não consigo esquecer o fato de que ele também gostou da versão de mamãe. Ai, é tudo tão confuso. E, de qualquer forma, não importa de qual versão minha ele gosta. Se algum dia ele descobrir a verdade, vai me odiar. Com certeza.

— Na verdade, essa não é a pior parte — acrescento. — A pior parte é que eu gosto dele. Gosto desse George, do George com quem passei o dia todo hoje, o George que riu quando nós vimos um garoto cagando no rio Ayung, o George que saiu correndo na floresta dos macacos...

— Espera, volta um pouco — interrompe Kiki. — Você viu um garoto cagando no rio? O rio em que a gente fez rafting?

— É só isso que você tem a dizer?

Ela estremece.

— Você tem noção de quanta água do rio eu engoli?

— Eu também.

— Nossa... — Ela estremece outra vez. — E George achou isso engraçado?

Assinto.

— A gente morreu de rir. — Suspiro. — Ele é tão diferente do George do ShareIt. Eu pensei mesmo que ia odiá-lo, que eu não tinha nada a perder, sabe? Achei que ia encontrá-lo, morrer de tédio e depois voltar para casa. E mesmo depois que fomos convidados para vir a Bali, só achei que teria que aturá-lo durante o fim de semana e aí voltar para casa e esquecer tudo. Nunca pensei que estava correndo o risco de me apaixonar por ele... — Levo as mãos à boca, soltando um suspiro de espanto.

Kiki está me encarando, boquiaberta.

— Você disse "apaixonar"?

— Não.

— Falou, sim.

— Não, eu quis dizer, tipo, ter uma quedinha, esse tipo de coisa.

— Aham, porque é isso que as pessoas querem dizer quando confessam que se apaixonaram por alguém. — Kiki faz uma careta. — Você vai ficar bem? Não quero que você se magoe.

Tento sorrir.

— Isso é muito legal da sua parte.

— Você ficaria tão insuportável, dá para imaginar? — retruca ela, depois ri quando jogo meu lencinho cheio de catarro nela. — Mas, sério, Shar, sinto muito por tudo isso. Também nunca pensei que seria assim. Quando li as mensagens entre sua mãe e o George... quer dizer, de fato, ele parecia um baita padrãozinho.

— Não é? Pelas mensagens, ele parecia ser o tipo de babaca que deduraria os colegas de turma se eles, tipo, sei lá, usassem o uniforme de um jeito errado ou coisa assim.

Kiki ri, assentindo.

— Com certeza. — Depois ela se inclina para a frente. — Então o que você vai fazer?

Dou de ombros.

— O que eu posso fazer? Só preciso seguir em frente, sobreviver a este fim de semana, depois ir para casa e esquecer tudo.

— O quê?! — grita ela. — Sem chance! Você não pode fazer isso!

— Por que não? Além disso, esqueceu que só vim passar o verão? Vou embora daqui a seis semanas, vai saber quando eu vou voltar, se é que vou?

Kiki me encara.

— Não fala isso. Odeio pensar que talvez eu nunca mais veja você.

De repente, isso me paralisa. Nem havia parado para pensar nisso, o que faz com que eu me sinta culpada pra caramba. Mas não é isso que venho fazendo a vida toda? É uma reação involuntária sempre que a situação complica — eu fujo. Assim como minha mãe, eu acho. Quando as coisas ficam sérias demais, as paredes desmoronam e lá vai ela, correndo o mais rápido que pode para fugir dos problemas. Perceber que faço exatamente a mesma coisa pela qual tanto julguei mamãe é revelador. E aqui estou eu, querendo fugir de novo, voltar para Los Angeles e esquecer que tudo isso aconteceu. Desaparecer de vez da vida de George. Não assumir a responsabilidade por meus próprios erros. A mesma coisa que fiz com Bradley: cortar laços, ignorar as mensagens, fingir que nós dois nunca existimos. Não sou diferente de mamãe.

A culpa surge em minha voz quando digo:

— É, eu também odeio. — E estou sendo sincera, de verdade. — Nós vamos nos ver outra vez, com certeza. Vou fazer minha mãe me trazer aqui de novo no próximo verão.

— Talvez eu pudesse visitar vocês no Natal — sugere Kiki, parecendo acanhada de repente. — A gente pode ir à Disney, assistir à queima de fogos de Natal.

— Eu adoraria. Você pode conhecer a Michie. Você vai amá-la. — Ou talvez elas se odeiem e se esganem; é uma possibilidade.

Penso em Bradley, e a pontada de culpa me consome ainda mais forte. Bradley gostaria de Kiki. Ele gosta de todo mundo. Ele é bom demais para mim, agora eu entendo. Tá, eu sei que tirando o fato de eu achá-lo muito atraente, nós não tínhamos muita coisa em comum, mas ainda devo a ele ao menos a cortesia de dizer que estou bem em vez de só desaparecer por completo. Ele não foi nada além de gentil comigo. Depois deste fim de semana, quando toda a loucura tiver passado, vou lhe mandar uma mensagem e pedir desculpas por ter sido tão idiota.

— Beleza, agora que concordamos que estamos bem e que com certeza vamos nos ver de novo, como ficam você e o George? Não acho que ignorar a situação e nunca mais vê-lo é uma atitude sábia.

— Por que não?

— Porque você gosta dele. E ele também gosta de você, é muito óbvio, Shar. Foi muito nojento o jeito como vocês dois se olharam o dia inteiro. Como se vocês estivessem se segurando para não pular um em cima do outro. Eca. Eu me senti muito mal pela Eleanor. Deve ter sido difícil para ela testemunhar aquilo.

— Não foi assim!

— Vai por mim, eu reconheço muito bem um olhar apaixonado. E o jeito como George estava olhando para você? É batata, Shar. Ele gosta de você. A Sharlot em pessoa. A verdadeira Sharlot. Quer dizer, lógico, talvez ele goste da falsa Sharlot também, mas quem se importa? Vocês estão se dando superbem pessoalmente, então isso supera as conversas on-line, certo?

Quero tanto que ela esteja certa. Deixo as palavras pairando no ar, mas elas não param de colidir com as mensagens que minha mãe trocou com George. Como ele parecia animado a cada mentira horrível que minha mãe contava. Quando ela disse para ele que *eu* gostava de cozinhar porque o lugar de uma mulher é na cozinha. E então ele falou que eu seria uma esposa perfeita. Isso não é o tipo de coisa que eu consigo esquecer.

— Preciso contar a verdade para ele — digo, de repente.

Kiki e eu nos encaramos por um segundo. Não acredito que acabei de dizer isso em voz alta, mas agora percebo que é verdade. Preciso mesmo contar a verdade para ele.

— Sério? — Kiki bufa. — Não, cara, mas o que você vai dizer?

Dou de ombros.

— Sei lá, a verdade! Vou dizer que minha mãe é... você sabe, do jeito que ela é, e que ela surtou porque, hã... — Hesito, porque não consigo imaginar um cenário em que eu conto a George sobre Bradley e como eu estava tão determinada a deixar de ser virgem.

Caramba, só de pensar nisso fico horrorizada. Enterro o rosto nas mãos, sem entender bem por que me sinto assim, já que não tenho vergonha de falar sobre sexualidade. Acho que fico envergonhada com a forma como tudo aconteceu. Eu surtei, terminei com Bradley porque não consegui engolir meu orgulho, e fugi da confusão horrível que criei.

Pela primeira vez, porém, não quero mais fugir. Quero encarar a confusão que criei. Se não for para consertar, que seja ao menos para reconhecer que aconteceu, e qual foi o meu papel na coisa toda. Eu gosto de George. Gosto muito dele. E quero ser honesta. Mas querer ser honesta é uma coisa. Ter que de fato fazer isso é outra bem diferente.

— Certo, então só vou dizer a ele que mamãe queria muito que eu fizesse amigos em Jakarta, então ela começou a conversar com ele. Isso não soa nem um pouco estranho ou inapropriado. — Minha voz está estridente de desespero.

— Então ele vai descobrir que estava conversando com a sua mãe — reflete Kiki. — É, isso não é nem um pouco estranho ou inapropriado. Com certeza não vai assustar ele e nos mandar para fora de Bali.

Jogo a cabeça para trás e solto um grunhido alto.

— Esquece. Vou sair para dar uma volta e espairecer antes do jantar.

Não consigo aguentar a ideia de ver George no jantar sendo gentil comigo, sabendo que estou mentindo na cara dura.

— Vai lá. Eu vou tomar um longo banho quente na banheira.

Como eu disse, essa aí é só empatia.

## 22
## George

ELEANOR E EU VOLTAMOS PARA O BANGALÔ E encontramos papai, Fauzi e dois outros funcionários sentados na sala de estar, rodeados por um amontoado de papéis e notebooks sobre a mesa de centro. Lógico que papai está passando o tempo neste resort maravilhoso trabalhando.

— Oi, pai. Oi, gente. Tudo bem? — pergunto.

Eleanor dá um beijinho no topo da cabeça de papai e depois vai pegar uma garrafa de água gelada.

— Aham, só estamos checando os últimos detalhes para o evento de amanhã — responde papai.

Ele ergue os olhos para mim e parece ter lembrado que passei o dia com Sharlot. Ele se anima e libera os funcionários para cinco minutos de intervalo, que assentem e saem do bangalô.

Assim que ficamos a sós, papai sorri e questiona:

— Como foi seu dia, George?

Não sei o que é, mas algo no dia que acabei de passar com Sharlot acendeu uma chama dentro de mim. Em outras circunstâncias, eu diria a papai que foi tudo bem e depois iria para meu quarto, mas, pela primeira vez, não quero fazer isso. Quero que ele me leve a sério. Não quero mais ser apenas uma pequena engrenagem na empresa da família, seguindo em frente sem pensar nas instruções sobre o que fazer e para onde ir. Quero que minha voz seja ouvida. Engulo o nó na garganta. Vamos, George. Chegou a hora. Faça como a Nike e *just do it* — simplesmente faça.

— Foi tudo bem, mas, pai, escuta, eu estava pensando sobre o aplicativo, e tenho várias ideias para ele. Pensei que a gente poderia incluir uma função para compartilhar...

Papai estala a boca, balança a cabeça e sorri.

— Não, George. Me conta sobre as coisas importantes, tá? Como foi seu encontro com Sharlot?

— Foi bom, mas será que podemos, por favor, falar sobre o OneLiner? Acho que são boas ideias...

Papai fecha a cara.

— Escuta, George — começa ele, com um suspiro profundo. — Sei que você está empolgado porque é seu primeiro aplicativo. Mas é só uma jogada de marketing, entende? Depois que for lançado, ele vai ser engolido por milhões e milhões de outros aplicativos e desaparecer para sempre. Nunca esperamos que ele tivesse uma relevância duradoura, você sabe. Não se esqueça do verdadeiro propósito do aplicativo: só existe para fortalecer a imagem da empresa.

Sinto um nó na garganta. Eu sei disso tudo, mas por que tem que ser assim? Sei que o mercado é muito competitivo, mas será que o aplicativo não pode ter alguma relevância, pelo menos? Será que não pode se sustentar por seus próprios méritos em vez de ser apenas mais uma propaganda da empresa da família?

— Sei disso, pai, mas podemos fazer isso direito.

Papai balança a cabeça.

— À medida que você for amadurecendo, vai aprender o que realmente tem impacto para a empresa. Passar tempo demais ajustando e aperfeiçoando o aplicativo não faz diferença. Mas melhorar sua imagem tendo o romance do ano com Sharlot, isso sim é bom para a empresa. — Ele sorri para mim e começa a falar em inglês: — Espera, vou chamar Nainai, ela querer ouvir isso.

— Por que você está falando em inglês? — indago, mas papai já correu para fora à procura de Nainai, que está cochilando ao lado da piscina.

Tento esconder a decepção e vou atrás de papai.

— Venha, é belo dia, muito belo aqui fora! — exclama papai, em tom alto o suficiente para despertar Nainai.

A vovó acorda assustada e olha ao redor, piscando feito uma coruja. Atravesso as portas deslizantes e inspiro fundo o ar limpo de Bali, admirando a vista impecável da piscina e do jardim. Eleanor se joga na espreguiçadeira e entrega para Nainai um copo de suco de laranja. Não faço ideia de como Eleanor faz isso; ela sempre sabe do que os mais velhos precisam antes mesmo de eles perceberem. É uma das muitas razões de ela ser tão querida por eles. Nainai aceita o suco com as mãos enrugadas e pálidas e sorri para Eleanor.

— Vocês se divertiram, crianças? — pergunta ela, dando um gole no suco.

— George e Sharlot fugiram da gente! — acusa Eleanor.

O efeito é imediato.

Eu me levanto.

— O quê? Não, não fugimos. Nós nos separamos...

— E eles ficaram de mãos dadas — revela Eleanor, com uma voz dramática.

Papai solta um suspiro alto, os olhos arregalados.

Nainai ergue o tronco tão rápido que derrama um pouco de suco em sua mão. Papai e Eleanor se agitam ao redor de Nainai, limpando o suco com a toalha de banho dela.

— Meu netinho! — choraminga Nainai, afastando papai e Eleanor com um gesto e estendendo as mãos para mim.

Eu me agacho com cuidado para que Nainai me envolva numa espécie de abraço.

— Ah, não é nada de mais, Nainai.

Ela afaga minha cabeça como se eu fosse um cachorro comportado.

— Ah, meu netinho, você ficou de mãos dadas! Com uma garota! Sabe, eu jurava que você era um gay.

Aperto a ponte do nariz.

— Nainai, já falamos sobre isso antes. Estamos no século XXI, a senhora não pode dizer esse tipo de coisa.

Ela me afasta com um gesto e estende os braços para Eleanor, que não hesita em descansar a cabeça no colo de Nainai. Fico me perguntando se algum dia minha irmã vai ficar velha demais para fazer isso. Como ela consegue ser o bebê de todos?

— E, de qualquer forma, não foi a primeira vez que eu fiquei de mãos dadas com alguém. Sabe, eu já até beijei outras garotas — murmuro.

Não que faça diferença; Nainai e papai estão enfeitiçados por Eleanor enquanto ela relata o dia de um jeito muito exagerado e dramático.

— E aí *gege* ajudou Sharlot a subir no bote — conta Eleanor. — Estava balançando bastante, e Sharlot estava com muito medo. *Gege* foi um verdadeiro cavalheiro e segurou a mão dela assim...

— Eu não me lembro de Sharlot estar com muito medo — comento, mas papai me manda ficar quieto. — Sabe, considerando que é sobre mim e Shar, você não acha que eu é que deveria contar a história?

Eles me encaram como se eu tivesse começado a falar em alemão e depois voltam a fitar Eleanor, que continua narrando:

— E o rio Ayung é tão rápido, meu Deus, foi *tão* assustador. Papai, não acredito que o senhor me deixou ir, eu podia ter morrido!

— Meu bebê! — Suspira papai, enquanto Nainai choraminga e abraça Eleanor com força.

— Sério? — pergunto. — Isso não está nem perto de ser verdade.

— Você é tão corajosa, uma pequena guerreira — elogia Nainai, segurando o queixo de Eleanor. — Você é como Mulan.

Eleanor assente com orgulho e abre um sorrisinho.

— Por que você não protegeu sua irmãzinha? — repreende Nainai.

Faço um gesto exagerado.

— A senhora acabou de falar que ela é como Mulan!

— Ela podia ter morrido!

— Tá, em primeiro lugar, o rio era bem tranquilo. Em segundo, estávamos com uma guia muitíssimo experiente e estávamos usando coletes salva-vidas. Em terceiro, eu nem sei por que estou tendo esta conversa.

O que eu quero mesmo dizer é como raios eles transformam algo tão pequeno quanto andar de mãos dadas em algo tão rocambolesco? Mas não vou me dar ao trabalho de argumentar, então apenas anuncio:

— Vou tomar banho.

— Espera! — chama papai. — Falar mais sobre Sharlot e este encontro mágico.

— Fale em indonésio, pai — peço, fechando os olhos e suspirando. — Foi bom.

Grunhidos por todo lado.

— Foi bom?! — exclama Eleanor. — É por isso que ninguém nunca quer que você conte histórias, *gege*.

— Ele não leva jeito — comenta Nainai.

— Ei! Isso não é legal. — Suspiro outra vez. — Quer dizer, é meio estranho descrever o encontro para minha avó, meu pai e minha irmãzinha.

Eles me encaram sem entender nada.

— George Clooney — diz papai depois de um tempo. — Somos sua família. É isso que a família faz.

— Tenho certeza de que não é isso que famílias fazem. — A essa altura, estou tão cansado que até concordo em contar a história a eles. — Tá bem. Foi... mesmo com Eleanor e Kiki e os repórteres lá, foi o melhor encontro a que eu já fui.

Papai e Eleanor soltam gritinhos de entusiasmo.

— Eu sabia! — grita Eleanor. — Eu sabia que ela ia virar minha cunhada!

— Aí você já está forçando a barra — digo, mas minha voz é abafada pela empolgação de todos. Já perdi toda a atenção deles agora.

Dou de ombros e abro a porta de correr para entrar no bangalô. Vou até a geladeira e pego um refrigerante. A sensação da bebida em minha garganta é incrível, picante e refrescante. Encosto a lata na testa e fecho os olhos.

— Então por que você está com essa cara abatida? — pergunta Eleanor, surgindo de repente ao meu lado.

— Jesus! — Dou um pulo e quase derrubo a bebida.

Papai está parado atrás de Eleanor. Quando quer, minha família barulhenta, agitada e ultradramática consegue se mover de um jeito tão silencioso quanto um fantasma.

— Por acaso Sharlot te deu um pé na bunda porque percebeu que você é muito chato e sente atração por texugos? — indaga Eleanor.

Fico encarando os dois, abrindo e fechando a boca.

— Eu não... eu... o quê? Sei lá! Acho que não. Olha, ela não me deu um pé na bunda, tá? Eu só... só estou me sentindo péssimo por mentir para ela sobre a forma como nos conhecemos. Ela acha que estava conversando comigo no ShareIt, mas não estava. Estava falando com vocês dois. — Aponto um dedo acusatório para papai e Eleanor. — Coisa Um e Coisa Dois.

Pelo menos eles têm o bom senso de parecerem um pouco envergonhados pela situação que causaram. O que não dura muito, lógico. Eleanor é a primeira a protestar.

— Não importa, *gege*! São só mensagens. Aposto que ela nem se lembra do que foi dito.

— Ela lembra. E a questão é que as coisas que vocês dois disseram são tão diferentes do meu verdadeiro eu que não sei de qual versão ela gosta.

Ao ouvir isso, papai começa a rir.

— Qual é a graça?

— Ah, filho. Óbvio que ela gosta da versão apropriada. A que Eleanor e eu inventamos. Aquela muito boa versão, toda garota se apaixona.

— Valeu, pai.

— Aquela versão é bom partido — continua ele. — Gosta de cálculo, quer sustentar família, é boa como marido.

Fuzilo Eleanor com o olhar. Lógico que papai pensa que esse é o cara ideal, mas Eleanor devia saber que não é o caso.

Porém, tudo o que minha irmã faz é dar de ombros.

— Não olhe para mim, *gege*. Eu tentei dizer para papai que os tempos mudaram, mas sou apenas uma criança inocente e impotente.

— Aham, tá bem. Vou dar uma volta.

Na verdade, o que eu quero mesmo é tomar um longo banho. Porém, conhecendo minha família, todos vão estar esperando do lado de fora do banheiro.

Lá fora, aceno para Fauzi e os outros funcionários, que estão fumando, e me afasto do bangalô. Não sei bem para onde estou indo, exceto que não quero encontrar ninguém que conheço, então me afasto do prédio principal do resort. Acho que eu deveria me sentir grato pelo fato de a Oitava Tia não ter se juntado ao interrogatório. Isso é meio estranho. Ela costuma estar por perto, ainda mais porque papai está repassando os detalhes para o lançamento, que vai acontecer amanhã. A Oitava Tia gosta desse tipo de tarefa. Dou de ombros e suspiro. Quem se importa com isso agora? Por que estou pensando na minha tia?

Sigo o trajeto serpenteante até atingir os limites do resort, que é fechado por um muro alto, depois desço os degraus em direção à praia. O hotel ostenta quilômetros de orla e, nesse horário, ainda há algumas pessoas na areia e nas espreguiçadeiras. Tiro as sandálias e vou até a água, desfrutando da sensação da areia nos meus pés, e contemplo o mar, sentindo que meu interior foi escavado, me transformando em um casco vazio. Tá, isso é muito dramático. Acho que tenho mesmo um pouco do talento da família.

Que dia, hein? Fecho os olhos e inspiro o ar salgado. Em minha mente, vejo o rosto de Sharlot outra vez. A forma como ela me olhava enquanto revelávamos coisas sobre nós dois. Coisas reais, não superficiais. E depois o desespero em seu rosto quando eu revelei que precisava lhe contar uma coisa. Ela ficou tão ansiosa para cortar o assunto. Será que entendi tudo errado? Pensei que talvez ela se sentisse como eu.

Repasso tudo que aconteceu hoje. A aula de arte em latte, quando Lukmi me pediu que colocasse os braços ao redor de Sharlot. Eu poderia jurar que ela havia se apoiado em mim naquela hora, pressionando as costas contra meu peito. Ainda consigo sentir o aroma fresco de flores tropicais em seu cabelo. Ou será que só imaginei tudo? Talvez tenha sido eu quem ficou encostando nela feito um tarado, e ela tenha se sentido apavorada?! Caramba, consigo imaginar garotos fazendo esse tipo de merda, achando que estão sendo românticos, enquanto as garotas reviram os olhos ou fazem expressões de pânico para que as amigas as resgatem. Como eu me tornei um desses babacas? O que mais eu entendi errado? Quando segurei a mão dela, será que ela ficou com vontade de sair correndo? AAAAHHH.

Estou a um passo de fazer exatamente isso aos gritos, estilo papai, quando escuto uma voz familiar:

— Ah, oi.

Ergo a cabeça e vejo ninguém mais, ninguém menos que a própria Sharlot.

Eita. Que ótimo. Minha mente acabou de entrar em colapso por causa de Sharlot, e aqui está ela, em carne e osso. Por que ela está aqui? Sino-indonésios não costumam ir à praia em Bali, porque somos obcecados em evitar que a pele fique bronzeada. Então me ocorre que ela é mais estadunidense do que indonésia e, se os filmes são minimamente realistas, deve amar pegar um bronze. Talvez minha mente precise desacelerar um pouco e mandar minha boca dizer algo logo, em vez de eu ficar encarando Sharlot feito um tarado esquisito.

— Hã... — Eu deveria dizer algo um pouco mais inteligente do que isso, mas não consigo pensar em nada.

— Tudo bem? — pergunta Sharlot, prendendo o cabelo atrás da orelha.

Os fios se soltam pela brisa do mar no mesmo instante. Eu estendo o braço para colocar a mecha no lugar por um segundo apavorante, mas por sorte minha mente controla minha mão e a retrai.

Para. Com. Isso.

Balanço a cabeça de leve.

— Tudo bem. Eu só queria, hã, dar uma voltinha antes do jantar. Esvaziar a cabeça.

Falando em cabeça, abaixo a minha e então começamos a andar juntos. A última coisa que quero fazer é deixar Sharlot desconfortável outra vez.

— O que vai ter para o jantar hoje? — pergunta ela, entrando no ritmo dos meus passos.

Minha mente está dando nós elaborados, tentando pensar em explicações para o fato de que Sharlot escolheu caminhar comigo. Quer dizer, não pedi que ela me acompanhasse nem nada, foi ela quem escolheu se juntar a mim. Então talvez eu não tenha entendido tudo errado no fim das contas? Ninguém ficaria na praia com um cara que acha nojento, certo?

— Acho que vai ter uma fusão de culinária japonesa e balinesa aqui, hã, no hotel. Não sei.

— Uau, comida balinesa com influência japonesa. Parece delicioso.

— É mesmo. — Meu estômago murchou para o tamanho de uma noz e a ideia de comer é insuportável agora.

Ela me olha de relance antes de fitar o horizonte. Lembro a mim mesmo de não ficar encarando.

— Hã, por que você está aqui fora? Deve estar cansada depois das atividades de hoje. — Será que a pergunta saiu tão esquisita quanto parece? Já esqueci como se conversa no espaço de alguns minutos?

— Ainda estou bastante agitada, na verdade. Deve ser culpa do café. Não estou acostumada às coisas que vocês têm aqui. É tudo muito forte. Juro que são batizados com alguma droga.

Solto uma risada ao ouvir isso.

— Se você cresceu tomando só Starbucks...

— Uau, beleza, sommelier de café — retruca ela, sem papas na língua. Ela respira fundo e estica os braços acima da cabeça. — Pois é, cresci tomando Starbucks e achava que aquilo era café de verdade. Não tenho problema nenhum em admitir que estava errada. Eu... eu descobri que estava errada sobre um monte de coisas.

É impressão minha ou o olhar que ela acaba de me dirigir é particularmente significativo? Preciso fazer uma aula sobre como interpretar olhares de garotas.

— Também descobri que estava errado sobre um monte de coisas — admito. O que eu quero mesmo é desenvolver o raciocínio e dizer a ela que estava errado em julgá-la pelas mensagens que trocamos. Mas e se eu não estiver errado?

Ela respira fundo de repente e diz:

— Então, na floresta dos macacos, você estava prestes a me contar uma coisa...

Ah, merda. Tudo em minha cabeça fica obliterado. Tento não pensar naquele instante, quando decidi no calor do momento contar a verdade para ela.

— É... É, era só... hã, é, bem...

Ela ficou tão apavorada. O que ela pensou que eu ia falar? De qualquer forma, não importa. Não sei o que eu estava pensando. Não posso revelar a verdade antes do lançamento do OneLiner. Não sei como Sharlot vai reagir, mas não deve ser uma boa reação. Quer dizer, lógico, ela é incrível pessoalmente, mas as mensagens dela eram todas sobre ter comportamento adequado, e o que eu fiz com certeza não foi nem um pouco adequado. Talvez ela decida estragar tudo, dizer ao mundo que eu a enganei, que minha família a manipulou. Se ela fizer isso logo antes do lançamento, pode ser o nosso fim.

— Não é nada — digo depois de um silêncio terrível.

Ela parece decepcionada. Então arregala os olhos, agarra meu braço e me puxa para nos escondermos em uma cabana próxima.

— Que foi?

Sharlot me manda ficar quieto e aponta para um ponto distante, onde vejo duas pessoas na praia. Duas mulheres. Faço uma careta ao ver as silhuetas. Eu devia saber quem são?

— Qu...

— É a minha mãe — sibila ela. Não sei por que Sharlot está sussurrando; estamos longe o bastante para elas nos ouvirem.

Como se soubesse o que estou pensando, Sharlot gesticula para que eu a siga. Ainda agachados, vamos até as duas figuras da forma mais furtiva possível, que não deve ser nem um pouco furtiva. Por sorte, a mãe de Sharlot e a amiga não notam nossa presença. O barulho das ondas se sobrepõe a qualquer ruído de aproximação, e logo estamos tão perto quanto podemos, mas ainda escondidos.

Ficamos atrás de uma pedra enorme, e tiro meu cabelo do rosto enquanto Sharlot espia de trás da pedra. Por que estamos nos escondendo? Ao meu lado, Sharlot enrijece de repente e solta um suspiro de espanto. A curiosidade toma conta de mim e espio por cima da cabeça dela.

Ah.

A mãe da Sharlot está beijando a outra mulher.

— Ah... Hã... — Não faço ideia do que dizer.

Respiro fundo e prendo o fôlego por um longo tempo. O beijo continua por uma eternidade. Civilizações surgem, se transformam em pó e são substituídas quando elas por fim param para respirar. E então minha mente entra em curto-circuito, porque tenho um vislumbre do rosto da outra mulher.

É a Oitava Tia.

# 23

## Sharlot

GEORGE AGARRA MINHA MÃO E PERCEBO QUE estava sussurrando "Meu Deus", cada vez aumentando ainda mais o tom. Cubro a boca com uma das mãos e encaro George, espantada, com os olhos arregalados. Ele me encara de volta, de queixo caído. Gesticulamos freneticamente um para o outro, gritando sem emitir sons atrás da pedra. Nenhuma palavra sai, mas acho que a conversa é algo do tipo:

Puta merda?!
Eu sei!
Mas como assim?
EU SEI!
O QUE A GENTE FAZ?
NÃO SEI!
AAAAAHHHHH!
AAHGSFHGASJSH!

Em algum momento, decidimos que não podemos, sob hipótese alguma, ser pegos por mamãe e a Oitava Tia, então saímos correndo da praia, subimos os degraus de pedra aos tropeços em direção ao prédio principal do hotel.

Assim que nos afastamos o suficiente, a ponto de não ter mais nenhum vislumbre de areia, paramos para recuperar o fôlego.

É só agora que percebo que estamos de mãos dadas. Quando e como isso aconteceu? Quem pegou a mão de quem? George parece reparar nisso também e puxa a mão como se meus dedos fossem cobras, o que faz com que eu me sinta bastante lisonjeada. Só que não. Tento não demonstrar quanto o gesto me incomoda. E, de qualquer forma, temos uma questão mais urgente para discutir.

— Meu Deus — repito. Sinto que eu devia dizer algo mais inteligente, mas, sério, meu Deus.

— Você sabia que a sua mãe era...?

Algo na forma como ele hesita faz meu sangue ferver.

— Tudo bem falar "lésbica", George. Ou "bissexual". — As palavras saem muito mais ácidas do que eu pretendia, então quase peço desculpas. Quase.

Ele faz uma careta.

— Desculpa, não quis... Quer dizer, eu só... eu não... hum.

Ele parece tão arrependido que eu murcho um pouco.

— Tudo bem. Não, eu não sabia. Sempre achei que minha mãe fosse hétero.

A constatação me queima de culpa. Por que eu achava que mamãe era hétero? Agora que paro para pensar no assunto, parece um lapso muito sério, uma suposição que fiz porque eu sou heterossexual, portanto todo mundo também deveria ser. Uma suposição preguiçosa e perigosa. Quer dizer, eu até achei que ela estava interessada no pai de George! Por que fiz suposições heteronormativas sobre todo mundo? Com certeza preciso mudar isso em mim. Fecho os olhos com força. De alguma forma, essa descoberta mudou tudo. Quando relembro minhas interações com mamãe, elas estão com uma cor diferente, todas envoltas por um novo significado.

George parece tão abalado quanto, então me ocorre que ele também deve estar bastante surpreso, já que mamãe não era a única lá na praia.

— Você está bem? — pergunto.

Ele me encara, boquiaberto.

— Quer dizer, sim. Só estou um pouco chocado. — Ele pausa, com uma careta pensativa. — É idiota, mas estou repassando tudo que eu achava que sabia sobre a Oitava Tia e percebendo que na verdade não sabia nada. Ela nunca se casou, sabe. Sempre achei que fosse porque ela nunca conheceu um homem ao nível dela.

— Olha, quer dizer, também deve ter sido por isso — observo.

Ele ri.

— É. — Ele hesita. — Acho que estou muito feliz por ela, mas ao mesmo tempo muito triste.

— Triste por quê? — pergunto, ficando furiosa outra vez. Por acaso ele está triste porque acha que qualquer orientação sexual que não seja hétero é menos legítima?

— Porque não é permitido aqui, Shar — diz ele suavemente. — Não é tão ruim em lugares como Bali e Jakarta, mas nas áreas mais provincianas como Aceh, você pode ser açoitado. Mesmo em Jakarta, a maioria das pessoas não aceita. Se elas fossem descobertas, seriam excluídas da sociedade.

Ah. Uma pequena estrela implode dentro de mim, estilhaçando tudo. Será que foi por isso que mamãe não quis voltar para a Indonésia? Lembro como eu a julguei por não me contar nada, por não querer falar sobre sua terra natal, e sinto náusea ao pensar no quão cruel eu fui. Só presumi que ela não queria voltar porque sentia que o lugar não era bom o bastante para ela. Eu estava tão errada. Não faço ideia, ideia nenhuma, de como é viver em um lugar e saber que é um crime ser quem você é. O peso sufocante disso.

A verdade é que mamãe não é apenas minha mãe; ela é uma pessoa inteira para além disso. Como levei tanto tempo para enxergá-la assim? Sempre a vi apenas como minha mãe, a pessoa cuja vida gira ao redor da minha. Que jeito egoísta e mimado de pensar sobre outro ser humano. Ela tem uma história só dela, uma que não me inclui. Uma história de partir o coração.

— Minha nossa. — Deixo escapar.

Eu me agacho devagar e enterro o rosto nas mãos. De leve, sinto o toque de George em meu ombro, e o peso de sua mão é tão reconfortante que, antes de conseguir me conter, eu me apoio nele, repousando a cabeça em seu ombro. Ele enrijece. Por um momento horrível, fico me perguntando se ele está prestes a me afastar, mas então George passa o braço pelos meus ombros e eu me deixo desabar, só um pouquinho.

— Ela passou esse tempo todo carregando esse peso — sussurro.

— Aham — concorda George, baixinho. — As duas passaram.

— Você acha que talvez tenha sido por isso que ela saiu da Indonésia e nunca quis voltar? — Minha voz está carregada de desespero. Não consigo deixar de pensar em todos os comentários insensíveis que fiz para mamãe, em cada facada que enfiei em sua armadura, porque estava furiosa demais com tão pouca informação sobre a Indonésia.

— Talvez? Provavelmente? Não sei, não posso fingir que sei como é viver em um lugar que não me aceita... — Suas palavras se dissolvem em um suspiro irregular. — Caramba, esse tempo todo, a Oitava Tia...

— Eu tenho sido tão horrível com ela, tão cruel — choramingo várias e várias vezes.

George assente, me abraça com força e diz que está tudo bem, que há tempo para eu me desculpar com mamãe, que ela sabe que eu não tinha a intenção de magoá-la, entre outros consolos. Durante todo o tempo em que estou desabando, George me segura, os braços firmes ao meu redor, impedindo que eu me desfaça em mil pedacinhos. Ele murmura "Está tudo bem", "Você vai ficar bem" e dezenas de outras frases que não significam nada e tudo ao mesmo tempo.

— Queria poder fazer alguma coisa. Mostrar para ela que eu sei, que ainda a amo e que sinto muito. Queria saber pelo que as duas passaram quando eram mais jovens. Ela disse que eram melhores amigas. Será que... será que alguém descobriu, e minha mãe teve que ir embora?

Todas as possibilidades são apavorantes. Mamãe, apenas uma adolescente na época, precisando abandonar o único lar que já teve. Deixar a namorada para trás. E ainda assim, apesar de tudo, ela conseguiu construir uma boa vida para si e para mim. Das profundezas dessa constatação horrível, emerge um novo sentimento: admiração. Minha mãe é uma espécie de heroína.

Sinto como se horas tivessem se passado quando paro de surtar e levanto a cabeça para encarar o mundo outra vez. Estou arrasada. Eu me sinto como uma criança que precisa da mãe. Então me viro para olhar para George e percebo que nossos rostos estão a apenas alguns centímetros de distância. Eu sinto tanta dor por dentro que quase começo a chorar outra vez, porque aqui está um garoto para quem ando mentindo desde que conheci, e é impossível encará-lo quando ele está assim tão perto, quando posso ver que seus olhos não são pretos como eu achava que eram, e sim de um castanho muito escuro e quente. Quando posso ver as pequenas sardas salpicadas por seu nariz, quando posso ver uma pequena cicatriz logo abaixo de sua sobrancelha esquerda. É como ler sua história de vida em seu próprio rosto, e é demais para mim. Perto assim, não consigo me forçar a odiá-lo, e talvez eu não o odeie, nem mesmo quando penso nas conversas on-line, nem mesmo assim.

Preciso fazer um esforço enorme para desviar o olhar. Faço isso porque é demais para mim.

— Eu... hã... — Minha voz está seca, irregular e eu mal a reconheço. Pigarreio e tento outra vez. — Acho melhor eu ir me arrumar para o jantar. Você também.

"Você também." Será que dava para eu parecer mais mandona?

Ele assente e abre um pequeno sorriso.

— Aham.

Ainda estamos de mãos dadas quando nos levantamos. Começo a retrair minha mão, mas paro. Porque... não quero me afastar. Quero continuar de mãos dadas com ele, o que é muito estranho e diferente de como as coisas deveriam ser.

Acho que George é cavalheiro demais para soltar minha mão quando estou tão obviamente decidida a segurá-lo, então caminhamos de volta para os bangalôs de mãos dadas. Sinto meu coração palpitar com tanta força que tenho certeza de que George consegue sentir minha mão pulsando na dele, mas não diz nada. Lanço olhares disfarçados para ele, me perguntando no que deve estar pensando, me perguntando no que eu devo dizer para mamãe, me perguntando quanto as coisas podem mudar em um único dia.

— Você vai contar o que vimos para a sua tia?

George parece pensativo.

— Acho que não — diz ele, por fim. — Não é meu segredo e não sei o quão confortável ela se sentiria de falar sobre isso comigo. Mas eu quero que ela saiba que eu a apoiaria se algum dia ela quiser revelar a sexualidade, só não sei como fazer isso... E você?

— Estou muito dividida. Eu entendo o que você quer dizer quando fala que o segredo não é seu, mas eu conheço minha mãe. Se eu não tocar no assunto, ela nunca vai falar nada, e a ideia de ela manter isso escondido de mim é... — Solto a respiração em um suspiro trêmulo e meus olhos se enchem de lágrimas. — Acho que não vou conseguir ir ao jantar hoje. — A ideia de ter que encarar as primas e os tios de George é exaustiva.

Fico esperando George dizer que eu preciso ir, que as pessoas vão se perguntar por que eu não estou lá, mas, em vez disso, ele responde:

— É, nem eu.

— Será que devo dizer para todo mundo que eu finalmente estou com intoxicação alimentar?

George ri.

— Certo. Que tal ficarmos com a barriga dodói?

— "Barriga dodói"? — Preciso morder meu lábio inferior com força para não abrir um sorriso.

— É melhor do que dizer "diarreia"! — exclama George.

— Enfim, vou dizer para todo mundo que estamos um pouco cansados depois das atividades de hoje e queremos descansar para ter disposição amanhã, então vamos pular o jantar. E aí... — Ele respira fundo. — Que tal sairmos para comer uma autêntica culinária balinesa? Só nós dois. Sem câmeras. Sem primas ou irmãs irritantes.

— Parece ótimo. — As palavras escapam antes de eu perceber o que estou dizendo. E são genuínas. Nossa, como são genuínas! Nada parece melhor do que um jantar tranquilo com George agora.

O sorriso dele estampa seu rosto inteiro, fazendo ele parecer um garotinho de cinco anos. É tão terno que quase o beijo. Quase.

— Certo, vou arrumar um motorista e avisar meu pai que não vamos jantar com eles. Vejo você aqui em dez minutos?

Assinto.

Ele aperta minha mão de leve.

— Vai ficar tudo bem, Shar. — Amo o jeito como ele pronuncia meu apelido, deixando-o suave e macio na boca.

Quando chegamos ao bangalô em que estou hospedada, alguma coisa abafa todas as perguntas e vozes em minha cabeça. Fico na ponta dos pés e beijo George na bochecha antes que eu pense no que estou fazendo. A expressão de surpresa no rosto dele é tão deliciosa que não consigo deixar de sorrir.

— Vejo você em dez minutos! — exclamo e entro no bangalô.

Eu me encosto na porta e respiro fundo. Nossa, que dia.

— Você está sorrindo igual ao Coringa — comenta Kiki no sofá da sala, onde está zapeando os canais da TV. — Deixa eu adivinhar, tem alguma coisa a ver com o Príncipe George, certo?

Faço força para tirar o sorriso da cara e ignoro Kiki com firmeza, me dirigindo até o banheiro para tomar um banho e me arrumar para jantar com George.

## 24

### Sharlot

NÃO SEI O QUE EU ESTAVA ESPERANDO QUANDO George falou de autêntica culinária balinesa, mas, o que quer que fosse, não chega nem perto da realidade. O restaurante para o qual ele me leva, Warung Babi Guling Pak Malen, é uma cabana que mais parece um galpão, abafada de um jeito sufocante e cheia de gente. Ainda é bem cedo; mal são seis horas, mas o lugar está lotado. Nós sentamos a uma mesa comprida com outras cinco pessoas que estão ocupadas demais conversando para prestar atenção em nós, e George pergunta se eu me importo de ele pedir a comida. Assinto, me sentindo grata por isso. Não quero parecer uma princesa mimada, mas estou meio que fora da minha zona de conforto aqui.

Enquanto George pede o que parece ser uma quantidade absurda de comida, ouvimos pessoas gritando "*Awa!*", que significa "Cuidado!", e quatro homens atravessam o restaurante carregando um porco inteiro assado e pendurado em um espeto. Puta merda. Observo, boquiaberta, conforme eles levam o animal gigantesco para os fundos do restaurante, onde um grupo de mulheres fatia com uma eficiência assustadora.

A comida chega poucos minutos depois de George fazer o pedido — pratos de arroz com pedaços suculentos de porco, feijão-verde frito, crosta de porco, pele de porco dourada e crocante, satay de porco e, lógico, o molho especial de pimenta da casa. Duas garrafas geladas de uma bebida marrom-escura são colocadas ao lado dos pratos. George até pediu um prato extra de carne de porco com torresmo para acompanhar.

Estou derretendo neste calor, então pego uma das garrafas. O rótulo diz Teh Botol, que significa literalmente chá engarrafado. Que nome sem graça. Tomo um gole e... uau. Sério, nunca provei um chá tão bom. É forte pra caramba, doce de um jeito delicioso e tão perfumado que é como beber flores de jasmim.

George deve ter notado minha expressão, porque ri e comenta:

— Não é uma delícia? Teh Botol é incrível. Não faço ideia do que colocam nisso.

Pego uma pequena colherada de arroz, corto um pedaço do porco e o coloco na boca. Puta merda, meus dedos do pé se curvam de tão saboroso, e estou apertando minha colher e meu garfo com tanta força que as palmas das minhas mãos chegam a ficar marcadas.

— É bom, né?

— *Muito* bom. — Dou uma mordida na pele de porco, que é tão crocante quanto batata chips, salgada e doce ao mesmo tempo. — Caramba.

— Eles escovam o porco sem parar com água de coco enquanto ele assa, por isso a pele é doce.

Fecho os olhos e inspiro forte. Como esperado, consigo sentir o aroma do coco caramelizado junto à gordura do porco. Fico feliz por George ter pedido um prato extra, porque agora não consigo parar de comer. Só depois que meu prato fica limpo é que paro de me empanturrar por tempo o bastante para conseguir conversar com George.

— Desculpa. Em geral eu sou mais educada quando como.

— Quer dizer que em geral você não come feito um urso que acabou de sair da hibernação?

— Ah, olha quem fala — retruco, olhando para o prato vazio de George. — Você terminou antes de mim.

— Bom, veja, eu como mesmo feito um urso que acabou de sair da hibernação. É normal para um adolescente saudável em fase de crescimento.

Um prato de crosta de porco frita é colocado entre nós.

— Acabou de ser frita — informa o garçom. — Para George Tanuwijaya e seu primeiro amor. — Ele pisca para nós e nos deixa antes que eu possa falar qualquer coisa.

Por um segundo, ficamos em silêncio. Então dou de ombros e coloco um pedaço na boca. Me arrependo na hora, porque, puta merda, está muito quente.

— Ai, ai, ai. — Cerro os dentes e abano a boca com a mão.

— Muito educada — observa George, sorrindo.

Quando o pedaço por fim esfria, teto comê-lo de novo. Um saboroso umami de porco enche minha boca inteira.

— Uau. Tá bem, mudei de ideia. A pele não é a melhor parte. É a crosta, com certeza.

George assente enquanto mastiga um pedaço.

— Você sabia que a crosta do porco tem zero carboidrato e bastante proteína?

Não consigo deixar de fungar, incrédula.

— E descobriram que a gordura de porco é boa para o desenvolvimento do cérebro. Ela é rica em DHA, o ácido graxo do tipo ômega-3 recomendado para gestantes consumirem em grandes doses.

— George — digo, me aproximando dele.

Seu rosto fica sério e ele se aproxima também.

— Isso é tão sexy. Fale mais sobre ácidos graxos do tipo ômega-3.

Há um momento de silêncio, então ele ri. George ri como eu nunca o vi rir. Sua postura inteira muda e seus ombros largos tremem, o rosto todo iluminado como o amanhecer. Fico surpresa com o quão difícil é tirar os olhos dele agora. Devem ser todas as endorfinas da comida e o açúcar das bebidas.

Depois de pagar, voltamos para o carro, e George pede que o motorista vá para o hotel. Penso em ir para o bangalô e ficar sozinha enquanto todos os outros ainda estão socializando no enorme jantar em família e sinto o estômago revirar.

— Na verdade, será que podemos ir para outro lugar? — pergunto.

George se vira para mim com uma expressão intrigada.

— Sério? Precisamos acordar cedo amanhã. No que você está pensando?

— Não sei. Eu só... não estou pronta para voltar.

Ele deve ter notado algo em minha expressão, porque pede que o motorista nos leve para algum outro lugar. Então me ocorre que talvez não seja uma boa ideia deixar um garoto que eu meio que acabei de conhecer me levar para um lugar que eu não conheço num país estrangeiro. Dou tapinhas em minha bolsa para me assegurar de que a lata de desodorante ainda está comigo. Em uma emergência, pode ser um excelente substituto para o spray de pimenta.

Depois de uma viagem de cerca de vinte minutos, o carro para em frente ao que parece ser uma garagem.

— Hã...

Certo, agora estou começando a questionar pra valer minhas escolhas de vida. A placa do lugar diz ALUGUEL DE SCOOTERS E MOTOS ULUWATU. Abro um largo sorriso. Jamais teria pensado em fazer algo assim. Parando para pensar, nunca teria imaginado que George, nascido e criado na cidade, que passou a vida toda andando por aí com um motorista, ia querer andar de scooter por Bali. Quer dizer, o passatempo dele consiste em estudar *cálculo*, fala sério!

Entramos na garagem e George fala num indonésio rápido com o dono antes de se voltar para mim.

— Ele perguntou se você já dirigiu uma scooter ou uma moto antes.

— Ah. Hã... Não. — Sei que é idiota, mas quando digo isso parece que estou admitindo um defeito ou algo assim. Com toda certeza estou perdendo pontos no quesito "descolada".

O dono da loja me olha de cima a baixo e depois responde, em inglês:

— Sinto muito, senhorita, você não tem dezoito ainda, você não dirige scooter. Vocês dois só alugam uma, ok?

— O quê? — disparo. — Sem chance. Por que raios eu não posso dirigir uma scooter sozinha?

— Sinto muito, nada de aluguel para adolescentes gringos. Você se machuca, meu negócio leva processo. Alugo só pra ele.

A essa altura, estou cheia demais de carboidratos, açúcar e crosta de porco para fazer qualquer coisa além de dar de ombros.

Recebemos um capacete cada um e, feito uma completa idiota, tenho dificuldade de afivelar o meu. George dá um passo em minha direção.

— Posso, por gentileza?

Por gentileza.

Sinto o coração apertar um pouquinho ao pensar no quão ultrapassada a frase soa. Assinto em silêncio, e ele pega as alças do meu capacete. Seu rosto está tão perto do meu que não faço ideia de para onde olhar. Fito o horizonte e depois olho de volta para ele, tentando disfarçar enquanto admiro seu rosto. De perto, ele é ainda mais bonito do que tem direito de ser. As sobrancelhas são grossas e retas, o que o faz parecer um pouco austero, ligeiramente mais velho. E seu maxilar é tão definido. Lembra o Capitão América. Exceto que, sabe, ele é asiático.

A fivela estala, me arrancando de meus pensamentos lascivos. Quase dou um pulo para trás, como se tivesse sido queimada. George parece ficar um pouco chocado com isso — e dá para culpá-lo? —, então disfarço olhando para todo lugar ao meu redor, menos para ele.

Depois que George paga e um assistente traz uma scooter, percebo algo muito, muito constrangedor: vou ter que abraçá-lo pela cintura.

Ah, não. A constatação é como uma supernova dentro de mim. De repente, cada parte do meu corpo está pegando fogo, das profundezas do meu estômago até as pontas dos meus dedos. Tenho certeza de que minhas bochechas normalmente pálidas estão agora vermelho-neon.

*Para com isso, Shar. Ele é só um moleque qualquer. Tá bem, na verdade ele tem a sua idade e portanto não é um moleque. Mas olha para ele! Ele é tão... ele tem tanta cara de criança. O queixo sem barba, os olhos que parecem de ursinho de pelúcia, o cabelo cortado de um jeito perfeito, os ombros de nadador, largos, os braços musculosos, os... humm. Tá, tecnicamente ele não tem cara de criança coisa nenhuma. Mas ainda assim ele é nerd. Ele literalmente falou sobre DHA e ácidos graxos do tipo ômega-3 em um jantar. Você vai abraçar um nerd, Sharlot!*

Um nerd gostoso.

Aff, não tem jeito. Ah, espera, eu sei o que é isso. São meus hormônios idiotas outra vez. Beleza. Não gosto de George de verdade. São só os hormônios.

Respiro devagar. Caros hormônios, por favor, parem com essa palhaçada. Certo. Está tudo sob controle. Bastou apenas identificar o problema, ou seja, meus hormônios, e agora que estou ciente deles, posso ignorá-los com tranquilidade.

— Tudo bem? — pergunta George, subindo no veículo.

Ele gira a chave e o motor liga com um ronco.

Deixo escapar um pequeno sussurro que parece um gemido. Ele está sexy pra caramba naquela coisa. PAREM COM ISSO, HORMÔNIOS.

George deve ter interpretado minha hesitação do jeito errado, porque abre um sorriso reconfortante e completa:

— Não esquenta, eu dirijo com cuidado.

O que não deveria ser sexy, mas, de alguma forma, é. Não tem jeito. Respiro fundo outra vez e ando devagar até a scooter. Quando passo a perna sobre o assento, engulo em seco tão alto que provavelmente George conseguiu escutar mesmo com o som do motor. Como assim? Que parte de *fica fria* meu corpo não entendeu? Pare de salivar, suar, fazer qualquer coisa que envolva qualquer secreção, corpo!

Ficamos parados por um momento, então George se vira e diz, hesitante:

— Acho melhor você se segurar em mim.

— Certo.

Preciso fazer um esforço consciente para erguer os braços e passá-los ao redor da cintura dele. Até onde posso ir? Não consigo pensar em uma resposta, então vou fundo e entrelaço os dedos sobre seu abdômen. Ótimo, agora meu corpo inteiro está encostado nas costas dele. Minha respiração está tão trêmula que me faz tossir. George se mexe, e juro que consigo sentir cada músculo de suas costas se movendo, sua pele quente e bem *aqui*.

— Vamos — diz ele.

Saímos da garagem.

No momento em que pegamos a estrada, todos os pensamentos sobre o quão vergonhosamente perto de George estou evaporam. O ar salgado da praia bate em meu rosto e, por alguns momentos, fecho os olhos e me permito apenas curtir as sensações. A vibração da scooter, o vento em meu cabelo, a sensação de velocidade, a rigidez do abdômen de George...

Não. Cérebro malcriado. Malcriado!

Abro os olhos outra vez e descubro que George saiu da avenida principal; agora estamos em uma pequena estrada que acompanha as encostas com uma vista impecável para a praia.

Uau. Desta vez, meu corpo inteiro relaxa. É impossível não relaxar quando sou agraciada com esse cenário incrível — a areia fina é tão amarela que parece ter sido desenhada por uma criança; a água, um safira intenso; toda a floresta tropical ao nosso redor. Tão diferente das praias da Califórnia. Tão mais natural e mágica.

Não sei por quanto tempo passeamos — eu me perdi por completo no momento. Porém, quando estacionamos, percebo assustada que apoiei a cabeça nas costas de George. Eita. Eu me afasto assim que o motor para de funcionar e quase cambaleio para fora da scooter. Já no chão, limpo fiapos invisíveis das roupas para não encarar George.

— Chegamos — avisa ele, tirando o capacete.

— Que lugar é esse?

— O Templo de Uluwatu.

Ele aponta para um ponto distante, onde as encostas se curvam na forma de um arco. Bem na ponta da encosta, logo acima das ondas que quebram, está o templo, um pagode.

— Uau — deixo escapar.

É mágico mesmo. Parece ter saído direto de um livro de fantasia.

— É minha parte favorita de Bali — comenta George, encostando-se no parapeito e admirando a construção. — Podemos chegar mais perto, mas sempre tem uma multidão por lá. Transformaram os arredores em uma área turística, com restaurantes e apresentações de kecak.

— O que é kecak?

— É a dança do fogo balinesa. Acho que vai ter uma no lançamento amanhã.

— Que legal, mal posso esperar para assistir. — E estou falando a verdade, com zero sarcasmo, o que surpreende até a mim mesma. É só que... Há alguma coisa mágica em Bali.

Olho de soslaio para George, que está observando o tempo, o pôr do sol laranja vibrante pintando seu rosto de vermelho-flamejante, antes de contemplar o cenário incrível diante de mim. Sou tomada por algo mais forte do que eu e tiro o tablet da bolsa.

— Tudo bem se eu desenhar um pouco?

George parece surpreso de um jeito positivo.

— À vontade.

Encontramos um banco e nos sentamos. Tento ficar tão confortável quanto possível, de pernas cruzadas para poder apoiar o tablet no colo. De primeira, imaginei que seria estranho fazer isso enquanto George está ali, mas, assim que rabisco o primeiro traço, deixo toda a hesitação para trás e me perco na tela em branco.

Enquanto desenho, George e eu conversamos sobre tudo e nada. Só estou ouvindo alguns fragmentos do que ele diz, mas, de alguma forma, é muito relaxante ouvi-lo falar sobre assuntos aleatórios: como sua família é exagerada; como ele está aprendendo a cozinhar com a avó; como a irmã está muito animada para ganhar um celular, embora ele não saiba bem se a internet está pronta para Eleanor. Dou risada de algumas coisas e murmuro de forma compreensiva para outras, e conto a ele tudo também.

— Nunca me dei bem com a minha mãe — confesso, e a facilidade com que as palavras saem é surpreendente. — Quando eu era pequena, fazia um monte de perguntas sobre a Indonésia, mas ela nunca quis me responder. Isso me deixava tão brava que eu decidi me fechar. Nunca parei para pensar nos motivos dela. — Suspiro e tiro os olhos do tablet, mas George está sorrindo enquanto me observa, e sinto as bochechas esquentarem. — O quê?

— Bom, a gente está focando na parte ruim, o que é compreensível, considerando que tem muita coisa ruim nessa situação toda e a falta de direitos LGBTQIAP+ aqui, mas também tem muita coisa boa. Quer dizer, se você parar para pensar, é meio... fofo pra caramba. Sua mãe e a Oitava Tia eram apaixonadas na adolescência, e carregaram esse sentimento com elas por, tipo, uma eternidade. Elas têm, o quê, quase quarenta anos agora?

— Anciãs — digo.

— Sim, verdadeiros dinossauros. E elas ainda são apaixonadas uma pela outra. Quer dizer, isso não é romântico? A história delas teve um final feliz, Shar. Apesar de todo o resto estar contra elas. Elas conseguiram. Elas se reencontraram, depois de todo esse tempo.

Um calor gostoso transborda do meu coração e percorre todo o meu corpo. Meus olhos se enchem de lágrimas. Ele tem razão. Fiquei tão focada na parte ruim que me esqueci da coisa mais importante: mamãe e a Oitava Tia conseguiram se reencontrar. Aquele beijo que elas deram hoje... sorrio ao pensar em toda a história por trás dele. Quem diria que minha mãe rígida e superprotetora guardava essa história de amor megarromântica, desafiadora e intrépida?

Quando termino o desenho, o sol já se pôs, e nós dois o contemplamos em silêncio. Não sabia muito bem o que ia desenhar até terminar, e agora aqui está. Um garoto e uma garota na praia, de mãos dadas, diante de um pôr do sol resplandecente.

Observo George admirar meu desenho, então ele olha para mim, e acabamos com a distância elétrica entre nós. Nossas bocas se encontram com uma urgência suave, os lábios dele cedendo aos meus. Seu perfume agradável me envolve, e entrelaço as mãos ao redor de seu pescoço, precisando sentir mais de seu corpo no meu. Nossos lábios se movem um contra o outro, em sincronia com as ondas que quebram nas falésias, e nesse momento eu sei que, não importa o que aconteça, isso não é uma coisa que vou conseguir superar da noite para o dia, nem mesmo lá do outro lado do mundo.

# PARTE TRÊS

# 25

## Sharlot

QUANDO ACORDO NA MANHÃ SEGUINTE, O BANgalô está lotado de gente. Cabeleireiros, maquiadores, manicures e um assistente que está dando várias instruções para mamãe. Tem também um entregador que passou para deixar comida, porque é óbvio que várias pessoas programaram a entrega das refeições. Então, todas as superfícies estão cobertas por pratos variados, equipamentos de cabelo e maquiagem e alguns papéis que devem ser a programação do dia.

Kiki está arrumando o cabelo. Quando me vê entrando na sala de estar, ela diz alguma coisa para a equipe de maquiagem. Logo em seguida sou levada até uma cadeira ao lado da minha prima e sou forçada a me sentar.

— Ah, a namorada — comenta uma pessoa que parece ser a maquiadora.

— Estamos no século XXI, já está na hora de parar de chamar as pessoas de "a namorada" — resmungo, bem rabugenta.

Não consegui pegar no sono na noite passada, não depois daquele beijo incrível.

— Ah, me desculpe, querida — retruca a moça, com cara de quem não está nem um pouco arrependida. — Mas é assim que você é conhecida. Ainda vai demorar um pouco até aprenderem a te ver como uma pessoa com identidade própria. — Ela inclina meu rosto de um lado para outro e comenta: — Linda. Sei muito bem o que fazer com você.

— Olha, eu posso fazer minha própria maquiagem...

— Melhor não, querida — diz a maquiadora, passando primer em meu rosto.

— Vai por mim, é melhor deixar um profissional fazer a sua maquiagem — murmura Kiki. — Ou você vai ficar muito sem graça nas fotos. Tem alguma coisa na maquiagem profissional que eu não consigo acertar, não importa quantas vezes eu tente.

Encontro os olhos de mamãe no reflexo do espelho quando ela passa por mim e me dá um beijo no topo da cabeça. Quase pulo da cadeira para abraçá-la. Quero dizer a ela o que eu sei, e que deveríamos conversar sobre tudo.

— Bom dia, querida. Está se sentindo melhor? — pergunta ela.

Levo um instante para lembrar que supostamente tive intoxicação alimentar ontem à noite.

— Ah, sim. Bem melhor. Tomei aquelas pílulas de carvão ativado e elas funcionam que é uma maravilha.

Ma sorri para mim.

— Que ótimo!

Ela começa a ir embora, mas eu a chamo, então mamãe vira a cabeça, me olhando à espera do que eu tenho a dizer. Não posso fazer nenhuma das perguntas que quero agora, não com todas essas pessoas em volta, então, depois de uma pausa cheia de expectativa, dou de ombros.

— Nada. A senhora está ótima — digo.

Ma abre um sorriso e sai andando. Ela está ótima mesmo. Mais jovem, mais vibrante. Mais presente, como se nos últimos anos ela tivesse sido apenas um fantasma de seu verdadeiro eu e agora estivesse voltando à vida. Deixei de conhecer tanta coisa sobre ela... Há tanta coisa para conversarmos. Mas fica para depois.

— Não faça careta, querida — avisa a maquiadora. — Nada de franzir a testa, por favor.

Tento não ficar brava com a intrusão. Meu celular apita.

**George (08:12): Café da manhã?** ☺

Meu corpo inteiro cora.

**George (08:12): Dá pra preparar waffles aqui no bufê de café da manhã.**

**Sharlot (08:13): Ai, muito tentador, mas não posso. Fui emboscada por um batalhão de maquiadores.**

**George (08:14): Ah, é. Esqueci que tem isso. Eleanor foi para o bangalô da Oitava Tia pra fazer a maquiagem também.**

**Sharlot (08:15): Você tem sorte de não precisar fazer o cabelo e a maquiagem pq é menino.**

**George (08:15): Você quer dizer porque eu sou naturalmente maravilhoso?**

**Sharlot (08:16): Olha...**

**George (08:16): Pesado.**

— Pare de sorrir, por favor — pede a maquiadora, parecendo bastante rabugenta. — Só... fique com o rosto neutro, tudo bem?

Eu não sabia que estava sorrindo até ela comentar, e, quando tento seguir a orientação, faço um esforço surpreendente para arrancar o sorriso do rosto. Como assim?

Com um susto, percebo que nem pensei duas vezes antes de responder George. Desde quando trocar mensagens com ele se tornou uma coisa natural?

— Deixa eu adivinhar — diz Kiki, se aproximando e espiando meu celular —, está falando com GeorgeOCurioso?

Inclino o celular para o lado, de um ângulo que ela não consiga ver a tela, me sentindo insegura de repente. Ainda bem que estou com cerca de trezentas camadas de produtos no rosto para esconder a vermelhidão de minhas bochechas.

— Não precisa fazer essa cara de culpa por trocar mensagens com o seu namorado — comenta Kiki, rindo.

Posso jurar que meu rosto inteiro se transformou em lava. Trocar mensagens com meu namorado. Parece tão natural. De um jeito *tão estranho*. Felizmente, Kiki volta a atenção para seu celular e me deixa sozinha com pensamentos confusos.

Meu celular apita outra vez:

**George (08:32): Tá-dá!**

Ele me enviou uma foto de waffles com fatias de carne de porco e crosta de porco como acompanhamento.

**George (08:32): A versão balinesa de waffles com frango.**

**Sharlot (08:33): Valeu por me deixar com inveja.**

**George (08:33): Olha a foto de novo, bobinha.**

Com uma careta, dou uma segunda olhada. E, dessa vez, vejo que a comida está embrulhada para viagem. Como não percebi? Meu coração incha feito um balão. Sinto como se meu corpo inteiro fosse um coração gigante. Mordo os lábios para conter um sorriso, e a maquiadora me repreende outra vez, então faço um esforço rápido para deixar minha expressão mais aceitável.

**Sharlot (08:34): Obrigada. Não precisava...**

**George (08:35): Quer mais alguma coisa?**

Ele me manda várias fotos, desta vez da mesa de café da manhã.
— Esse é o bufê de café da manhã? — pergunta Kiki.
Não tinha reparado que ela estava espiando outra vez, mas não estou surpresa.
— Aham — murmuro.
— Por que ele está te mandando fotos do... Ahhh. — Ela olha para mim, sorrindo feito uma doida. — Aiii, Shar, isso é muito fofo! — Kiki se vira para a maquiadora e a cabeleireira e anuncia: — Ele vai mandar entregar café da manhã para ela. Não é fofo?
As duas assentem, sorrindo pela primeira vez.
— Ah, amor adolescente! — Suspira a maquiadora.
— Nossa, isso é muito fofo — comenta a cabelereira de Kiki. — Se um garoto se lembra de te alimentar é pra casar.
— Parem — resmungo.
— Diz para ele que eu quero sushi com ovas de salmão extra e tortinhas de ouriço-do-mar — pede Kiki. — E também um pouco de caramelo crocante de mel. Esse hotel é conhecido por fazer o doce de verdade.
— Como você sabe o que eles servem? — murmuro, tentando digitar o pedido dela.
— Instagram — resume Kiki. Então ela lista mais comidas e bebidas.

Sharlot (08:39): Kiki quer sushi com ovas de salmão extra, tortinha de ouriço-do-mar, caramelo crocante de mel, tacos de filé-mignon, sorvete de coco com calda de açúcar de palma caramelizado, panquecas com bacon, cappuccino e um jamu.

George (08:40): Meu.

George (08:40): Senhor.

George (08:40): Jesus.

Sharlot (08:41): Desculpaaaa.

George (08:41): 😲

Sharlot (08:42): Posso falar que não dá pra pegar tudo.

George (08:42): E enfrentar a ira dela?? Vou pegar tudo. Eu consigo. Sou um bravo guerreiro.

Sério, boca, para de sorrir assim.

Sharlot (08:43): Meu corajoso cavaleiro!

George (08:43): Sou mesmo.

Sharlot (08:44): Ah, e Kiki pediu pra garantir que seja o jamu de açafrão, e não o de arroz fermentado.

George (08:45): Qual é a diferença??

Sharlot (08:45): Pelo jeito, o de açafrão ajuda a conter o apetite e o de arroz fermentado aumenta o apetite.

George (08:46): Ela tem noção de quanta comida acabou de me pedir?

Sharlot (08:46): Sim, George, é óbvio que sim. Não sou idiota. O jamu de açafrão também tem propriedades que eliminam calorias, o que anula todas as comidas que você vai pegar pra gente.

George (08:47): Oi, Kiki.

Sharlot (08:47): Oi. Pare de bater papo e comece a pegar minha comida, tá? Valeu.

George (08:48): Tá bem. Sharlot quer mais alguma coisa?

Sharlot (08:48): Vocesd&24@

George (08:49): Você tá bem?

Sharlot (08:50): Oi! Tô bem, sim. Só precisei arrancar o celular da Kiki. Obrigada pela comida!

George (08:50): Nada!

Fuzilo Kiki com os olhos, ofegante, apertando o celular contra o peito.

— Não acredito que você ia responder que eu queria o George.

Ela dá de ombros, com uma cara de quem não está nem um pouco arrependida.

— Só estava sendo romântica.

— Parem de brincadeira, por favor — pede a maquiadora, que não ficou muito feliz quando Kiki e eu brigamos pelo celular.

Olho para o espelho e congelo.

— Uau.

Kiki tinha razão sobre maquiagem profissional. Nunca vi minha pele tão iluminada. Ela parece hidratada e sem poros, como a de uma estrela de K-pop. E algumas partes estratégicas do meu rosto estão sombreadas de forma que meu nariz parece mais definido e minhas maçãs do rosto estão ressaltadas. Falando em ressaltar, meus olhos estão incríveis: grandes, sedutores e impossíveis de não encarar.

— Uau, obrigada — digo, depois de um tempo.

— Pare de falar — murmura ela enquanto passa um produto em meus lábios, e depois estreita os olhos. — Quando for comer, você vai precisar dar pequenas mordidinhas para não estragar meu trabalho.

Arregalo os olhos para Kiki, que está tremendo numa risada silenciosa.

Nesse meio-tempo, a cabeleireira fez uma trança lateral toda elaborada, enfeitada com laços e flores. Quando o cabelo e a maquiagem estão prontos, me enfiam num vestido que Kiki preparou para mim, que é comprido e lilás, feito com chiffon muito macio. A cintura é marcada com um lindo cinto incrustado de joias e a saia parece uma cachoeira. Quando eu ando, o chiffon se move feito seda, roçando em minha pele como se fosse uma nuvem. Parece que sou uma fada, uma princesa.

Quando a campainha toca, atendo a porta e sou premiada com um George boquiaberto.

— Oi. — Minha voz sai baixa e estranha. Não reconheço o som.

— Shar...

O clique de uma foto nos distrai. Eu me viro e vejo Kiki tirando fotos de nós dois com o celular.

— Olha, eu peguei a cara de surpresa dele — comenta ela, mostrando a tela do celular. — Ah, se isso não é amor, eu não... Ai, ai, ai!

Eu a empurro e a belisco até Kiki sair andando.

— Eu só queria ajudar! — grita ela.

— Ah, aqui está a comida. — George me entrega uma sacola megapesada cheia de caixas.

Kiki volta correndo, arranca a sacola de mim e sai às pressas, gritando:

— Obrigada, Príncipe George!

— Desculpa — digo, procurando desesperadamente por uma justificativa. — Ela é só... ela é... Pois é.

O canto da boca de George se curva em um sorriso sarcástico.

— Acho que eu poderia me acostumar a ser chamado de Príncipe George.

Reviro os olhos e, com isso, voltamos ao normal. Mas não consigo deixar de notar que George está lançando mais olhares para mim do que antes, o que me deixa insegura pra caramba. Toco meu rosto de leve, sentindo o quão macia minha pele está.

— Você acha que ficou bom? Nunca contratei uma maquiadora profissional.

George assente, depressa.

— É, aham. Ficou, você está ótima. Ótima mesmo. — Ele coça a nuca e desvia o olhar, mas não antes de eu notar suas bochechas coradas. — Enfim, é melhor eu ir. Vamos fazer um ensaio para o lançamento, e, hã... Pois é.

— Ah, sim — respondo, então percebo que não tinha ideia do quão cheio o dia dele deve ser, considerando que ele é o garoto-propaganda do novo aplicativo e tudo o mais. — Desculpa, se eu soubesse que você está muito ocupado, não teria pedido pra você trazer café da manhã para mim e Kiki.

Ele dá de ombros.

— Não tem problema.

George se vira para ir embora, mas muda de ideia no último segundo e volta a me encarar.

Sinto meu coração gritar "AAAAH"... ou talvez seja minha mente? Bem, alguma parte de mim está gritando "AAAAH". Quando engulo, minha boca está seca feito osso. O que isso significa, "seco feito osso"? Por que estou pensando em coisas como "seco feito osso"? Por que George faz meus pensamentos voarem por aí como se tivessem sido pegos por um furacão e meu coração palpitar como... hã, como uma marreta sendo golpeada em uma tina de arroz glutinoso para fazer mochi? Tá, eu preciso melhorar minhas analogias.

— Sim? — pergunto, estridente. Não era para minha voz sair assim, não sou o tipo de pessoa que faz isso.

— Eu... hã. — Ele molha os lábios depressa, como se a boca estivesse tão seca quanto a minha. — Preciso te contar uma coisa.

— É? — Minha voz fica estridente outra vez, o timbre mais irritante que já se ouviu na face da terra.

— É só... Sabe como a gente se conheceu? On-line?

Ai, merda. Ai, Deus. Ai, não. O frio na barriga que eu estava sentindo um segundo atrás se transforma em gelo e congela as minhas entranhas. Ele vai me contar que sabe sobre a minha mentira. Ele descobriu, de algum jeito. Talvez ele tenha ligado os pontos. Ele não é idiota, uma hora isso ia acontecer.

— George, me des...

— Não pensei que fosse gostar de você, mas eu gosto — revela ele.

— O quê?

— Eu gosto muito, muito de você, Sharlot — declara ele, e sua voz é tão sincera que faz meus olhos se encherem de lágrimas.

— Eu também gosto muito de você — sussurro, rouca.

O momento é lindo e terrível. Como é possível sentir tantas emoções ao mesmo tempo? Estou dividida entre rodopiar e rir de alegria, eufórica, e me encolher e chorar de culpa esmagadora.

O alívio no rosto de George é palpável. Desde quando gosto tanto do rosto dele? Como isso aconteceu? Estendo a mão para pegar a dele e quase dou um sorriso com o corpo inteiro quando ele a segura. A sensação dos dedos dele entrelaçados aos meus é reconfortante e familiar, como se nossas mãos tivessem sido feitas para ficarem juntas.

— Podemos conversar depois do evento? — pergunta ele, dando um passo em minha direção.

George está tão perto que é impossível respirar sem sentir seu cheiro, um aroma inebriante de café recém-torrado e flores de jasmim amassadas.

Mal consigo assentir. Meu corpo inteiro dói ansioso para me aproximar dele, para nos encostarmos, para que eu possa sentir o calor gostoso dele contra mim. Dou um pequeno passo para a frente e agora há apenas um único e solitário centímetro nos separando.

— Aham. Eu adoraria.

Ele baixa a cabeça devagar, com delicadeza, e levanto a minha para encontrá-lo. Quando nossos lábios finalmente se tocam, é suave, doce e totalmente intoxicante.

Mas a mentira faz com que eu me segure, como se fosse uma pedra no meu caminho, bloqueando minha mente. Hoje à noite. Depois do evento. Vou contar a verdade, e tudo vai ficar bem. Nós gostamos um do outro. Gostamos muito mesmo. E vou explicar que não tive escolha e que mamãe não tinha intenção de magoar ninguém, e ele vai entender. Talvez até ache engraçado.

**ELE NÃO VAI ACHAR ENGRAÇADO. NO QUE EU ESTAVA PENSANDO?** Não há nada de engraçado em uma pessoa descobrir que foi manipulada pela mãe da namorada.

Namorada.

Odeio o fato de que essa palavra faz meu coração saltar, querer dar gritinhos e cair na risada. Ou pelo menos uma parte de mim.

Aliás, não vou ser namorada dele, falsa ou não, por muito tempo. Não depois que eu revelar a verdade. E eu vou contar hoje à noite. Não posso deixar isso apodrecer dentro de mim.

Nos bastidores, fico andando de um lado para outro, inquieta. Não acredito que estou mesmo no lançamento do One-Liner. A família de George caprichou no evento; eles ergueram um palco gigantesco bem no meio do resort, na extremidade da piscina de borda infinita. Há holofotes coloridos por todo canto e o que parecem ser milhares de lanternas cujas luzes refletem na água de um jeito lindo, como se fosse uma piscina cheia de estrelas. Câmeras enormes estão posicionadas para transmitir o evento ao vivo em vários canais de TV e nas redes sociais, e há mais de mil convidados sentados em cadeiras diante do palco, se abanando e bebericando coquetéis autorais.

— Oi — diz George, subindo as escadas.

Ele está um espetáculo. De smoking e com o cabelo arrumado de um jeito despojado, está tão lindo que chega a ser devastador. Preciso lembrar que não posso ficar encarando. Forço um sorriso.

— Oi! Você está ótimo.

Ele joga um cabelo longo imaginário por cima do ombro.

— Obrigado, eu sei.

Dou uma risada.

— Você está linda — elogia ele, a voz agora séria.

Paro de rir, já que estou derretendo e virando uma poça. Pare com isso, Sharlot.

— Hã, então... — Não faço a menor ideia de como aceitar elogios. — Pronto para... — Gesticulo para tudo ao nosso redor, a equipe inteira correndo pelos bastidores dando sinais e instruções.

Ele dá de ombros.

— Não. Mas não importa. O show deve continuar ou algo assim.

George abre um sorriso triste que o faz parecer inocente e adorável. Nossa, pare com isso, pare de admirar o sorriso, o rosto ridiculamente atraente, os ombros largos, o cabelo, o...

— Senhoras e senhoreeeeees! — A voz do apresentador ressoa.

A plateia, que até então estava murmurando e conversando, fica em silêncio.

— Sejam bem-vindos ao empolgante lançamento do OneLiner! — continua o apresentador.

George sorri meio fazendo uma careta, e olhamos para uma das telas nos bastidores que nos permitem ver a plateia lá fora. Com um susto, percebo que estamos de mãos dadas. Quando isso aconteceu? Como raios nós nos tornamos um desses casais que vivem de mãos dadas? E eu nem percebi quando ele segurou minha mão. Ou talvez tenha sido eu quem pegou a mão dele. Balanço a cabeça de leve. Que seja, estamos só de mãos dadas, nossa. Por favor, Sharlot, pare de surtar.

— É uma honra receber todos vocês para celebrar o primeiro aplicativo criado pelo próprio George Tanuwijaya — anuncia o apresentador. — E, depois da apresentação, vocês poderão conhecer a garota que fisgou o coração dele!

Mesmo nos bastidores, conseguimos ouvir os aplausos e gritos da plateia. A palma de George começa a suar um pouco, então aperto a mão dele de forma reconfortante, mesmo que meu estômago esteja revirando.

— Você vai se sair bem.

Ele assente, parecendo uma criança apavorada. Porém, antes que ele consiga responder, um membro da equipe técnica surge e prende um pequeno microfone na lapela do smoking de George. Ao lado dele está Fauzi, mexendo no tablet, parecendo muito agitado.

Fauzi ergue a cabeça, como se só agora tivesse notado minha presença, e diz:

— Ah, você está aqui. Perfeito.

— Como assim? — pergunto.

— Eu estava te procurando. Rina pediu que você estivesse aqui, ela tem uma surpresa para você.

— Não gostamos de surpresas — anuncia a Oitava Tia, aparecendo de repente, cercada por um batalhão de assistentes pessoais.

Fauzi inclina a cabeça de leve.

— Eu... Sim.

— Qual é a surpresa? — indaga a Oitava Tia, fuzilando Fauzi com o olhar.

O funcionário parece murchar, e não o julgo nem um pouco.

— Eu... bem... eu vou descobrir.

— Ótimo.

Fauzi sai correndo, e a Oitava Tia se vira para mim e George. Ela tira um fiapo invisível do ombro dele.

— George, você está pronto? Bem, suponho que não importa. Sei que você está, de qualquer forma. — Ela olha para mim. — Sharlot, até que você está apresentável.

Vindo da Oitava Tia, tenho a sensação de que é um grande elogio. Alguma coisa nela me faz achar que eu deveria me abaixar para uma reverência. Em vez disso, inclino a cabeça como Fauzi fez.

— Obrigada, Oitava Tia — digo.

Não acredito que essa é a mulher que eu vi beijando mamãe ontem. Ela parece tão formidável agora. Parando para pensar, não acredito que essa é a mulher que George e eu encontramos na cafeteria lá em Jakarta. Ela estava tão espalhafatosa, barulhenta e amigável naquele dia, mas hoje vestiu a máscara de CEO e tem a expressão de quem poderia conquistar o mundo inteiro se quisesse.

Fauzi volta, parecendo mais nervoso do que antes.

— Nao estou conseguindo encontrar Rina, mas, por favor, não se preocupe, tudo está correndo como planejado.

A Oitava Tia lança um olhar de laser para ele e, com esse único gesto, o descontentamento no rosto dela é tão perceptível que todos nós nos encolhemos. Então, sem tirar os olhos de Fauzi, ela diz para uma de suas assistentes:

— Encontrem-na.

A funcionária se separa do grupo.

— Isso é comum? — questiono para George.

Ele dá de ombros.

— Meio que sim, acho. Gostamos de ser cautelosos.

— E não confiamos em repórteres — completa a Oitava Tia, fazendo nós dois pularmos. Caramba, ela não deixa nada passar mesmo. — Ainda mais os que dizem que têm uma surpresa. Surpresas quase nunca são boas, meus queridos, a não ser que sejam planejadas por nós.

Ela pisca para mim e tenho um vislumbre da mulher que vi com mamãe. É impossível não gostar da Oitava Tia; ela é magnífica em tudo que faz: é uma mulher de negócios, uma tia sabe-tudo e, agora, a... (talvez) namorada de mamãe. Queria poder me sentar com ela e conversar sobre tudo que está acontecendo. Sobre tudo que sempre quis saber sobre Ma.

O apresentador está animando a plateia com uma espécie de sorteio. Ouvimos gritos e o som de trompetes, e ele revela o grande prêmio da noite: um carro McLaren 570G. Arregalo os olhos. Não sei nada sobre esse modelo em específico, mas até onde sei um McLaren é caro pra caramba.

— Posso participar do sorteio? — pergunto.

A Oitava Tia ri. Fauzi se aproxima e diz:

— Certo, três minutos para você entrar, George. Seu discurso está pronto?

George assente, mais pálido do que de costume. Aperto a mão dele outra vez, e ele me lança um olhar repleto de gratidão.

— Ah, na verdade, posso falar com a Shar em particular? — questiona ele.

Todos assentem e se afastam, nos dando um pouquinho de privacidade. Eu me viro para encarar George e entrelaço as mãos dele nas minhas.

— Você vai se sair muito bem. Sei disso. — Quer dizer, na verdade eu não faço a menor ideia; se estivesse no lugar dele, eu com certeza surtaria e estragaria tudo, mas acho que é isso que se deve dizer a alguém antes de a pessoa subir no palco para discursar em público.

— É mesmo? — indaga ele, a voz estridente. Minha nossa, que fofo.

Fico na ponta dos pés e o beijo de leve na bochecha.

— Aham. Você consegue.

— Ainda bem que você está aqui — murmura ele.

O olhar dele me faz derreter por completo, e, caramba, como é possível eu gostar tanto desse garoto que eu acabei de conhecer? Ver George é como a primavera, todo o meu ser desperta depois de uma longa hibernação. Gosto tanto, tanto dele, sem qualquer restrição, sem qualquer cinismo, e estou tão entregue a esse sentimento, a tudo sobre George, inclusive a esse aplicativo do qual ele gosta tanto.

Com todo o meu ser, aplaudo bem alto quando ele sobe no palco e torço para que ele se saia bem.

## 26
## George

A MÚSICA RESSOA NUM VOLUME ALTO, OS HOLOfotes estão girando, e, de repente, eu me vejo no centro do palco. Minha cabeça está uma bagunça completa e meus pensamentos se atropelam. O palco sempre foi assim tão grande? Ele parece ser infinito. Posso jurar que era bem menor quando ensaiamos hoje à tarde. Olho para a plateia e quase congelo. Caramba, tem muita gente aqui. E tem ainda mais assistindo pela internet. Há duas, três... não, quatro câmeras gigantes focadas em mim, as lentes capturando cada momento meu, me engolindo por inteiro para depois cuspirem minha imagem para espectadores em todo o país.

Está tudo bem, tudo sob controle. Estou bem. Eu consigo. Sou um Tanuwijaya, é isso que fazemos. A maioria das minhas primas mais velhas precisou estar aqui em algum momento da vida e todas se saíram bem, até mesmo Nicoletta. Não posso ser o primeiro Tanuwijaya a decepcionar o clã. Afasto da cabeça tudo relacionado a Sharlot e foco no presente. Sorria. Não se esqueça de sorrir. Certo. Boto um sorriso no rosto, que parece mais uma careta forçada, ao apertar a mão do apresentador.

— George, como você está? — pergunta ele, empolgado.

Eu me viro para encarar a plateia e estendo os braços, conforme o ensaiado.

— Estou ótimo, Yohannes. Boa noite a todos! — digo.

Escuto aplausos e assobios, e o nó em meu estômago se afrouxa um pouquinho. Não estou exatamente em minha zona de conforto, mas a vida toda fui treinado de um jeito incansável para eventos como esse. Passei anos sendo orientado sobre como me comportar em reuniões de negócios, eventos públicos e negociações amigáveis e agressivas. Enquanto o apresentador fala mais algumas coisas sobre mim e o OneLiner, aproveito para respirar devagar e me acalmar. Repasso minhas falas mentalmente, uma a uma, e fico aliviado ao perceber que ainda me lembro de todas. Ok, vai ser tranquilo. Tá, não vai, mas pelo menos não vai ser um desastre. Ufa.

A plateia aplaude. Dou o sinal, e minha apresentação surge na tela enorme atrás de mim. O telão ganha vida, e a imagem do lindo e elegante aplicativo que passei quase o último ano inteiro ajudando a desenvolver relaxa meus nervos. Endireito a postura. O apresentador me deixa sozinho, e eu começo o discurso sem hesitar, as palavras jorrando de minha boca conforme ensaiado.

— Estou muito honrado em estar aqui diante de todos vocês para apresentar o OneLiner. Este aplicativo significa tudo para mim, porque, por muito tempo, garotos da minha idade demonstraram um comportamento... não muito admirável, digamos. A forma como tratamos as garotas precisa melhorar no mundo todo.

Penso nos últimos dias com Sharlot. Em como eles passaram num piscar de olhos, só porque eu estava ao lado dela. Em como ela é complexa, inteligente e sarcástica, e na sensação de finalmente conseguir fazê-la rir. Fico me perguntando o que ela vai achar do aplicativo. Não sei por que ainda não o mostrei para ela. Acho que, como todas as outras coisas que fiz na vida, eu me sinto inseguro e espero o pior. Mas quero que Sharlot goste dele.

— A maior ajuda que o OneLiner oferece é a comunicação. Queremos encorajar os pais a conversar com seus filhos em vez de apenas dizer às filhas como se comportar.

Olho para o telão, evitando encarar a plateia porque isso com certeza vai me desestabilizar, e os slides que já vi várias vezes me dão mais confiança.

— A responsabilidade está sobre nós, garotos, e nos educar é o primeiro passo. Por muito tempo, fugimos das nossas responsabilidades ao dar desculpas como "garotos são assim mesmo" quando nos comportamos mal. O OneLiner vai abordar essa mentalidade problemática ao mostrar a falácia lógica por trás dessa ideia e como ela afeta todas as pessoas.

À medida que continuo a apresentação, entrando nas estatísticas e nos efeitos da masculinidade tóxica a longo prazo, percebo que a plateia está interessada, e não consigo acreditar que minha mensagem está sendo ouvida sem nenhuma interrupção. Sem ninguém me dizendo que isso é apenas uma jogada de marketing. Acho que posso estar mesmo fazendo a diferença.

Tento procurar por Sharlot nos bastidores, mas não dá para enxergar muita coisa, com todos os holofotes virados para mim. De qualquer forma, não consigo parar de sorrir ao explicar cada faceta do aplicativo, como se eu fosse um garotinho mostrando meu primeiro trabalho de arte para meu pai. Na fileira da frente, papai e Eleanor estão aplaudindo e sorrindo tanto que meus olhos chegam a ficar marejados. Aqui está o aplicativo, depois de um ano de trabalho da família, da equipe de tecnologia e dos funcionários da empresa, tudo para trazer o OneLiner à vida. É uma sensação surreal poder apresentá-lo para o público.

Agora eu entendo por que tantas primas se jogaram de cabeça no negócio da família quando terminaram a faculdade.

Percebo agora que quero entrar nisso também, com certeza. Mas talvez não da forma como papai esperava. Não quero só fazer parte do comitê ou apenas ver a empresa como nada além de números em movimento. Quero colocar a mão na massa, criar produtos que vão de fato fazer a diferença, senão no mundo, então pelo menos no país.

Quando termino a apresentação, os fogos de artifício do palco estouram. A plateia suspira, encantada, e o apresentador volta para o palco, me parabenizando e apertando minha mão com alívio. Quase dá para sentir Eleanor correndo até o palco, jogando os braços ao meu redor e gritando "Você conseguiu, *gege*!". A plateia aplaude com força e, nos bastidores, a Oitava Tia bate palmas e assente com uma expressão de orgulho. Eu poderia me acostumar com isso. Por que tive tanto medo? Por que sempre achei que arruinaria a empresa e decepcionaria minha família?

Sharlot entra no palco também, e, nossa, é tão bom vê-la agora. Ela é uma parte tão grande dessa epifania, e fico muito feliz de tê-la ao meu lado. Vou até ela e, na frente de todos, a abraço com força. A plateia grita "Own", e Sharlot e eu nos separamos, com os rostos ardendo, mas ainda sorrindo, e tudo é perfeito.

Então alguém diz algo no microfone. Levo um momento para entender; na verdade, só percebo quando o público se acalma. Viro e vejo Rina na outra extremidade do palco, o operador parado ao lado dela com a câmera a postos.

— Com licença — diz ela com um sorriso. — Sou Rina, da *Asian Wealth*, e gostaria de parabenizar George pela maravilhosa apresentação.

A Oitava Tia e papai estão olhando Rina com expressões intrigadas. Bem, papai parece intrigado. Já a Oitava Tia está de cara fechada, insatisfeita.

— Gostaria de dar continuidade ao evento com a minha apresentação. — Ela acena com a cabeça para alguém nos bastidores, e o telão muda do último slide da apresentação sobre o OneLiner para uma colagem de fotos.

Pisco, a cabeça bagunçada e confusa. São fotos de Sharlot... e um garoto loiro.

— Meu Deus — murmura Sharlot, espantada, ao meu lado.

Rina amplia uma das imagens em que Sharlot está beijando o garoto.

— Esta é Sharlot, namorada de George. Ela está bem aqui, parada ao lado dele. Oi, Sharlot!

Todos se voltam para ela imediatamente, que está de queixo caído, horrorizada.

— Vejam bem, eu estava tentando descobrir mais detalhes sobre a garota que fisgou o coração de um dos mais cobiçados galãs de nosso país. George é um membro muito importante da comunidade sino-indonésia. Penso nele como meu irmão mais novo, então talvez eu seja um pouco protetora — argumenta ela, rindo. — Eu pesquisei sobre a primeira namorada de George, já que ele se preocupa tanto em respeitar garotas e tudo mais, então era de se esperar que sua namorada também fosse... bem, respeitável. Mas, pelo jeito, Sharlot é tudo, menos respeitável. — Ela amplia outra imagem, é uma de Sharlot usando biquíni, sentada no colo daquele mesmo garoto, sorrindo com a língua para fora.

Em um país tão conservador quanto a Indonésia, a foto é chocante. Dito e feito, quando olho para a plateia, muitas pessoas estão fazendo careta para Sharlot e vaiando.

— Piranha! — grita alguém.

A palavra me tira do choque. Por que raios eu fiquei aqui parado, congelado por tanto tempo? Sinto um gosto azedo na boca que me faz querer vomitar.

— Pare com isso agora — peço.

Em vez disso, Rina continua falando:

— Não ficaria surpresa se Sharlot e Bradley tivessem chegado aos finalmentes, se é que vocês me entendem.

Olho para Shar. O rosto dela é um retrato da vergonha e da tristeza completas, o que me estilhaça. Eu me viro para Rina, meu sangue fervendo por todo o corpo, pulsando em um ritmo furioso. Agarro a câmera. Quero jogá-la no chão, mas o operador estava preparado e a segura com mais força.

— Pare de filmar! — grito. — É isso que você quer? Atacar uma garota ao vivo na TV?

Rina ergue o queixo.

— Quero ir atrás da verdade. É o meu trabalho. E estou tentando proteger nossa comunidade. Somos uma minoria étnica, é importante mantermos uma boa reputação.

Algo nas palavras que ela disse me quebra. Não consigo pensar direito. Está tudo uma bagunça fulminante de raiva e pânico. A Indonésia é um país conservador que ainda julga as mulheres por transar antes do casamento. Se esse for o foco do furo de Rina, Sharlot nunca mais vai ter paz. Ela vai ser radioativa pelo resto da vida. Preciso consertar a situação. Só tem uma coisa que posso fazer.

— Você quer a verdade? — indago, minha voz saindo suave e venenosa. — A verdade é que *eu* sou o mentiroso. Fui eu que manipulei Sharlot para a gente namorar.

— George! — exclama a Oitava Tia nos bastidores, mas, pela primeira vez na vida, eu a ignoro.

— Eu menti para Sharlot todo esse tempo. Não fui eu que escrevi as mensagens enviadas no ShareIt. Quem escreveu... — Tarde demais, percebo que estou prestes a prejudicar Eleanor e papai também. Merda. — Foi outra pessoa — murmuro vagamente.

— Quem? — pergunta Rina, as narinas inflando, talvez porque ela consegue farejar sangue e está pronta para o ataque.

— Só... outra pessoa.

— Está dizendo que sua conta foi hackeada? — pergunta ela, com um leve deboche na voz, deixando explícito que não acredita em mim.

— Fui eu! — grita Eleanor.

Todos suspiram de espanto e se viram para olhar minha irmãzinha, que se encolhe por um segundo antes de aprumar a postura.

— Que foi? Eu tenho treze anos, não entendo muito as coisas. Eu só queria que o George fosse feliz.

— E eu também — revela papai.

Todos suspiram ainda mais alto. As sobrancelhas da Oitava Tia estão quase saltando para fora. Papai baixa a cabeça e continua:

— Eu só... pensei que estava fazendo algo que um pai deveria fazer. Encorajar o filho a crescer, ser um homem. Peço as mais sinceras desculpas, Sharlot.

— Não foi você quem escreveu as mensagens? — questiona Sharlot, com uma voz que parece ter saído de um sonho. Ela me encara boquiaberta, como se estivesse me vendo de um jeito completamente diferente. Não a julgo.

— Me desculpa mesmo, Shar...

— Então, George Clooney Tanuwijaya — diz Rina —, o garoto-propaganda do aplicativo cujo objetivo é ensinar os garotos a tratar bem as garotas, mentiu esse tempo todo para a própria namorada. Deixou a irmã mais nova e o pai se passarem por ele para que pudesse enganar uma garota inocente.

Uma garota inocente. Solto um pequeno suspiro de alívio. Pelo menos as críticas não estão mais voltadas para Shar.

Rina bufa e acrescenta:

— Eu disse "garota inocente", mas, óbvio, a reviravolta é que a menina que ele estava enganando não é nem um pouco inocente.

Ouço um "*Aiya!*" furioso e, antes que qualquer um de nós possa reagir, a mãe de Shar marcha em nossa direção com o ar autoritário de um general do Exército. Ela agarra o microfone de Rina e o joga longe. O objeto cai no chão com um chiado horrível. Todos ficam em silêncio.

— Como ousa? — sibila a mãe de Shar para Rina. — Que tipo de jornalista é você, atacando menores de idade por um furo? Abominável. — Ela cospe nos sapatos de Rina. — Fui eu quem comecei a conversar com George. Fui eu. Sharlot não queria nada disso, então não a julgue por nada. Inclusive, você acha legal julgar a vida amorosa da minha filha? Vai. Se. Foder. — Ela se vira para Sharlot e passa o braço ao redor dela. — Venha, vamos para casa. — As duas começam a se afastar, mas a mãe de Sharlot se vira e coloca um dedo na cara de Rina. — Sua merdinha. Se você ousar chegar perto da minha filha outra vez, vou te processar.

E, com isso, elas vão embora, seguidas por Kiki, deixando o resto de nós com nada além dos destroços de nossa farsa.

— Já não era sem tempo — vocifera a Oitava Tia, inclinando a cabeça na direção de Rina e o operador de câmera. — Tirem esse lixo daqui.

Enquanto os seguranças levam Rina e o operador de câmera para fora do palco, a Oitava Tia se vira e diz:

— Minha querida, se quiser continuar a carreira como jornalista, sugiro que você se mude para bem longe de Jakarta, porque nunca mais vai encontrar trabalho na cidade outra vez, espero que saiba disso.

O queixo de Rina estremece, mas seus olhos permanecem desafiadores.

— Não vou ser demitida por fazer um bom trabalho. Essa vai ser a reportagem do ano.

A Oitava Tia joga a cabeça para trás e dá uma risada sem graça.

— Ah, que menina ambiciosa e estúpida.

Embora eu não seja o alvo da ira da Oitava Tia, sinto a pele arrepiar quando ela dá um passo na direção de Rina.

Percebo que até os seguranças se encolhem um pouco. A Oitava Tia continua:

— Ninguém tenta prejudicar minha família e sai ileso, minha querida. Agora, vá. Sua chefe deve falar com você em cerca de...

Na mesma hora, Rina deve ter reparado o celular vibrando, porque arregala os olhos e leva a mão ao bolso para pegar o aparelho. Ela fica pálida quando olha a tela.

— Ah, deve ser ela — diz a Oitava Tia, e em seguida acena com a cabeça para os seguranças.

Eles empurram Rina em direção à saída mais uma vez. Agora, ela está de cabeça baixa enquanto anda, não mais uma guerreira orgulhosa, apenas derrotada. Não sei por quê, mas não sinto nenhum prazer em vê-la partir. Sinto apenas exaustão e um vazio. Nem sei como Sharlot deve estar se sentindo agora. Não sei como posso consertar as coisas para ela, como consertar as coisas para qualquer um.

— Pai... — digo, ou pelo menos tento. Minha voz falha, e me sinto tão pequeno, idiota, impotente e completamente horrível de todas as formas possíveis.

Papai vem em minha direção e me envolve num abraço forte, bem diferente dos abraços asiáticos constrangedores que ele costuma dar, e Eleanor joga os braços ao redor de nós dois, nos mantendo unidos como sempre.

— Está tudo bem, filho, vamos dar um jeito. Vai ficar tudo bem — murmura papai.

Não consigo imaginar como pode ficar tudo bem, mas agora fecho os olhos e me permito acreditar no otimismo dele. Só por um tempinho. Só até tudo parar de desmoronar.

# 27

## Sharlot

UMA MULTIDÃO LOGO SE AGLOMEROU NA SAÍ-
da do palco. Rina deve ter transmitido sua revelação bombástica para o país inteiro, porque agora parece que todo mundo está aqui, me chamando e gritando todo tipo de baboseira.

— Sharlot, é verdade que você está grávida? — berra alguém.

— Piranha! — grita outra pessoa.

— Cale a boca! — retruca mamãe, o que só faz a pessoa falar mais alto.

— A senhora sabia que sua filha é promíscua?

— Você é uma péssima mãe!

— Calem a porra da boca, idiotas! — berra Kiki.

É sufocante. Sinto como se o ar tivesse sido sugado da atmosfera. Acho que estou ofegante, ou talvez eu esteja chorando, sei lá. Seja o que for, alguma coisa está acontecendo nos meus pulmões. É como se eles tivessem esquecido de executar suas funções. Kiki está à frente, abrindo caminho até nos livrarmos da multidão que só cresce. Meio andamos, meio corremos até voltarmos ao bangalô da melhor forma que conseguimos, considerando que estamos de sapatos de salto e vestidos longos.

É só depois de entrar e trancar a porta da frente que consigo respirar direito. Eu deslizo encostada na parede e fecho os olhos, mas, quando o faço, vejo apenas imagens horríveis. George olhando para mim, decepcionado e em choque. O rosto horrível de Rina, triunfante. As expressões de todas as outras pessoas, uma mistura de olhares alegres e escandalizados. Não dá. Não consigo. Abro os olhos outra vez e vejo mamãe se aproximando com um copo de água.

— Beba — diz ela.

Pego o copo e bebo, grata.

— Preciso falar com Bradley. Preciso. Rina arranjou aquelas fotos, preciso saber como.

Mamãe suspira.

— Tem certeza?

Assinto.

— Você está bem? — pergunta mamãe.

Quero responder que não, é óbvio que não. Mas tenho a sensação de que, se eu revelar isso, vou acabar irrompendo em lágrimas e chorar para sempre. Então apenas dou de ombros antes de pegar o celular e dizer:

— Vai ser rápido.

Ma e Kiki assentem e, pela primeira vez, nenhuma delas tem algo a dizer. Nenhum comentário sarcástico de Kiki, nenhum conselho rígido de mamãe. Estou inacreditavelmente grata a elas por essa pequena gentileza, por tudo que elas fizeram. Mas, primeiro, Bradley.

Depois que elas saem, respiro fundo e ligo para ele pelo WhatsApp. A chamada toca pelo que parecem eras, embora tenham sido apenas quatro toques. Quando ele atende, sinto a garganta fechar e os olhos marejarem ao ouvir a voz que conheço tão bem.

— Shar? Ei, o que rolou? Eu mandei mensagens, liguei e...

— Eu sei, me desculpa. Eu só... Para de falar, Bradley! — deixo escapar.

Ele fica quieto. Respiro fundo.

— Escuta. Por acaso... por acaso uma repórter da Indonésia entrou em contato com você perguntando sobre mim?

— O quê? Não. Espera, como assim?

A confusão na voz dele é perceptível. Então a constatação me atinge. Lógico que ele não falou com Rina sobre mim. Rina não precisou entrar em contato com ele. Tudo o que ela fez foi olhar o perfil de Bradley no Instagram.

— Você apagou as nossas fotos no Instagram? — indago.

— Não. Achei que não precisava. Quer dizer, eu entendi que você terminou comigo, mas eram boas memórias. — Há uma pausa, então ele diz: — Espera. Por favor, me conta o que está rolando, Shar. Você está com problemas?

— Eu... — Suspiro. — É difícil explicar. — Fecho os olhos.

Caramba, como eu pude ser tão idiota? Achei que deletar as fotos no meu perfil seria suficiente. É óbvio que não. É óbvio que Rina, uma jornalista profissional, ia descobrir a verdade.

— Eu estraguei tudo — sussurro, arrasada.

— Ei, olha, vai ficar tudo bem, seja lá o que for. Você vai dar um jeito, Shar. Você sempre foi a mais inteligente.

Estremeço com a gentileza na voz dele.

— Não sou, não. Bradley, me desculpa. Eu fiz merda. — Assim que as palavras saem, as lágrimas escorrem por meu rosto. Eu fui uma babaca. Eu era tão convencida quando a gente namorava, agia como se eu fosse muito mais inteligente do que ele, tratava Bradley como um bobalhão. — A verdade é que você é bem mais inteligente do que eu — admito, por fim. — Você sempre foi tão gentil e tão honesto. Nunca se preocupou com toda aquela superficialidade. Sinto muito mesmo por ter terminado com você do nada. Foi muito idiota da minha parte, e eu nem sei por que... eu só... acho que eu estava tão envergonhada pelo que aconteceu...

— Eu entendo. Tudo bem. — Ele hesita. — Olha, pra ser sincero, eu meio que já superei.
— O quê? — Solto um suspiro de espanto. — Quer dizer, fico feliz de ouvir isso, mas uau. Tá bem.
— É, eu fiquei bem chateado no começo, mas, depois de dias de vácuo, precisei seguir em frente. Sem ofensas, Shar.
— Não, lógico, é... quer dizer, fico feliz por você. — E estou sendo sincera. — Hã... tem mais alguém na história?
Ele solta uma risada acanhada.
— Meio que sim. Sabe o Bryan?
— Bryan Johnson? Da aula de física avançada?
— Pois então.
— Uau.
Eu não sabia que Bradley era bissexual. Penso em Bryan: um cara negro, alto, dois anos mais velho que eu, muito bom em física (de um jeito irritante), sabe tocar piano e tem um sorriso gentil.
— Isso é... Vocês dois formam um ótimo casal — comento. E fazem mesmo. Eles são duas das pessoas mais legais da escola.
Bradley ri daquele jeito tímido outra vez, e eu quero estar lá para dar um grande abraço nele.
— Então, me fala sobre a Indonésia. Parece intenso — diz ele com tamanha sinceridade que não consigo deixar de rir.
De alguma forma, por um breve segundo, as coisas não são tão catastróficas quanto antes. Respiro fundo e solto o ar. Como Bradley consegue transformar uma situação horrível em algo um pouco menos péssimo?
— Eu não fazia ideia do que esperar antes de vir para cá. Tudo o que eu sabia sobre o país era de um ponto de vista xenófobo e branco. A TV sempre mostra a Indonésia como um pedaço do inferno cheio de lixo, sabe?
— Deixa eu adivinhar: não é.

— Não mesmo — concordo. — Tirei um monte de fotos e vídeos para te mostrar. — Então percebo que a maioria das pessoas não gostaria de olhar fotos e vídeos do ex. — Mas eu sei que você deve estar muito ocupado, então...

— Que conversa é essa? Mal posso esperar para ver! Vamos sair quando você voltar, aí você me mostra pessoalmente.

— Tá, e você pode me falar sobre o Bryan.

— Combinado.

Sorrio, mas, assim que desligamos, sinto o sorriso murchar. Fico feliz por ter resolvido as coisas com Bradley no fim das contas, mas isso não anula a humilhação pública pela qual acabei de passar. Sinto um peso nos ombros, e não sei como vou conseguir erguer a cabeça de novo.

**O RESTANTE DA NOITE SE PASSA EM UM BORRÃO.** Mamãe pegou meu celular outra vez porque o aparelho não parava de vibrar com mensagens e notificações de matérias sobre mim. Dessa vez, eu me rendo; na verdade, fico grata por Ma tirá-lo de mim. O celular me sufoca, a presença dele irradia veneno. Mamãe e Kiki juntaram as camas queen-size e formaram uma cama gigante para nós três dormirmos nela.

Mesmo sabendo que um furacão de coisas ruins está girando por aí e jogando merda para todo canto, passo um tempo enrolada no edredom felpudo feito um burrito, com Kiki à minha esquerda e mamãe à minha direita, e me sinto mais ou menos bem. Falamos sobre tudo e sobre nada. Em certo momento, bem depois da meia-noite, cochilo.

No meio da noite, acordo com uma tempestade no peito. Sinto meus pensamentos agitados. Preciso fazer alguma coisa, mas não sei o quê. Saio da cama do jeito mais silencioso que consigo, cautelosa para não acordar mamãe e Kiki, e vou até a sala de estar. Preparo uma xícara de chá de camomila e me acomodo no sofá. Fico olhando o céu noturno pela janela, bebericando o líquido quente. Penso em tudo que aconteceu, em como fui "desonrada" e no que isso significa para mim. Então me ocorre que mamãe deve ter passado por algo parecido. E, de repente, sei o que quero fazer.

Tiro o tablet da bolsa e abro uma nova página. Começo a desenhar. Desenho até ficar exausta, a ponto de não conseguir impedir os olhos de se fecharem, guardo o tablet na bolsa e volto para a cama.

Acordo com o som de passos pesados, o que me assusta um pouco, considerando que não temos o hábito de usar sapatos dentro do bangalô. Pisco diante da luz do sol que jorra através das cortinas e vejo Kiki entrando, segurando uma xícara quente de café.

— Toma — diz ela, me entregando a xícara. Kiki está toda arrumada e pronta para sair. Sair para onde?

Coço a cabeça e bocejo. Mamãe não está mais na cama, mas consigo ouvir a voz dela pela porta entreaberta.

— O que está rolando?

— Meus pais conseguiram nos colocar no primeiro voo para fora daqui. O avião sai em duas horas. Já arrumei todas as suas coisas. Você só precisa tomar um banho e se vestir. Aí a gente pode cair fora antes que qualquer pessoa saiba.

Tudo volta numa só onda. A traição de Rina. Meu relacionamento com Bradley no telão. Toda a confusão depois.

Minha respiração parece um assobio asmático.

— Meu Deus.

De repente, Kiki está do meu lado, com os braços apertados ao meu redor.

— Vai ficar tudo bem, Shar. Você está bem. Está tudo certo. Respira. Respira fundo e solta o ar.

Faço o que ela pede e, aos poucos, o quarto para de girar.

— Obrigada, Kiki. — Outro pensamento me atinge. — George...

— Ah, é. Ele está ligando sem parar, mas a gente não sabia se você queria falar com ele.

Sinto meu coração se retorcer como uma toalha encharcada ao pensar em George sendo ignorado.

— Ele está bem? Eu deveria falar com ele, deveria explicar que...

— Você não "deveria" coisa nenhuma — diz Kiki, determinada. — Dane-se o George. A única pessoa com quem me importo agora é você. Aliás, não tem nada para explicar. Na verdade, ele fez com você a mesma coisa que você fez com ele. Literalmente.

Abro e fecho a boca. Começo a falar. Paro. Começo outra vez.

— Mas... eu... mas ele...
— Vocês dois erraram.

E aí está a verdade. Ela tem razão. Nós dois erramos.

Eu estava tão consumida pela culpa e pela bizarrice dos últimos acontecimentos que não processei a revelação de George. E agora, na luz do dia, percebo que estou... chateada. Sei como isso parece hipócrita e que sou a última pessoa que tem o direito de sentir qualquer coisa a respeito disso, mas é como me sinto. Saber que havia outra pessoa por trás das mensagens é uma violação. Ainda que mamãe estivesse fazendo exatamente a mesma coisa com ele. Isso que eu chamo de ironia. A raiva sem motivo em relação a George cutuca meus sentidos, mas eu a afasto. Não estou brava com ele como eu ficava antes. É um inferno se sentir traída quando eu também o estava traindo. Não sei bem como me sinto, só sei que ainda não estou pronta para lidar com tudo isso. Mas não posso repetir o que fiz com Bradley.

— Você poderia mandar uma mensagem para ele do meu celular? — pergunto a Kiki. — Não quero pegar nele ainda, então seria bom que você fizesse isso por mim.

Ela assente.

— Lógico. — Uau, nenhum comentário ácido. Aposto que meu celular deve estar explodindo com mensagens de ódio.

— Diz para ele que eu sinto muito mesmo, mas preciso de um tempo para pensar, e que vou entrar em contato quando estiver pronta.

Um canto da boca de Kiki se curva em um pequeno sorriso.

— É um gesto muito maduro da sua parte, Sharlot.

Reviro os olhos e faço uma careta, mas não consigo deixar de abraçar Kiki e encostar a cabeça na dela.

— Obrigada.

Apesar de tudo, mesmo sendo inacreditável, eu pelo menos fiz uma amizade verdadeira na Indonésia.

**O VOO DE VOLTA PARA JAKARTA É BEM DIFERENTE** do voo para Bali. Para começar, não estamos em um jatinho particular. Uso óculos de sol e um boné durante a viagem inteira e no aeroporto Soekarno-Hatta, e só os tiro por um breve instante ao passar pela imigração. Ainda bem que fiz isso, porque, no portão de desembarque, vários repórteres estão a postos, olhando em volta com câmeras e microfones. Puta merda. Sinto minha frequência cardíaca dobrar, triplicar, no intervalo de um segundo. Kiki e mamãe me protegem uma de cada lado, mamãe falando depressa ao celular, dando instruções para Li Jiujiu sobre onde exatamente nos buscar. Mantemos a cabeça baixa e passamos como uma bala pelos repórteres — acho que parecemos inofensivas, porque eles mal olham para nós. Então me ocorre que não devem estar aqui por mim, mas por George. Lógico. Sinto uma tristeza no peito, como se minhas costelas tivessem apertando meu coração. Pobrezinho.

— Eles vão pensar em algo melhor para evitar a imprensa — diz Kiki, lendo minha mente.

Bem nesse momento, um dos repórteres nos vê. Acho que eu estava errada. Eles também estão aqui por mim, porque o repórter grita "Sharlot? Sharlot Citra!" e alguns deles se aproximam de nós. Quanto mais apertamos o passo, mais os repórteres correm em nossa direção. Agora um grupo se aproximou, então nós três abandonamos qualquer sutileza e começamos a correr. Lá fora, Li Jiujiu está esperando ao lado da minivan, então corremos naquela direção e nos jogamos dentro do veículo. Ele nem espera nos acomodarmos e colocarmos os cintos e já pede para o motorista dar a partida. Eu me ajeito e tenho um vislumbre das câmeras disparando conforme o veículo acelera para longe do aeroporto. Fecho os olhos e respiro fundo. Deus, por favor, permita que isso acabe logo.

Eu me sinto um pouco melhor depois que chegamos à casa de Kiki e consigo tomar um longo banho gelado e bem refrescante. Assim como não existe nada melhor do que um banho quente no inverno, não há nada melhor do que um banho gelado num dia quente num país tropical. Quando saio do banheiro, vestindo um dos robes de banho de Kiki e secando o cabelo com a toalha, mamãe está me esperando no meu quarto. Algo na forma como ela está sentada, com as costas eretas e as mãos sobre o colo, me deixa temerosa.

— Podemos ir embora — diz ela. As palavras me pegam de surpresa, então congelo de repente, paralisada com as mãos na toalha que está na minha cabeça.

Levo alguns segundos para recuperar a voz.

— O quê?

— Amanhã. Voltar para Los Angeles.

— Espera, Ma! Não.

Ela me encara, franzindo a testa, confusa.

— Achei que você ficaria feliz de ir embora logo. Você diz várias vezes que odeia aqui, que não quer saber da Indonésia.

— Bem, é que... mas... — Agito as mãos num gesto inútil, tentando organizar meus pensamentos de forma coerente. Então percebo que tem algo de errado nessa história toda. E não tem nada a ver comigo. — Você está fugindo outra vez.

Ela aperta os lábios.

— Não, eu só não quero que você lide com toda aquela... todos aqueles repórteres.

— Tá. Olha, esse é um bom argumento. — Suavizo a voz e me sento ao lado dela, tentando me lembrar da última vez que conversamos desse jeito, só nós duas, sem brigar, sem farpas, muros erguidos ou silêncio. — Mas, mãe, eu acho... acho que você também tem uma questão malresolvida por aqui.

Passei tanto tempo enchendo o saco de mamãe para saber sobre a Indonésia que acabei transformando as cicatrizes dela numa casca grossa, uma em que eu nunca consegui penetrar. Talvez seja hora de eu parar com os ataques e me abrir.

— Não fui honesta com você, Ma. Lá em Los Angeles, eu... — digo, me preparando. Chegou a hora. — Eu ia transar com o Bradley.

Mamãe respira fundo, fechando os olhos em desgosto.

— Eu planejei tudo de maneira bem responsável e estava tomando cuidado — continuo. — Eu tinha camisinhas, e Bradley e eu conversamos sobre isso antes. Eu fiz tudo direitinho...

— Você é jovem demais! — exclama mamãe, sem conseguir se conter. Ela dá as costas para mim e respira fundo, estremecendo, as mãos apertadas sobre o colo. — Você não entende o... o... o que significa fazer sexo.

— É lógico que eu não entendo tudo, Ma, eu ainda não fiz. Assim como eu não entendia como é a Indonésia, porque você nunca me contou nada e a gente nunca tinha visitado o país.

Mamãe se encolhe como se eu a tivesse golpeado, e acho que de certa forma eu fiz isso. Ela baixa os olhos para o colo e pigarreia.

— Você muda depois de... fazer isso. Eu mudei. E eu me arrependo tanto, depois que faço. Eu queria... eu penso que...

— É porque você engravidou? — pergunto, mas é impossível disfarçar o amargor em minha voz. É difícil não ficar na defensiva ao ouvir minha mãe dizer que sou o maior arrependimento da vida dela.

— Não — responde ela, firme, olhando direto nos meus olhos. — Não me arrependo de ter tido você. Não me arrependo de escolher ter você em vez de... não ter.

Uau. Eu não estava preparada para a revelação de que havia essa segunda opção.

— Mas eu me arrependo de como aconteceu — completa ela.

— Ah, mãe... — O horror percorre meu corpo. — Você foi... Foi sem consentimento?

— Não foi isso — diz ela, depressa. — Eu também queria... ou pensava que queria... Não sei, é muito complicado! — A voz dela aumenta e falha, e ela permanece sentada, com uma expressão de derrota.

Então eu sei o que preciso fazer.

— Mãe, tenho uma coisa para lhe mostrar.

Eu me levanto. Mamãe me observa, confusa, e faz uma careta quando eu pego meu tablet.

— Desenhei uma coisa na noite passada — comento.

Mamãe suspira.

— Agora não é hora de falar sobre arte... — começa ela, mas congela quando eu mostro o desenho que fiz ontem à noite, quando acordei, aninhada entre ela e Kiki. Eu não conseguia entender de jeito nenhum por que estava acordada, mas tudo fez sentido quando comecei a desenhar, e agora finalmente posso mostrar para mamãe.

É um desenho dela e da Oitava Tia na praia, bem como George e eu as vimos. A Oitava Tia está ajeitando uma mecha de cabelo atrás da orelha de mamãe, e elas sorriem uma para a outra com a ternura de duas pessoas que se amaram, se perderam e acabaram de se reencontrar. Há tanta história escrita em seus rostos, uma história forte, complexa, dolorosa e doce. Olho para o rosto de mamãe, nervosa, mordendo o lábio inferior.

Ma encara o desenho com uma expressão tão chocada que uma parte de mim acha que ela vai desmaiar.

— Eu vi vocês duas lá em Bali — digo, suave. Com delicadeza. — E, bem... fico feliz por você.

Mamãe me encara boquiaberta, depois se vira para o desenho. Em seguida, volta a me olhar. Ela estende a mão e eu lhe entrego o tablet com muito cuidado, como se fosse um recém-nascido. Ela examina o desenho por um longo tempo, a respiração passando de irregular para um ritmo mais constante. Os olhos brilham com lágrimas e, quando ela finalmente ergue a cabeça, está sorrindo, com o rosto radiante.

— Isso é... — Ela pausa para recuperar o fôlego. — Que lindo, Sharlot.

— Ah, mamãe...

Não consigo mais me conter. Eu a envolvo num abraço apertado e fecho os olhos com força. Ela retribui o gesto. Por um breve momento, sinto que tudo está bem mesmo.

A essa altura, nós duas estamos chorando de alegria e de alívio. Rimos, nos abraçamos outra vez, e choramos mais um pouco. Em certo momento, começamos a conversar. Conversar de verdade, e mamãe me conta as coisas que de fato importam.

— Quando eu tinha a sua idade, esse tipo de coisa é considerado muito ruim — revela ela, suspirando. — Muito tabu. Eu tentei não ser assim, porque ia causar muito problema para minha família.

Coloco minha mão sobre a dela, sentindo meu coração se estilhaçar ao ouvir minha mãe falando sobre a adolescência. Não consigo nem imaginar o quão devastador deve ter sido. Foi uma época antes da internet, antes que ativistas LGBTQIAP+ pudessem transmitir mensagens de amor e aceitação de forma mais abrangente. Ela deve ter se sentido muito sozinha e muito, muito assustada.

— Você pode me contar mais sobre a Oitava Tia? Tipo, como vocês duas se conheceram, quando vocês perceberam que gostavam uma da outra mais do que como amigas? Quero saber tudo, principalmente sobre quando você tinha a minha idade.

— Ah, conversa de menina — diz mamãe. — Sempre quis ter conversa de menina com você. Nunca imaginei que a primeira vez seria sobre mim!

Nós duas rimos.

— Bom, é um começo — comento.

Eu me acomodo, me ajeitando para ouvir a história do grande amor da vida de mamãe. Mamãe abre um pequeno sorriso e seus olhos ganham uma expressão distante.

— Eu era muito bonita quando tinha a sua idade. O quê? Você não acredita em mim?

— Acredito!

— Ah, sim, muitos garotos gostavam de mim. Seus avós ficavam tão preocupados. Mas eu não ligava pra garoto nenhum, óbvio. Quando conheci a Oitava Tia, foi tipo *wah*! De repente tudo fez sentido. Foi como encontrar minha melhor amiga, minha alma gêmea e... meu tudo. Nós éramos inseparáveis. Primeiro, não teve problema, as pessoas só pensavam que éramos melhores amigas, tipo irmãs, sabe? Meus pais ficaram tão aliviados, porque eu não estava *bu san bu si* com garotos. *Wah*, a Oitava Tia e eu, nós passávamos o tempo todo juntas. — Ela ri, nostálgica, pensando nas memórias com a Oitava Tia, e a alegria em seu rosto me faz sorrir. — Mas aí as pessoas começaram a falar, começaram a suspeitar. Meus pais ficaram muito preocupados. Os dela também. Eles falam sobre mandá-la para Singapura, pra longe de mim.

— Caramba — murmuro, apertando sua mão.

— Então eu tentei, Sharlot. Tentei ser "normal". Quando um aluno bonito veio dos Estados Unidos para um intercâmbio, pensei: "Ah! Essa é uma ótima chance para eu provar que sou normal." Então eu saí com ele, mesmo eu não gostando dele. E decidi que o melhor jeito de provar para todo mundo, e também para mim mesma, que sou como as outras pessoas, era ir até o fim com ele. Quem sabe, né? Talvez eu descubra que gosto? Talvez eu comece a gostar de garotos?

— Isso é terrível — digo.

Mas mamãe apenas toca no meu rosto e abre um sorriso triste.

— Não é tudo ruim. Eu não gostei, mas podia ter sido pior. Então engravidei. *Aiya!* Aí não precisei me preocupar com pessoas descobrindo que não gosto de garotos. Aí precisei me preocupar com elas me chamando de piranha. De alguma forma, mesmo que elas pensem que sou heterossexual, ainda prejudiquei a reputação da família. Ah, foi terrível. Ninguém queria falar comigo. As pessoas escreviam coisas muito ruins na minha mesa da escola. Pais ligaram para a escola, pediram que me expulsassem porque eu era má influência. Eles pensam que vou seduzir os filhos e influenciar as filhas a ser como eu.

— Puta merda, mãe. Isso é horrível.

Ela dá de ombros.

— Não quero que a mesma coisa terrível aconteça com você. Sei que você diz que os tempos são outros, que os tempos mudaram, que as pessoas têm mente mais aberta, Sharlot. Mas não é bem assim. Viu só o que aconteceu em Bali, quando descobriram que você já teve um namorado em Los Angeles?

Estou prestes a argumentar que é diferente em Los Angeles, que lá as pessoas têm a mente bem mais aberta. É verdade até certo ponto, mas mamãe tem razão ao dizer que, embora as pessoas digam que são progressistas, sempre que rola uma fofoca ou um escândalo, a mulher é sempre a mais prejudicada. Os homens sempre se safam sem dificuldade e garantem a fama de "conquistador", o que melhora a imagem deles em vez de destruí-la. Por outro lado, as mulheres são criticadas e hostilizadas.

— Eu queria te proteger, mas acabei piorando tudo — completa Ma.

— Eu vou ficar bem. Tenho você e Kiki, e isso já é mais do que você tinha na minha idade.

Mamãe sorri. Eu continuo:

— E sinto muito por você ter passado por tudo isso sozinha, mãe. De verdade. Eu, bem... — Não sei por que isso é tão constrangedor... tirando o fato de que falar sobre a vida romântica dos pais é sempre totalmente constrangedor. — Eu só quero que você saiba que, tipo, eu... hã... eu gosto muito da Oitava Tia. Acho que vocês formam um casal fofo.

Um monte de emoções atravessa o rosto de mamãe, e são tantas e tão variadas que eu juro que ela está prestes a explodir. Se eu tivesse que adivinhar, acho que ela está sentindo: 1) Vergonha. 2) Mais Vergonha. 3) Negação. 4) MUITA VERGONHA. 5) Uma não tão pequena faísca de alegria.

Por fim, ela pigarreia e se vira, murmurando:

— *Aiya*, vamos ver.

Não vou deixar isso passar tão facilmente. Não mesmo. Conheço minha mãe bem o suficiente para saber que ela é a melhor espanta-namorado — ou melhor, namorada — que existe.

— Não, mãe. Não quero que isso fique no "vamos ver". Não vejo você tão feliz assim desde... — Minha voz morre quando tento me lembrar da última vez que vi mamãe assim tão feliz, tão viva. — Não lembro — sussurro, as palavras saindo roucas de emoçao. Ela desistiu de tanta coisa por mim. — Você fez planos com a Oitava Tia, certo? Tipo, vocês duas são adultas, já pensaram em como fazer isso funcionar, né?

— *Aduh*, não seja ridícula. Ela mora aqui, eu moro em Los Angeles...

— Essas desculpas são ridículas e você sabe disso.

Mamãe estreita os olhos, e seguro a mão dela.

— Por favor, me prometa que não vai desistir outra vez de ser feliz só porque acha que não é apropriado, normal ou qualquer coisa do tipo. Por favor, tente fazer dar certo com a Oitava Tia. Vocês podem se falar por FaceTime sempre que quiserem, e nós podemos visitá-la com certa frequência também, e, lógico, você ainda tem o resto desse verão com ela!

Uma única lágrima escorre pela bochecha de mamãe lentamente, seguida por outra, e outra. Ela balança a cabeça em silêncio.

— Mas nós precisamos voltar para Los Angeles porque...

— Na verdade, não. — E só depois que digo isso que percebo que é verdade. Não quero voltar para Los Angeles. Pelo menos não agora. Mesmo que eu tenha desabado e me queimado de uma maneira espetacular nesse lugar, mesmo que eu tenha conseguido transformar a viagem num escândalo infernal nível Miley Cyrus, mesmo que uma parte enorme de mim esteja louca para fugir de tudo e dar o fora daqui. Apesar de todas essas coisas, ainda existe uma pequena semente de rebeldia dentro de mim. Uma voz baixinha mas insistente diz que eu devo ficar. Que sou forte o bastante para ficar. Passei a vida toda fugindo sempre que as coisas ficavam sérias demais, mas essa é a minha grande chance de conhecer minhas raízes. Já estou cansada de fugir.

Olho para mamãe e abro meu primeiro sorriso verdadeiro desde que saímos de Bali.

— Eu quero ficar, Ma. Pelo menos até o fim do verão. E, dessa vez, quero saber tudo sobre Jakarta e nossa família. Todos os detalhes.

# 28
## George

— VOCÊ QUER A VERDADE? A VERDADE É QUE eu *sou o mentiroso. Fui eu que manipulei Sharlot para a gente namorar.*

— George!

Aperto o botão de pausa. Volto alguns segundos.

*A verdade é que* eu *sou o mentiroso. Fui eu que manipulei Sharlot para a gente namorar.*

— George!

— George!

Faço uma careta. Levo um segundo para perceber que alguém fora do vídeo chamou meu nome. Levanto a cabeça e vejo a Oitava Tia, papai, Nainai e Eleanor na porta. Suspiro e deixo a cabeça cair para trás de modo que meu rosto fica enterrado no edredom felpudo. Eu entendo por que preciso ficar trancafiado em casa — e, para ser sincero, há lugares piores para ficar preso —, mas encarar minha família é um lembrete muito doloroso de quanto eu prejudiquei meus parentes e todos ao meu redor, principalmente Sharlot.

— Filho, por que você não sai do quarto, *ya*? Já se passaram três dias — comenta papai.

— Quando pedimos que você esperasse a poeira baixar e não saísse de casa — começa a Oitava Tia, entrando no quarto —, não estávamos dizendo para você ficar literalmente trancado no seu quarto.

— É, *gege*. Você tem a mansão toda para andar por aí — observa Eleanor, se jogando na beira da cama.

— Eu estou bem... — garanto, ou pelo menos tento, mas sou interrompido quando Nainai puxa minha orelha. — Ai!

— É óbvio que você não está bem — resmunga ela. — Não desde que aquela garota interesseira te enganou. Ela se aproveitou do meu neto!

Encaramos Nainai, culpados, e depois trocamos olhares sem parar, pensando "quem vai lembrá-la que eu não sou inocente nessa história toda?".

Suspiro e digo:

— Nainai, eu fiz exatamente a mesma coisa que ela fez comigo.

— Sim, mas você não tinha más intenções! — retruca ela.

— Olha, ela também não devia ter.

Nainai faz um ruído de incredulidade.

— Conheço essas interesseiras, sempre querendo entrar no clã. Quando sua mãe morreu, tive que espantar muitas dessas interesseiras que tentaram fisgar o coração do seu pai.

Fui ensinado a não argumentar com os mais velhos, mas a misoginia de Nainai é insuportável, e justo o tipo de baboseira que todos os sites de fofoca estão postando. De alguma forma, aos olhos da mídia, minhas ações são menos graves do que as de Sharlot. Ela é a bruxa, a megera, a interesseira, a cobra que me manipulou, e eu sou apenas o garoto sem-noção e bonzinho que se deixou levar. Lógico, só sei disso pela TV, porque todos os meus aparelhos eletrônicos foram confiscados só para o caso de eu sentir a necessidade de estragar tudo para a empresa da família. Porque, lógico, tudo gira em torno de manter a empresa da família intacta, manter nossa imagem intocada e nossas ações em alta.

— Nainai, eu a amo muito, mas a senhora está errada.

Nainai ergue as sobrancelhas até as entradas do cabelo.

— O que você disse, Ming Fa?

— A senhora está errada, Nainai — digo isso da forma mais gentil que consigo, porque, afinal, ela é minha avó. — Sharlot não é assim, nem um pouco. Ela é uma boa pessoa. Fui eu que a enganei. Pra ser justo, eu é quem fui babaca nessa história. Um hipócrita, ainda mais considerando o meu aplicativo.

— Isso não é verdade...

— Meio que é, Nainai — concorda Eleanor. — Quer dizer, não que *gege* seja um babaca, mas nós erramos também. A culpa não é só de Cici Sharlot.

— Foi tudo minha culpa — admite papai. — Não culpe as crianças. Eu devia ter agido com a razão.

— Sim, devia mesmo! — repreende Nainai, mas depois suspira. — Mas eu sei que você só estava tentando ajudar seu filho. É isso que os pais fazem: sacrificamos nossa felicidade pela dos nossos filhos.

— Assim como a mãe de Sharlot fez por ela — observo.

Nainai franze o cenho. Então, talvez por um milagre, ela murmura:

— Acho que sim.

Caramba. Troco olhares impressionados com Eleanor, papai e a Oitava Tia. Quase nunca testemunhamos Nainai mudar de ideia desse jeito.

— Enfim, estão aqui para me dizer que a minha prisão domiciliar acabou? — pergunto.

— Ah, filho, eu não chamaria de prisão domiciliar — diz papai, apertando as mãos.

— Posso sair de casa?

— Lógico! — exclama a Oitava Tia com um sorriso exagerado. — Mas, óbvio, aconselhamos que você não faça isso...

Volto a me jogar na cama. Lógico. "Aconselhamos." Essa é a história da minha vida inteira. Nunca sou forçado a nada. Sou "aconselhado" a fazer, pelo bem maior, e você não quer ser a ovelha rebelde da família, quer, George? Não quer ser o responsável por humilhar a família, né? Todos devemos nos sacrificar pelo clã.

Olho para a Oitava Tia e reparo pela primeira vez em sua aparência. Bem, não que esteja ruim, de forma alguma, mas ela parece um pouco menos arrumada. Então começo a notar os detalhes: as olheiras, as unhas meio lascadas, como se ela estivesse descascando o esmalte. A maquiagem também está um pouco menos perfeita do que o normal.

— Como a senhora está, Oitava Tia? — pergunto.

Ela dá de ombros.

— Estou bem, obrigada. Um pouco cansada. Tantas reuniões da diretoria, sabe. E precisamos acalmar os investidores, porque... bem, você sabe.

É, eu sei. Assinto, arrependido. O OneLiner fracassou, lógico, e fracassou com força. Nossas ações caíram três pontos no dia seguinte ao lançamento. Um desastre que fez vários investidores implorarem para tirar o dinheiro de campo.

— Não é culpa sua, George — diz papai. — Foi culpa minha.

Dou de ombros. Não adianta apontar dedos agora e, de qualquer forma, a maior parte da culpa é com certeza minha. Fui eu que enganei Sharlot em Bali. Fui eu que me apaixonei por ela.

— Mas vamos ficar bem — continua papai. — Já enfrentamos coisa pior. Venha jantar conosco, está bem? Por favor.

— Não estou com muita fome. — Mal toquei na comida que foi deixada na porta do meu quarto.

Eles suspiram, olhando desconfortáveis uns para os outros. Então, por sorte, eles vão embora.

Alguma coisa toma conta de mim, então chamo a Oitava Tia.

— Oitava Tia. Hã, será que... será que a gente pode conversar por um segundo?

Papai se vira para nos encarar, confuso, mas a Oitava Tia acena para ele com a cabeça e, como sempre, ele lhe obedece. Assim que todos eles desaparecem, sinto as palmas ficarem úmidas. Acabei de chamar a Oitava Tia para conversar. Em particular. Uma parte não tão pequena de mim está gritando de medo.

— Bem, eu só queria me desculpar por tudo — começo, mas a Oitava Tia balança a cabeça e ergue a mão.

— Não, George, você já se desculpou bastante. — Ela suspira e se senta na espreguiçadeira. — Você se saiu bem, sabe. Em Bali, durante a apresentação, você arrasou.

Abro a boca, mas nada sai. Não estava esperando um elogio, não mesmo.

— E pensei sobre suas ideias para o OneLiner... — continua ela. — Eram boas. Aquela sobre ter uma função para os usuários compartilharem histórias? Eu adorei. Construir uma comunidade forte é importante para o sucesso de muitos aplicativos. Você se saiu bem, George. Bem, até Rina se intrometer. Mas é uma boa lição para você aprender: no mundo dos negócios, você pode fazer tudo certo, mas o produto pode fracassar por causa de forças externas. Coisas que você não consegue prever. Sabia que antes de Toagong construir a empresa da família, um dos investimentos foi um hotel acessível? Estava indo tudo bem, mas certa noite houve um incêndio elétrico e tudo virou cinzas. E o levou à falência.

Minha nossa. Eu não fazia ideia de que Toagong — meu bisavô — tinha passado por isso em seu trajeto até o sucesso.

Ao ouvir isso, sinto um peso sair das minhas costas.

— Obrigado, Oitava Tia. — Hesito, sentindo o estômago revirar porque eu não deveria tocar no próximo assunto, mas preciso muito que ela saiba que, assim como eu posso contar com ela, ela pode contar comigo. — Hã, e... huum. Eu, hã... — Caramba, que constrangedor.

A Oitava Tia estreita os olhos.

— É sobre a mãe da Sharlot?

— Como a senhora sabe?

— Em grande parte por ser mais velha e mais sábia — diz ela, rindo. — E também porque ela me contou que você e Sharlot nos viram juntas. — Seu riso se esvai e a preocupação atravessa seu rosto. Só por um momento, mas é o suficiente para fazê-la parecer vulnerável. — Sinto muito por você ter... visto aquilo.

— Não! — exclamo. — Não peça desculpas, por favor. Quer dizer, é constrangedor porque a senhora é minha tia, mas, bem... só queria que soubesse que eu... estou orgulhoso da senhora. — Uau, é tão estranho dizer isso para alguém com o dobro da minha idade. — E que pode contar comigo.

Levo um momento para decifrar a expressão no rosto da Oitava Tia, porque eu nunca a vi desse jeito. Ela está... surpresa. Mesmo quando Rina fez aquele espetáculo, a Oitava Tia não parecia surpresa, apenas furiosa. Agora, porém, seus olhos estão arredondados e a boca um pouco aberta, e é como se eu finalmente estivesse vendo a pessoa por trás da enorme máscara. Então ela sorri, e anos são subtraídos de seu rosto e eu a vejo adolescente, rindo, alegre e apaixonada.

— É muito gentil da sua parte — comenta ela, os olhos dançando por meu rosto. Ela aperta meu braço. — Você é um bom menino, George.

Depois que a Oitava Tia vai embora, solto um suspiro longo e cansado e me jogo na cama. Amei ter tido essa conversa com a Oitava Tia, e fico feliz por ela parecer estar bem, mas isso ainda não anula a bagunça enorme que eu causei. Meus piores pesadelos se realizaram — não só estraguei tudo com Sharlot, como também decepcionei a família inteira. Arruinei meu primeiro evento relacionado à empresa. Enterro o rosto nas mãos e fecho os olhos com força, desejando poder apagar tudo. Viro de lado, e é então que sinto algo duro em minha cama.

Abro os olhos e pego o objeto. É o celular de Eleanor. Minha frequência cardíaca dobra, triplica, quadruplica. Salto da cama e começo a dar voltas no quarto. Será que Eleanor esqueceu o celular aqui? Ou deixou de propósito? Estou prestes a ir até o quarto dela, mas congelo. Olho para o celular e pressiono o botão para me mostrar a tela inicial. Surge um teclado numérico, pedindo a senha. Meu polegar se move como se tivesse vida própria e digita vários números. O aparelho desbloqueia, e sinto meus olhos se encherem de lágrimas porque a senha é o aniversário de mamãe, e isso significa que Eleanor deixou o celular aqui para mim. Ela sabia que essa seria a primeira combinação que eu tentaria.

Agora que estou com o celular da minha irmã, não sei bem o que fazer. Deveria ligar para Sharlot. Vasculho os contatos de Eleanor até encontrar o nome de Sharlot e aperto o botão de ligar. Meu coração palpita de um jeito doentio, é como uma corda de guitarra presa com muita força. A ligação cai direto na caixa postal. O celular dela está desligado. Meu coração desaba. Certo, talvez isso tenha sido dramático, mas caramba! Estou enjoado. Tento outra vez. Caixa postal de novo. Desligo sem deixar uma mensagem. Encaro o celular de Eleanor, franzindo o cenho. Hum... Só há um aplicativo em sua tela inicial, e é o ShareIt. Certo... minha irmãzinha não é conhecida pela sutileza, e as pistas dela não são apenas migalhas de pão, mas um pão inteiro. Não posso deixar de rir disso.

Dito e feito. No ShareIt, Eleanor só segue uma pessoa. Mas não é Sharlot, porque Sharlot apagou o perfil. Estremeço ao pensar em todas as mensagens de ódio que ela deve ter recebido. Eleanor está seguindo Kiki. Lógico. Balanço a cabeça. O mundo não está pronto para essa amizade. Abro o perfil de Kiki e meu coração congela, porque ali está ela. Sharlot, quero dizer, não Kiki.

Eu pensei que Sharlot já teria voltado para os Estados Unidos assim que possível, mas aqui está ela, ainda na cidade, a apenas alguns quilômetros de mim. Tão perto.

E elas estão aproveitando tudo, tudo que Jakarta tem a oferecer: todos os bares chiques com terraços, as cafeterias hipster, as barracas de comida na rua e os restaurantes elegantes. Elas estão visitando todos os pontos turísticos — inclusive Taman Mini, onde há uma enorme exibição de todas as construções indonésias tradicionais e palafitas de madeira. Elas foram para Monas, o monumento nacional que homenageia a independência da Indonésia da colonização holandesa, e tiraram fotos comendo kue apeh — panquecas de coco — na frente do monumento. Elas visitaram todos os museus, até mesmo o Museu Wayang, que abriga uma das mais celebradas formas de arte da Indonésia: o teatro de sombras.

Abro um sorriso, admirando as fotos de Sharlot descobrindo suas origens, mas meu coração se parte ao perceber que ela está fazendo isso tudo sem mim. Pare de ser tão dramático, repreendo a mim mesmo. Não sou eu quem deve lhe apresentar Jakarta. Faz sentido Sharlot fazer o tour com os primos. Sim, "primos", no plural, vários deles. Acho que Sharlot se reconectou com o resto da família. Eles parecem tão felizes e animados. Em uma foto, todos estão no ar, saltando. Em outra, coordenaram as poses para formar a palavra "primos".

A mãe dela os acompanhou em alguns passeios também. Em uma foto, parece que eles foram até a antiga escola da mãe de Sharlot. Tem uma foto de Sharlot com a mãe, ambas suadas e sorrindo com picolés na mão, na frente do edifício. E Sharlot contempla a mãe com carinho, enquanto ela olha para a escola com uma expressão pensativa. Há tanto amor no rosto de Sharlot que me sinto culpado por invadir a privacidade delas. Tento fechar o aplicativo, mas, em vez disso, meu polegar escorrega e clica na foto duas vezes, dando uma curtida.

AFF. Ah, não. Dou dois cliques de novo para cancelar a curtida, mas, agora que fiz isso, percebo que é pior, porque Kiki vai ver a notificação e depois reparar que eu não curti a foto, percebendo então que eu desfiz a curtida, o que é muito passivo-agressivo. Além disso, eu deveria ter deixado a curtida porque estou no perfil de Eleanor, e não tem nenhum problema Eleanor curtir as fotos de Kiki — por que ela não curtiria? Então agora vai parecer muito estranho que "Eleanor" tenha curtido e descurtido a foto. Droga, tecnologia! Fecho o ShareIt e enfio o celular debaixo do edredom como se isso fosse resolver alguma coisa.

O aparelho começa a tocar.

MEU DEUS. ESTÁ TOCANDO. Um toque de verdade, o que significa que alguém está ligando. Que tipo de pessoa faz ligações nos dias de hoje? Isso é tão intrusivo.

Aguento cerca de dois segundos antes de tatear o edredom para encontrar o aparelho. Fecho a mão ao redor do celular e vejo o nome na tela e é KIKI. Deixo escapar um gemido que é meio um choramingo. Morro de medo dessa garota. Respiro fundo. Está na hora de criar coragem. Atendo.

— Ellie, menina! — berra Kiki. Por que ninguém na Indonésia sabe falar em um tom normal? — Eu estava quase te ligando. Você já deu o celular para o seu irmão idiota?

— Ela deu, sim.

Kiki não perde um segundo.

— Oi, irmão idiota!

— Oi. — Apesar de tudo, meio que sorrio com o apelido. — Como você está, Kiki?

— Muito bem. Cansada. Ando rodando a cidade com a sua namorada.

Ela não é minha namorada, sinto a necessidade de dizer, mas meu coração aperta de um jeito tão irremediável ao ouvir a palavra *namorada*, que não consigo me forçar a corrigi-la.

— É, eu vi. Parece que vocês estão se divertindo muito. — Pigarreio, porque de repente minha boca virou um deserto. — Hã... A Shar, hum. Ela...

— Ela está bem e mal, sabe? Soube que você está igual. Na verdade, soube que você está deprimido e trancafiado no seu quarto, feito o conde de Monte Carlo.

— Acho que você quis dizer conde de Monte Cristo.

— Não dá uma de macho palestrinha, George Clooney.

— Eu não... Ai, esquece. — Respiro fundo. — Então a Shar está bem e mal? — O que isso significa? — Eu tentei ligar para ela...

— Ah, ela me deu o celular por segurança. Estava ficando bem pra baixo com todas as mensagens de ódio, sabe como é.

— Ah...

A ideia de Shar ter recebido mensagens de ódio acaba comigo. Ela não merece. Até onde eu sei, não recebi nenhuma mensagem de ódio, tirando, sabe, toda aquela coisa de espantar os investidores. Mas isso é uma questão bem diferente da opinião popular. Aos olhos das pessoas, eu sou apenas um "garoto normal" que fez alguma bobagem de garoto normal. Tudo brincadeira. "Menino é assim mesmo!" Mas não é o que acontece com Shar. Seguro o celular com mais força. Já estou cansado de ficar aqui esperando a poeira baixar enquanto os lobos espreitam e atacam Sharlot.

— Ei, Kiki. Você pode passar o celular para a Shar?

Há uma pausa e ouço sussurros ao fundo — baixos e frenéticos, como se ela estivesse discutindo com alguém. Bem quando estou prestes a perder a esperança, alguém pega o celular outra vez e diz:

— Oi, George.

É Sharlot, e a voz dela soa exatamente como eu me lembro, suave, baixa e um pouquinho áspera, e um sorriso se espalha em meu rosto, porque não consigo não sorrir ao ouvir a voz dela.

— Oi, Shar. Podemos conversar? Eu tenho uma ideia.

# 29

## Sharlot

MEU CORAÇÃO ESTÁ BATENDO FEITO UM TAMbor e, juro por Deus, Kiki precisou enfiar lenços de papel no meu sutiã, debaixo dos meus seios, para absorver o suor, porque, apesar do ar-condicionado ligado na menor temperatura, não paro de suar. Ela até colocou uns absorventes de suor nas minhas axilas; ainda bem que tenho os cuidados de Kiki. Minha boca está seca, minha garganta está inflamada. Será que estou ficando resfriada? Ou é só nervosismo?

— Pronta? — pergunta Kiki.

*Não.*

Assinto. Ela aperta um botão. A tela de seu celular muda para a câmera de selfie e vejo um grande botão vermelho piscar por dois segundos, e logo em seguida estamos ao vivo. Ao vivo no ShareIt.

**Junte-se a nós para A GRANDE CONFISSÃO! Hoje à noite, no ShareIt, um EVENTO AO VIVO com George Clooney Tanuwijaya e Sharlot Citra. Vamos responder a TODAS as perguntas! #GeorgeESharlot #OneLiner**

Foi George quem pensou em toda a divulgação. Para ser justa, ele não precisou fazer muita coisa: postou apenas no

Twitter, no ShareIt e no Instagram há vinte minutos e, de repente, estamos entre os assuntos mais comentados. Não podíamos anunciar o evento com muita antecedência porque ele não queria que a equipe de marketing da família tivesse tempo de descobrir o que pretendíamos fazer e nos impedir. Então aqui estamos nós, ao vivo para a Indonésia inteira.

A tela do celular se divide ao meio, e o rosto de George aparece ao lado do meu. Ele acena e sorri.

— Oi, Shar.

Engulo em seco, porque acabei de notar que no canto superior esquerdo da tela mostra um ícone de olho com um número ao lado: 51.032. Puta merda. Mais de cinquenta mil pessoas estão assistindo à transmissão, e o número não para de crescer. Atrás da câmera do celular, Kiki gesticula para mim e agita as mãos na frente do rosto. *Sorria*. Assim o faço. Ou pelo menos tento. Nunca fiz uma transmissão ao vivo na internet, e é muito mais angustiante do que achei que seria.

— Hã... Oi — digo, nervosa.

No canto inferior direito da tela há uma caixa de comentários que não para de rolar conforme as pessoas destilam ódio.

**Eca, ela nem é tão bonita assim.**
**O que você vê nela, George?**
**Que cara de piranha kkk.**

— É, eu também estou nervoso — comenta George com um riso constrangido, e sua seriedade é uma âncora.

Respiro fundo. Eu consigo. Consigo falar minha verdade aqui e agora, no ShareIt. Posso compartilhar minha história, fazendo jus ao nome do aplicativo. Rá!

— Entendo. — Tiro os olhos da caixa de comentários. — Bem... E aí?

— Então, pedi que você fizesse essa transmissão comigo porque pensei, sabe, que talvez a gente pudesse dar a nossa versão do que aconteceu nas últimas semanas até o lançamento do OneLiner. A nossa verdade.

— Aham — digo, suave.

Ensaiei com Kiki, mas agora as palavras não saem.

— Posso começar com a minha? — pergunta George.

Assinto.

— Certo. Então, a verdade é que meu pai entrou no meu quarto quando eu estava batendo uma...

PUTA MERDA. O QUÊ? Engasgo com minha própria saliva. Na minha frente, Kiki está com o queixo no chão e não posso julgá-la, porque... COMO ASSIM?

A caixa de comentários está explodindo, com emojis chocados por todo lado, pessoas gritando "QUÊ? KKKK. HÃ???".

— É, meu pai entrou no meu quarto enquanto eu me masturbava com pornô. Era coisa leve, caso alguém esteja se perguntando, e aí eu fechei a janela e a tela foi para um jogo que estava aberto no fundo, então meu pai pensou que eu estava, bem... me masturbando pra um gnomo e um texugo.

Meu.

Deus.

Do céu.

Caio na gargalhada. Não consigo evitar. Cubro a boca com as mãos e tento conter o riso, mas ele não para de falar e todos os emojis que aparecem na caixa de comentários são o de chorar de rir. George também ri. Ele ainda está falando. Como ele consegue?

— Foi o momento mais insano e humilhante da minha vida! — exclama ele, meio rindo. — Mas, fala sério, vai dizer que nunca aconteceu nada desse tipo com vocês?

E agora surpreendentemente os comentários estão cheios de gente concordando.

**Minha mãe me pegou no flagra uma noite...**

**Minha irmã descobriu meus pornôs no notebook quando eu imprimi a lição de casa dela...**

— É, vocês me entendem — diz George. — Enfim, então é óbvio que meu pai *surtou* e ficou tipo "George, você é um perdedor, e eu preciso arranjar uma namorada humana para você parar de se masturbar com gnomos".

Estou morrendo de rir a essa altura.

— Aí ele confiscou meu celular, e minha irmã mais nova, que também ficou horrorizada com meu fetiche por gnomos, se ofereceu para ajudar meu pai a encontrar uma namorada para mim. E foi assim que eles encontraram a Sharlot. — Sua expressão se suaviza e o riso diminui. — Eles encontraram o perfil dela no ShareIt e... — Ele suspira. — Olha só para ela, é impossível não se apaixonar.

Sinto minhas bochechas e meu corpo inteiro corar. Dou uma olhada nos comentários, esperando mais ódio, mas na verdade há pessoas concordando com ele. E agora eu vejo o que ele fez. Ele fez as pessoas me olharem através dos olhos dele.

— Eu nunca teria tido coragem de falar com a Sharlot sozinho. De certa forma, fico grato por minha irmãzinha e meu pai terem feito o que fizeram. Eu sei que foi errado, e eu sei que fiz merda do pior jeito possível. Sinto muito mesmo, Sharlot.

— Eu entendo. — E entendo mesmo. De verdade. Já não estou mais em dúvida a respeito dele.

Sorrio para George e ele sorri de volta. Estamos quase bem. Quase.

Há um momento de silêncio, então percebo que chegou a hora. É a minha deixa. Minha vez de contar meu lado da história.

— Bem, George — digo, minha voz parecendo alta demais no quarto silencioso —, é engraçado você dizer que foi pego se masturbando, porque eu fui pega *quase* transando.

George arregala os olhos. Kiki, que já estava boquiaberta com a revelação de George, parece estar prestes a ter um aneurisma. Não foi isso que ensaiamos mais cedo. Mas já cansei de ensaiar. É hora da verdade. Chega de lenga-lenga. Chega de enfeitar as coisas.

— É, lá na Califórnia, eu tinha um namorado. Ele era um amor, nós gostávamos muito um do outro e decidimos que estávamos prontos para transar. No fim das contas, descobri que eu não estava pronta de verdade, e ele respeitou isso e parou quando eu pedi, o que, sabe, acho que foi muito decente da parte dele. Ele é uma ótima pessoa e um ser humano maravilhoso, e fico feliz de minha "quase primeira vez" ter sido com ele.

George assente como se entendesse, e acho que ele entende mesmo.

— É importante sermos honestos sobre essas coisas. As pessoas abordam o sexo de um jeito muito injusto. É uma parte saudável do crescimento para muitas pessoas, e não tem nada de vergonhoso nisso. Mas a pressão recai muito mais nas mulheres quando se trata de sexo.

George assente outra vez.

— É, nem consigo imaginar.

— É muito confuso. Nós temos que ser atraentes, mas, ao mesmo tempo, modestas. Não faz sentido. — Começo a listar todas as merdas com as quais precisamos lidar mesmo antes da puberdade, e George ouve sem me interromper, às vezes fazendo careta, às vezes rindo. E a caixa de comentários está cheia de garotas compartilhando experiências também. — Enfim, como eu estava dizendo, eu tinha conversado sobre todas essas coisas com Bradley e a gente decidiu transar, mas aí, na hora H, eu percebi que não estava pronta, mas minha mãe acabou flagrando nós dois e surtou.

A caixa de comentários rola muito rápido.

**NÃOOOO!**

**Aahgfshafsfahsjsksksksk.**

**Meu pior pesadelo!**

Dou uma risada.

— Pois é. Então ela me colocou no primeiro voo para Jakarta, e foi assim que eu vim parar aqui para passar o verão. Acho que ela pensou que meu ex-namorado era uma má influência ou algo assim, porque ficou determinada a arranjar um novo namorado para mim, um que fosse educado o bastante para não tentar tirar minha roupa. Ela confiscou meu celular e cadastrou um perfil pra mim no ShareIt. Isso foi bem na época em que você me mandou mensagem, George. Ou melhor, quando seu pai e sua irmã me mandaram mensagem.

— Então nossos pais enganaram um ao outro?

Há uma pausa, então nós dois caímos na gargalhada. Enterro o rosto nas mãos e dou tanta risada que lágrimas escorrem pelas minhas bochechas.

— Sim! Foi isso mesmo!

**Meu Deus, isso é SURREAL.**

**KKKKK.**

— Vai, vocês querem me dizer que seus pais sino-indonésios intrometidos nunca fizeram nada desse tipo? — pergunta ele para a câmera.

A caixa de comentários se enche de histórias sobre as coisas bizarras que alguns pais fizeram.

**Meu pai me seguiu quando eu fui a um encontro...**

**Minha mãe criou um perfil falso no Facebook para ficar de olho no meu namorado...**

— Bem que eu imaginei — comenta George. — Fico feliz que todos vocês se identificaram. Mas, Shar, sabe qual é a pior parte dessa coisa toda?

— O quê?

— Que a sua mãe pensou que eu sou o tipo de garoto que não ia querer transar com você — diz George, sorrindo.

Minha nossa. Morri. Tem algo na forma como ele disse isso que é tão sugestiva. Posso jurar que meu rosto está pegando fogo.

— Eu com certeza sou o tipo de garoto que ia tentar transar com você! — exclama ele, com falsa indignação. — Quer dizer, depois de conversarmos sobre o assunto de forma muito respeitosa, lógico.

Se eu estivesse bebendo café, essa seria a parte em que eu ia cuspir tudo na tela do celular. Mas não estou, então apenas solto uma gargalhada, corando tanto que parece que minhas bochechas vão derreter. Quando finalmente consigo recuperar o fôlego, respondo, meio envergonhada, meio rindo:

— Eu estaria aberta a ter essa conversa.

Agora é a vez de George de ficar vermelho. O rosto dele brilha feito um tomate debaixo do sol, e os comentários explodem, subindo tão rápido que nem consigo ler.

**KKKKKKK.**

**Esses dois...**

## JÁ TÔ SHIPPANDO!

— Mas só depois de mais alguns encontros! — acrescento, tarde demais.

— Quantos você quiser. E, se você mudar de ideia, tudo bem. Quer dizer, eu...

A porta se abre de repente, e erguemos a cabeça para ver o pai e a avó de George entrando no quarto às pressas, ofegantes. Olho para George, que estava sentado ao meu lado o tempo todo. Acenamos para as câmeras dos nossos celulares e os viramos para mostrar aos espectadores que na verdade estamos sentados lado a lado, e começamos a aproximar nossos rostos.

— Não... — diz Nainai.

George e eu nos beijamos.

A internet explode.

# Epílogo

## George

MINHAS MÃOS ESTÃO SUADAS, MINHA GARGANta esqueceu como engolir e meu coração parece um baixo num show de rock. Todos os sinais clássicos de nervosismo. Apesar de tudo que enfrentamos, estou nervoso pra caramba. Acho que é porque essa vai ser a primeira vez que vou ver Shar sem nada para atrapalhar.

A última semana se transformou num turbilhão de entrevistas e eventos. A gente foi inocente ao tentar ir a uma pequena cafeteria em Kemang, uma área hipster de Jakarta que é frequentada por celebridades, e não demorou para alguém nos ver e uma multidão se formar.

Pelo menos agora não são multidões raivosas, mas apenas pessoas que nos adoram e querem tirar fotos conosco. A transmissão no ShareIt viralizou e, embora ainda existam algumas pessoas maldosas com comentários de ódio, a maioria das que assistiram à transmissão *amou* nós dois, principalmente Sharlot. Minha taxa de aprovação é a maior da família entre os jovens de dezoito a vinte e cinco anos, o público-alvo do OneLiner. Falando no OneLiner, ele atingiu o segundo lugar na lista de aplicativos mais baixados ontem, então a Oitava Tia está (com certa relutância) feliz e papai está (literalmente) de olhos marejados de alegria e orgulho.

Eles tiveram uma conversa comigo, e foi o diálogo mais engraçado do mundo. Era tão óbvio que não conseguiam decidir se deviam me elogiar ou me dar uma bronca.

*Aquilo foi tão imprudente, o que você fez, você podia ter...*

*Isso! Mas também foi uma ótima sacada. Você conhece bem seu público, e sabia exatamente o que dizer, e...*

*Sim, ótima sacada. Habilidade social incrível, o que é muito importante nos negócios.*

*Muito importante! Você não é tão sem-noção quanto o resto da família pensa.*

*Não tão sem-noção, mas ainda assim jovem. Muito, muito imprudente.*

*Muito imprudente, mas promissor.*

No fim das contas, papai me deu tapinhas nos ombros e me disse, com lágrimas nos olhos, que estava orgulhoso de mim, o que também me deixou emocionado. E agora eu sei que não sou — segundo papai — tão sem-noção quanto eu achava que era em relação a negócios. E estou ansioso para aprender mais sobre a empresa da família e sobre como posso contribuir.

Meu celular toca e, quando atendo, o rosto de Eleanor aparece na tela.

— Já chegou, *gege*?

— Quase. Você sabe como é o trânsito de Jakarta. — Olho para nosso motorista, que está dirigindo lentamente como o profissional que é.

Kiki enfia a cara na tela e as duas ficam lá sentadas, apenas sorrindo para mim.

— Que foi? — pergunto.

Não posso reclamar demais; afinal, foi Eleanor quem me ajudou a voltar a falar com Shar, e foi ela quem ajudou a distrair papai por tempo suficiente para que eu deixasse Sharlot entrar em casa para fazermos a transmissão no ShareIt.

— *Bow-chicka-wow-wow* — cantarola Kiki.

— Tá bem, vou desligar agora.

— Espera, *gege*! — Eleanor empurra Kiki para o lado e aproxima o rosto do celular. Só consigo ver um olho e metade do nariz dela.

— O quê?

Quando ela fala em seguida, seu tom de voz está sério:

— Use camisinha.

— Caramba. Seja uma garotinha de treze anos *normal* — peço, encerrando a ligação com as duas rindo.

Porém, não consigo deixar de sorrir ao guardar o celular no bolso. Adoro que Kiki e Eleanor passem tempo juntas, mesmo elas sendo insuportáveis. Amo que Eleanor tem uma espécie de irmã mais velha para orientá-la (bem, talvez não tanto, já que a única coisa em que Kiki pode orientar alguém é como se meter em encrenca). Quando crescerem, as duas provavelmente vão formar uma corporação multibilionária que vai conquistar o mundo.

O sol ainda não nasceu quando o carro para em frente à casa de Sharlot, mas Shar sai correndo com uma aparência muito desperta e alegre. A mãe dela está logo atrás e me lança um sorriso reservado.

— Oi, tia. A senhora acordou cedo.

Ela dá de ombros.

— Preciso me despedir da minha filha. Tome conta dela, tá? Senão, sua tia vai ficar sabendo.

Shar revira os olhos e beija a mãe na bochecha.

— Vá se divertir com a Oitava Tia — diz ela. — Amo você.

A mãe dela suspira, ainda sorrindo, e se despede de nós enquanto o carro manobra para fora da garagem.

— Sua mãe parece um pouco cansada — comento.

Sharlot bufa.

— Ela ficou acordada até as duas da manhã conversando com a Oitava Tia. Na verdade, foi meio fofo. Elas estão fazendo planos para "se esbarrarem" nas férias.

Entrego a Sharlot um copo de café que comprei no caminho. Ainda bem que a Indonésia é tão apaixonada por café a ponto de ter cafeterias que abrem antes do amanhecer. Sharlot me agradece com um beijo na bochecha e, embora seja um gesto simples ao qual eu já deveria estar acostumado, minha pele ainda se arrepia e meu coração acelera.

— É uma droga elas precisarem manter tudo por baixo dos panos — diz Shar —, mas acho que estão dando um jeito por enquanto.

Assinto. As coisas não mudam da noite para o dia, mas está acontecendo aos poucos, uma máquina enorme mudando seu curso, rodas e engrenagens virando para a direção correta. A Oitava Tia e a mãe de Shar no comando... Pensar nisso me faz sorrir.

Durante todo o trajeto para fora da cidade, conversamos sobre um monte de coisas. Jogamos palavras cruzadas no celular, e Sharlot me dá um soquinho no braço quando tento inventar a palavra "concate" — um combate de abacates! Logo deixamos a cidade, abandonando a selva de pedra e atravessando campos verdes. Sharlot olha pela janela com olhos arregalados e a boca um pouco aberta, enquanto sorri. É tão óbvio quanto ela ama a Indonésia, e não consigo deixar de amar isso nela também.

Chegamos às colinas de Cikampek bem quando o sol está prestes a entrar em cena. Saímos do carro e nos alongamos um pouco antes de caminhar. Seguro a mão de Shar e subimos uma trilha, inspirando o ar úmido da manhã, nossa respiração sincronizada. É diferente aqui, sem as luzes e o barulho da cidade. Sem as câmeras e as pessoas nos seguindo. Pela primeira vez, somos só nós dois.

— Estou começando a entender por que esse é o seu lugar favorito da Indo — diz Shar.

— Olha só para você, chamando o país de "Indo" como uma nativa.

Ela revira os olhos e continuamos conversando enquanto subimos a colina. É uma caminhada curta e não demora muito para chegarmos ao topo. Shar fica imóvel e contempla a vista em silêncio. É uma vista incrível de admirar, eu sei.

São terraços de arrozais, um vasto conjunto de colinas cujas beiradas foram cuidadosamente moldadas na forma de degraus para o cultivo de arroz. Esta terra está entre as mais ricas da Indonésia, o solo fertilizado por cinzas vulcânicas para produzir um arroz aromático, que cheira a baunilha e tem sabor de leite adocicado. De onde estamos, podemos ver os lagos nos terraços que refletem o céu e as colinas, e pessoas vestindo o tradicional *batik* trabalham nos campos. Boa parte da terra cultivável na Indonésia é propriedade de fazendeiros independentes — fazendeiros cujos filhos trabalham nas próprias terras em vez de grandes corporações que empregam centenas de funcionários. Nos últimos anos, várias empresas de tecnologia vêm investindo em fazendas pequenas e independentes, entregando a produção para consumidores na cidade. Amo este lugar porque é um lembrete de como a tecnologia pode fazer coisas boas, e nem sempre é apenas sobre ser o maior magnata da tecnologia. Pode também ser uma questão de distribuir a riqueza.

Nós nos sentamos, e Shar pega seu tablet e começa a desenhar, a mão dela se movendo de forma tão ágil e leve quanto uma borboleta enquanto captura o cenário ao nosso redor. É um lugar intocado pelo tempo, e mal acredito que posso compartilhá-lo com Shar.

Ela olha para mim, e eu sei que entende. Ela entende quanto tudo isso significa para mim. E vejo que significa o mesmo, senão mais, para ela.

— Eu amo este lugar — diz Shar, sorrindo ao acrescentar outro traço ao rascunho. Tenho certeza de que ela não está falando só dos arrozais.

— É, eu também.

Ela respira fundo.

— Sabe, em momentos como este, sinto que poderia ficar na Indonésia para sempre.

Arqueio uma sobrancelha.

— É mesmo?

— Bom, só em momentos como este. Quando voltarmos para a cidade, vou ficar com saudades de Los Angeles de novo.

— Agora parece mais a Sharlot que eu conheço.

O sorriso dela dura pouco.

— Qual é o problema? — pergunto, apertando de leve a mão de Sharlot.

— Vou embora daqui uma semana.

— Eu sei. — Toda manhã, acordo com uma náusea no estômago porque é mais um dia que se passou, um dia a menos com Sharlot. Mais uma vez, meu coração acelera e minhas mãos começam a suar. É isso. Chegou a hora. Eu consigo. — Mas, hum... então. Eu não sei bem, mas, hã...

— Nossa, o que é? Fala logo.

— Bom, é... Eu fiquei pensando... O que você acha de, hã... eu me candidatar a algumas das mesmas faculdades que você?

Ela me encara. Caramba, ela vai surtar. É demais. A faculdade é um período em que devemos ser livres ou coisa assim, e é lógico que ela não vai querer entrar na universidade com um namorado a tiracolo, é óbvio...

— Ai, minha nossa, seria ótimo! — grita ela.

Antes que eu me dê conta, ela se joga em meus braços e eu quase não consigo abraçá-la de volta a tempo.

Fecho os olhos com força.

— Sério? — Por favor, isso não pode ser um sonho.

— Assim, não sei se as suas notas são boas o bastante para entrar nas faculdades que eu quero...

— Uau, tá bem, desculpa. Não sabia que estava falando com a próxima intelectual de Rhodes!

Ela ri e se aproxima. Nós nos beijamos e rimos, e nossos olhos ficam um pouquinho marejados. Fico dividido entre alívio, entusiasmo e toda e qualquer emoção que é possível sentir, porque, graças ao universo, o fim do verão não significa o fim da minha história com Sharlot. Uau, por essa eu não esperava. E não é que essa é a melhor sensação do mundo?

# Agradecimentos

ESCREVI *POR ESSA EU NÃO ESPERAVA* ENQUANTO ainda surfava na onda de *Disque T para titias*, e sabia que queria escrever algo alegre para celebrar minhas origens e meu lindo país. Em primeiro lugar, agradeço a minha agente, Katelyn Detweiler, da Jill Grinberg Literary Management, por me incentivar a escrever o que é, em essência, uma carta de amor para a Indonésia. Obrigada por ser a melhor em tudo: líder de torcida, defensora, estrategista e cúmplice! Rumo à dominação mundial, muahaha!

Katelyn encontrou para este livro o lar perfeito com Wendy Loggia, na Delacorte. Wendy é uma lenda, então, quando o livro chegou às mãos dela, fiquei maravilhada e muito, muito intimidada. Suei a camisa toda na primeira vez que falei com ela (entendo cem por certo Sharlot por precisar de absorvente para os seios!). Felizmente, Wendy não é apenas humilde e gentil, como também é genial pra caramba. Muito obrigada por melhorar o livro, por transformá-lo na história vibrante e colorida em que se tornou. Sério, ainda não consigo acreditar que tive a sorte de chamá-la de minha editora!

Obrigada ao restante da equipe da JGLM: as agentes superestrelas dos direitos internacionais Sam Farkas, Sophia

Seidner e Denise Page. Sem elas, boa parte da minha vida seria uma bagunça.

Nunca consigo escrever os agradecimentos sem mencionar meus incríveis amigos de escrita, sofredores de longa data. Para Laurie Elizabeth Flynn, que é minha inspiração e minha alma gêmea! Obrigada por basicamente segurar minha mão enquanto eu escrevia esse livro e por me incentivar todos os dias. Um grande agradecimento a minha família caótica: Toria Hegedus (um porco-espinho gentil e de coração puro!), Elaine Aliment (um sábio cachorrinho!), Tilly Latimer (supermorcego!), Lani Frank (melhor bife!), Rob Livermore (Muppet selvagem!), SL Huang (lápis genial!), Maddox Hahn (a mais engraçada coisa monstruosa!), Mel Melcer (espera, não pensamos em um animal para você!) e Emma Maree (dragão do chá quentinho!). Um enorme agradecimento a Kate Dylan por ler e me oferecer comentários tão ricos, a Nicole Lesperance, cuja sabedoria nunca falhou, e a Grace Shim, por ser uma parceira de crítica tão incrível.

Não sei por que meu marido, Mike, continua comigo, mas continua, e sou muito grata por isso. Obrigada por acreditar em mim durante todos esses anos e por me apoiar de todas as formas possíveis. Meu marido, um talentoso físico formado em Oxford, abandonou as raízes e deixou a carreira e a família para trás para garantir minha felicidade, e ainda teve forças para me incentivar quando eu quis desistir de escrever. Sem ele, nenhum dos meus livros teria sido publicado. Obrigada por se dedicar tanto na minha jornada de escrita. Ter alguém com quem compartilhar essa viagem louca não tem preço.

Obrigada a minha família, principalmente minha mãe e meu pai, por celebrar minha jornada editorial. Meus pais têm sido maravilhosos, mobilizando os amigos para fazer ensaios fotográficos e compartilhar essa alegria. Eles transformaram esse sonho em algo muito mais animado e verdadeiro.

Um dia, minhas garotinhas vão ter idade para ler este livro, e espero que vocês, Emmeline e Rosalie, sintam orgulho dele. Espero que, assim como Sharlot, vocês tenham todo o apoio de que precisarem para superar qualquer tempestade que possa surgir em seus caminhos, e que vocês se apaixonem pela Indonésia da forma como Sharlot, eu e seu pai nos apaixonamos.

Por último, mas não menos importante, muito obrigada aos meus leitores! É uma enorme felicidade poder compartilhar um pedaço da Indonésia com vocês. Escrever um livro que se passa na Indonésia é um sonho antigo, e o fato de que o livro é este — uma história de amor com tios intrometidos e bastante café — é perfeito demais. Fico muito grata por vocês terem dedicado um tempo para lê-lo, e espero que tenham aproveitado este vislumbre de Jakarta e Bali. Espero que um dia vocês tenham a oportunidade de visitar o país e tomar uma xícara do café forte e doce da Indonésia perto da praia.

- intrinseca.com.br
- @intrinseca
- editoraintrinseca
- @intrinseca
- @editoraintrinseca
- editoraintrinseca

| | |
|---:|:---|
| 1ª *edição* | DEZEMBRO DE 2022 |
| *impressão* | IMPRENSA DA FÉ |
| *papel de miolo* | PÓLEN NATURAL 70 G/M² |
| *papel de capa* | CARTÃO SUPREMO ALTA ALVURA 250 G/M² |
| *tipografia* | SABON LT PRO |